Es grollten die Götter auf Santorin

Ein Roman über die Furcht der Menschen vor den Göttern
in der Edition BoD

hrsg. von Vito von Eichborn

MIX
Papier aus verantwortungsvollen Quellen
Paper from responsible sources
FSC® C105338
FSC
www.fsc.org

Verena
Appenzeller

ES GROLLTEN DIE GÖTTER AUF SANTORIN

Historischer Roman aus der Bronzezeit
über die letzten Tage von Akrotiri,
dem „Pompeji der Ägäis“

Edition BOD

Bücher für Entdecker

Books on Demand bietet Autoren ein neues Verlagskonzept. Viele Debütanten, etablierte Autoren und engagierte Verleger nutzen den Publikationsservice von Books on Demand und bereichern den Buchmarkt mit interessanten und außergewöhnlichen Titeln. Vito von Eichborn, einer der innovativsten Buchmacher Deutschlands, wählt als Herausgeber für die Edition BoD herausragende Neuerscheinungen aus. Lesen Sie selbst, welche Entdeckungen das Programm von Books on Demand möglich macht.

Mehr Infos auch auf www.bod.de.

Verena Appenzellers Leben ist ganz unspektakulär. Sie wohnt seit eh und je in Zürich. Nach Studium in Zürich und Aberdeen und Doktorat (Anglistik) arbeitete sie als Englischlehrerin. Sie ist verheiratet, hat drei Kinder und fünf Enkel. Ihre Liebe zur Antiken Welt ist seit der Gymnasialzeit mit intensivem Latein- und Altgriechisch-Unterricht nie erloschen. Ein Jahr ohne Griechenland ist ein verlorenes Jahr: Archäologische Stätten, Meer, Inseln, Klippen, Höhlen – eine Fundgrube von herrlichen Geschichten, von alten und noch zu erfindenden.

Vito von Eichborn war Journalist, dann Lektor im S. Fischer Verlag, bevor er 1980 den Eichborn Verlag gründete, dessen Programm noch heute ein breites Spektrum umfasst: Humor, Kochbücher und Ratgeber, Sachbücher aller Art, klassische und moderne Literatur sowie die Andere Bibliothek. Nach seinem Ausstieg im Jahre 1995 war er u. a. Geschäftsführer bei Rotbuch / Europäische Verlagsanstalt und sechs Jahre Verleger des Europa-Verlags. Seit 2005 ist Vito von Eichborn selbständig als Publizist tätig und fungiert seit März 2006 als Herausgeber der Edition BoD. Im Jahr 2010 hat er seinen Lebensmittelpunkt nach Mallorca verlegt (siehe www.vitolibri.de).

Meine Buchhändlerin sagte mir, »ja«, sagte sie …

Ja, historische Romane haben immer eine gute Chance. Aber seit dem ›Parfum‹ gibt's ja geradezu Fluten, auch eine Reihe von weiteren Mega-Bestsellern. Was ist denn an diesem so Besonderes?"

„Es ist erstens die Zeit, in der das spielt, vor rund 3700 Jahren in der Bronzezeit. Es ist zweitens die Region, die griechische Inselwelt hat uns doch, nicht zuletzt durch die Odyssee, schon immer fasziniert. Und es ist drittens das Ereignis, der Vulkanausbruch von Santorin."

„Stimmt, das hört sich gut an. Romane, die im alten Ägypten spielen, gehen immer, das könnte ja verwandt sein. Was ist die Grundlage des Romans, was war da historisch?"

„Der Ausbruch des Vulkans von der Insel Santorin, auch Kalliste genannt, markiert eine wichtige Zäsur in der Geschichtsschreibung, weil Spuren davon bis nach Grönland und Auswirkungen bis China nachgewiesen sind. Erst vor ein paar Jahren wurde ein Olivenzweig gefunden, seither ist das neu datiert, auf etwa 1630. Übrigens gibt es Leute, die behaupten, dies sei das untergegangene Atlantis von Platon, und …"

„Aber dies ist ja kein Geschichtsbuch", unterbrach mich meine Buchhändlerin, wie sie es gerne tat, „ist das denn nun ein so richtig spannender Roman? Wie geht der Plot?"

„Aber ja, das ist absolut spannend. Die Autorin setzt alle Mittel der Unterhaltungsliteratur ein. Der mutige Held und seine liebende Mutter fehlen ebenso wenig wie die Liebe der Schwester, der intrigante Bösewicht und der Tod des Vaters. Dörfer, Tempel und Paläste, Kaufleute, Priester und über allem Zeus, Landschaften, Seereisen und natürlich das Inferno, als der Himmel in Flammen stand, es ist alles drin."

Meine Buchhändlerin wollte es genauer wissen: „Und wie geht die Geschichte?"

„Unser Held ist Kamaros, ein tapferer und wagemutiger Junge, der seine Initiation zum Erwachsenen erlebt. Er macht als 16jähriger mit seinem Vater eine Reise ins ferne Kreta, wo er seinen Freund findet, den begnadeten Maler Adamas, der all die wunderschönen Wandmalereien ausführt, die man bis heute gefunden hat. Eine geheimnisvolle Kette aus Bergkristall begleitet unsere Freunde, und es droht ein schreckliches Menschenopfer. Die unberechenbaren Götter sind immer präsent. Erste Erdbeben kündigen in Akrotiri die drohende Katastrophe an, bis sich alle Menschen von der Insel gerettet haben. Bis auf einen, denn Kamaros hat sich auf der Spitze des verbotenen Berges eine heimliche Höhle eingerichtet, wo er das gigantische Schauspiel erlebt, wie der Vulkan die ganze Insel zerstört und unter seiner Lava begräbt. Er wird längst für tot gehalten, aber natürlich wird er gerettet, seine Schwester heiratet Adamas, und sie brechen in ein neues Leben auf."

„Uff, da ist wirklich was los, das macht einen ja ganz atemlos", meinte meine Buchhändlerin, „und ja, da hab ich eine Menge Kunden. Einerseits die Geschichtsinteressierten, denn historische Romane werden gerne als Unterhaltung betrachtet, bei der man nebenbei was lernt. Und andererseits natürlich die Griechenlandfans rauf und runter. Das müssen die lesen, wenn sie in der Ägäis an Bord …"

Es hatte an der Ladentür geklingelt. Wenn Kundschaft kam, brach meine Buchhändlerin jedes Gespräch ab und ließ mich stehen.

Sie hatte die Argumente für diesen aufregenden Schmöker auf den Punkt gebracht.

Viel Vergnügen bei diesem Kampf des Feuers gegen das Wasser.

Vito von Eichborn

Books on Demand · Vito von Eichborn

Meinen lieben Enkelkindern

1

Aufgeregt trippelten die Passagiere auf dem Deck hin und her, beschatteten die Augen mit den Händen und äugten angestrengt in den blendenden Dunst hinaus. Sich einem Desaster von solchem Ausmass ganz nahe zu wissen, es vielleicht gar kurz zu erspähen, war nicht manchem vergönnt, das musste ausgekostet werden.

In der reglosen Mittagsluft hingen die Segel schlaff am Mast, wie wenn sie sich absichtlich sträubten, das Schiff mit seiner Last näher an das Schreckliche heranzuführen.

Endlich – dort, dort drüben tauchte es auf aus der gleissenden Oberfläche, unscharf, unheimlich, gespenstisch. Es kam näher, es wuchs und wuchs. Jetzt sahen es alle, es gab keinen Zweifel mehr – das war die fluchgetroffene Insel.

Jetzt aber rasch sich verkriechen im Schiffsbauch, die Augen schliessen und zitternd abwarten, bis die Gefahr vorbei war. Wer wollte schon riskieren, durch einen allzu nahen Blick auf etwas Garstig-Göttliches den Verstand zu verlieren oder gar versteinert zu werden? Die Reisenden waren eindringlichst gewarnt worden, den direkten Anblick zu meiden.

Ein paar Unbelehrbare wollten sich den Kitzel auf keinen Fall entgehen lassen und blieben auf Deck. Der Kapitän warnte sie zum letzten Mal. Wenn sie unbedingt oben bleiben wollten, dann nur auf eigene Gefahr, denn wer konnte sicher sein, dass sich launenhafte Götter nicht immer noch auf der Insel tummelten und herumzankten? Ein Blick auf Götter, ob auf verträgliche oder kämpferische, hätte die schlimmsten Folgen für Menschen.

Die beiden älteren Gutsherren aus Messenien zögerten noch unschlüssig am Einstieg zu den Kajüten. Es lockte sie mächtig, mit den Jungen das gefährliche Erlebnis durchzustehen, doch dann siegte die Vernunft und sie folgten den Besonneneren, die unter Deck Schutz suchten.

Die wenigen, die oben blieben, klammerten sich verbissen am Geländer fest, nicht allzu weit weg von der Leiter, und kniffen die Augen zusammen. Hin und wieder ein bisschen blinzeln, um doch etwas zu erhaschen – so viel konnte man riskieren. Und als ihnen nichts Schlimmeres widerfuhr, als dass ihnen eisige Schauer den Rücken hinauf- und hinabliefen und sich die Haare auf den Armen sträubten, wagten sie es, die Augen etwas mehr zu öffnen, erst zögernd ein winziges Spältchen, dann weiter, und schliesslich, als sich nichts Fatales ereignete, sperrangelweit. Tapfer durchhalten! Nicht schwach werden! So würden sie den Hasenfüssen im Schiffsbauch und später den gierig Lauschenden zu Hause einen schauerlich-dramatischen Bericht aus erster Hand erstatten können.

Näher und näher glitt das Schiff auf die Insel zu, immer greifbarer hob sich ein groteskes Etwas aus dem Wasser, ein garstiges Antlitz, von zottigen Strähnen in wirren Windungen überklebt, ein grässlich-abstossendes Gebilde. War das ein Medusenhaupt? Schlief das Ungetüm oder hatte es sich nicht eben bewegt? Mit einem Schrei warf sich die forsche Kreterin, die es den Männern hatte gleichtun wollen, auf den Boden und verbarg den Kopf in den Händen.

Jetzt war das Schiff so nahe an der Insel, dass man hätte hinüberschwimmen können. Nun sah sie aus wie ein Totengerippe. Schwarze kantige Gebeine ragten in den Himmel, dazwischen wanden sich Arme wie von riesigen urtümlichen Echsen, welche zu Stein erstarrt schienen und das Knochengerüst umklammert hielten. Noch etwas näher heran, und das Dämonische, Geisterhafte löste sich auf. Aus der Nähe sah die Insel schlicht und einfach hässlich, abstossend, trostlos aus. Sie war überzogen von einer rauen Schicht aus Steinen und Geröll, einem zähflüssigen hartgewordenen Brei aus Lava, durchsetzt mit Felsen, Brocken, Wurzeln. Alles Leben war darunter erstickt und begraben.

Schmutziges Schwarz-grau-weiss herrschte vor, dazwischen schillerte wenig Rot, fahl bis giftig, verbrannt, versengt, geätzt. Ein abschreckender Ort, unfasslich, grauenerregend, tot. Doch warum bloss steuerte der Kapitän nicht endlich weg von der Insel, sondern geradewegs auf sie zu? Mit blutleeren Fingern hielten sich die Beobachter am Geländer fest.

Da öffnete sich vor ihnen eine Bresche, und durch die wirren Arme der Medusa hindurch wurde das Schiff hineingesogen in eine neue, phantastische Welt. Die Passagiere liessen das Geländer los und torkelten schwerelos wie im Traum hin und her. Lebten sie noch? Das Schiff glitt lautlos über eine spiegelglatte Oberfläche dahin, in einem gigantischen kreisrunden Trog mit senkrechten glatten Wänden, kein Lufthauch, keine Welle, kein Lebensatem war zu spüren, alles stand still. Waren sie gefangen, von der riesigen Pranke eines Gottes gehalten? Oder waren sie geborgen in einer überirdischen Hand, eine Unendlichkeit weg von der Hässlichkeit und Nichtigkeit der übrigen Welt, an einem Ort der unergründlichen Ruhe des Todes? Sie erschauderten und fühlten sich selig geborgen, federleicht, beschützt.

Die Wirklichkeit holte sie bald wieder ein, als die Messenia den nicht ganz intakten Kessel durch eine weitere Bresche verliess. Vorbei war der Traum, und es ging geradeaus gegen Süden. Die sich im Schiffsbauch verkrochen hatten, wurden ermuntert, das Deck wieder in Besitz zu nehmen.

Das also war Kalliste, war Kalliste gewesen, die Insel voll reichen blühenden Lebens, die in einer einzigen Nacht und einem Tag von einem entsetzlichen Fluch getroffen und zerstört worden war. Was für ein Frevel war wohl auf diese grauenvolle Art bestraft worden, welche Schuld hatten die Bewohner auf sich geladen? Oder hatten die unberechenbaren Götter auf dem Buckel Unschuldiger ihr Spiel getrieben? Eines war sicher – da waren nicht bloss die lokalen Erd- und Meereswesen am Werk gewesen, die es nicht lassen konnten, die Menschen mit munteren Erdbeben, mit erfrischenden Überschwemmungen, mit unerwarteten Erdrutschen und andern neckischen Naturspielen an ihre Gegenwart zu erinnern, nein, Zeus persönlich hatte hier gehandelt, nur Zeus selber konnte so gründlich vernichtend zuschlagen.

Auch die Leichtsinnigeren unter den Reisenden nahmen sich vor, Zeus wieder einmal ein Opfer darzubringen, falls sie je wieder sicher zu Hause landeten.

Das Schiff war auf der Fahrt nach Kreta. Naxos, ernst, wenig einladend mit seinen schroffen Gebirgen und Klippen, war der letzte Halt gewesen, wo die Reisenden vor der längeren Überfahrt eine kurze Zeit hatten an Land gehen können, um ihre geschaukelten Nerven zu beruhigen, während die Schiffsleute frisches Trinkwasser herbeischafften.

Auf Naxos hatte der Kapitän seine Gäste um sich geschart: „Es ist noch nicht sechs Monde her, da war unser letzter Anlaufhafen vor der Überfahrt nach Kreta jeweils Akrotiri auf Kalliste gewesen, jedes Mal eine heitere, willkommene Einkehr. Ein lustiges Völkchen und eine wunderhübsche Stadt gleich am Hafen. Doch es sollte nicht so bleiben, Kalliste wurde in einem Tag und einer Nacht ausgelöscht. In wenigen Stunden werden wir dort vorbeifahren. Ich rate allen dringlichst davon ab, einen Blick auf die verfluchte Insel zu werfen, denn kein Mensch kann wissen, was für schlimme Folgen sich daraus ergeben könnten."

Selbstverständlich hatten die Passagiere aus dem Peloponnes von der Katastrophe gehört. Weit herum waren der Feuerschein und die Rauchsäule zu sehen gewesen, und innerhalb weniger Wochen hatte sich die Kunde vom verheerenden Vulkanausbruch bis aufs Festland verbreitet. Allerdings waren die Schilderungen der Seeleute, der Händler, der Geflohenen so wirr, gar widersprüchlich gewesen, dass es unmöglich gewesen war, sich ein Bild zu machen.

„Und was ist mit den Bewohnern geschehen?“ Die schüchterne Dame aus Argos hatte all ihren Mut zusammengenommen, um die Frage zu wagen. Ihre Stimme zitterte.

„Alle wurden gerettet, alle entkamen rechtzeitig auf Schiffen – ein unerhörtes Glück. Eine weitsichtige äusserst aufmerksame Obrigkeit hat das anscheinend Unmögliche fertiggebracht. Einen solchen Ausbruch hätte weder Mensch noch Tier überlebt.“

Kamaros stand zuvorderst im Bug der Messenia, so weit wie möglich von der waghalsigen Gruppe mit den blinzelnden Augen entfernt. Aufrecht, unbeweglich hielt er mit der Hand das Haupt des geschnitzten Löwen so fest umklammert, als ob er selber ein Teil der Galionsfigur wäre. Er kniff die Augen nicht zu, er betrachtete kühl die Erscheinung, die sich aus dem Meer hob. Sein Blick streifte über die ganze Insel und blieb auf der höchsten Bergspitze hängen.

Wenn die Schwätzer auf der Messenia wüssten, wen sie da auf dem Schiff mittrugen! Minea stand wie versteinert neben ihrem Bruder Adamas an ihrer Seite. Stumm hielten sie sich bei der Hand. Minea bemühte sich heroisch, mit offenen Augen von ihrer verlorenen Heimat Abschied zu nehmen, doch der Anblick war unendlich schrecklicher, erschütternder, vernichtender, als sie es sich nach den farbigsten Schilderungen ihres Bruders vorgestellt hatte. In ihrem Innersten hatte sie immer noch an ein Wunder geglaubt. Lange hielt sie dem Anblick nicht stand, schluchzend verbarg sie ihr Gesicht an Adamas’ Brust. Auch Kamaros wandte sich entschlossen ab von der Insel. Sie war verloren, unwiederbringlich. Jetzt war er auf dem Weg nach Kreta, zu einem neuen Anfang.

2

Vor drei Jahren hatte es begonnen, genau an Mineas dreizehntem Geburtstag. Da hatte die Insel ihre unheimliche Seite angedeutet. Sie hatten beide gelacht, das Zeichen nicht ernst genommen. Jetzt wusste Kamaros es besser – es war ein Gott gewesen, der sie damals gewarnt hatte.

Am Vorabend ihres Geburtstags flüsterte er Minea zu: „Morgen gehen wir zusammen auf den Pelias", und darauf presste er die Lippen zusammen. Sie hatte verstanden – ein Geheimnis. Ihr grosser Bruder wusste, was er sagte. Hätte er gesagt: „Morgen schwimmen wir nach Kreta", sie hätte es ihm ebenso geglaubt. Aber meinte er wirklich den Pelias, den verbotenen Gipfel?

Massig hockte der Pelias neben der Stadt, die einzige Erhebung auf der Insel, die den Namen Berg verdiente. Hätte man den Pelias allerdings neben den Zas auf Naxos gestellt oder gar neben den Ida auf Kreta, hätte er sich wie ein kleiner Igel neben einem Stier ausgenommen. Der Pelias war ein heiliger Berg. Es war untersagt, ja ein Frevel, ihn zu besteigen. Wenn sich gelegentlich Reisende oder Kinder ahnungslos nach der Bergkuppe über Akrotiri erkundigten, antworteten die Erwachsenen ausweichend: „Dort oben haust ein Gott. Wir kennen ihn nicht, aber es muss ein grimmiger Gott sein, der nichts von den Menschen wissen will. Hätte er sich sonst mit Dornen und Felsbändern abgeschirmt und auf diese Weise kundgetan, dass er nicht gestört werden will? Warum sollten wir ihn denn reizen? Es könnte ein Unglück geschehen."

Es handelte sich wahrscheinlich um einen Gott der niedrigeren Ränge, vermuteten sie. Doch konnte man absolut sicher sein?

„Wenn es gar Zeus selber wäre?“, fügten die älteren Bewohner, die noch Erinnerungen aus der Kindheit in sich trugen, mit bebender Stimme hinzu. Nur mit vorgehaltener Hand sprachen sie von Zeus, der den Kretern im fernen Süden heilig war. Kein Inselbewohner glaubte zwar im Ernst daran, dass der mächtigste Gott, Herr über die Wetter, Herr über die Götterfamilie, Herr über die Welt, auf dem bescheidenen Inselchen Kalliste einkehren könnte, es überhaupt zur Kenntnis nahm; er hatte bestimmt Wichtigeres zu tun. Aber ganz sicher war man nicht.

Der Berg liess Kamaros nicht los. Der Pelias war also nicht für Menschen bestimmt, da er einem Gott gehöre? Wer wusste das so genau? Man sollte doch einmal nachschauen dürfen. Oft wanderte er die Wiesen hinauf, ganz allein, bis an die undurchdringlichen Gebüsche. Waren sie denn wirklich undurchdringlich? Unbeobachtet hatte er an den Dornenzweigen gezerrt mit blossen Händen, bis sie blutüberströmt waren, hatte mit einem Holzbeil auf die zähen Äste eingeschlagen, hatte mit einer Schaufel versucht, die Wurzeln freizulegen. Ohne den geringsten Erfolg.

An seinem fünfzehnten Geburtstag, ein Jahr vor seiner Initiation, überreichte Vater Petrassios seinem ältesten Sohn ein Futteral aus delikat bearbeitetem Leder mit den Worten: „Ich habe dir etwas aus Zypern mitgebracht, das Männern zusteht. Du bist jetzt alt genug. Trag Sorge, gib es niemand anderem in die Hand. Es kann zum Bösen wie zum Guten verwendet werden, zum Unheil wie zum Glück.“

Die drei jüngeren Geschwister geiferten vor Erregung. Was würde der grosse bewunderte Bruder wohl Herrliches und zugleich Gefährliches auspacken? Sorgsam wog er das Futteral auf seiner Hand, dann öffnete er es bedächtig.

Ein Messer. Ein Messer, wie er noch nie eines gesehen hatte, weder beim Metzger noch beim Tischler noch beim Gerber. Ein Messer aus Bronze, mit einem hölzernen reich eingelegten

Griff, der bequem in der Hand lag. Ein Messer mit einer langen Klinge, die blitzte und gleisste im Sonnenlicht. Behutsam strich er mit dem Zeigefinger darüber – und schon floss Blut aus seinem Finger. Entsetzt schrien die Geschwister auf und stoben davon, und dem Vater war die Gelegenheit willkommen, etwas Belehrendes über die versteckten Gefahren eines solchen Instrumentes anzubringen.

Sobald Kamaros das Blut auf seinem Finger sah, wusste er, wozu er das Messer gebrauchen würde. Er legte das kostbare Stück unter sein Nachtlager und lag noch lange wach. Was würde der Vater sagen, wenn er von seinem Plan wüsste? Würde er ihn gut oder böse nennen? Sollte er ihn fragen? Nein. Wer nicht fragte, erhielt auch keine unliebsame Antwort. Es musste im Geheimen geschehen. Warum sollte es böse sein, den Zugang zum Pelias zu erkämpfen? Bloss weil es verboten war? Die Leute wussten ja nicht, was oben zu finden war. Etwas Schreckliches, etwa ein bösgesinnter Gott oder ein grimmiges Tier? Oder ein Gott, der schon lange auf einen Menschen mit Mut wartete, der die Dornenhecke nur aufgerichtet hatte, um die Menschen zu prüfen, vielleicht gar um ihn, Kamaros, den Helden, zu finden?

Im Traum kämpfte er mit seinem blitzenden Messer gegen schlangenhafte Dornenzweige, gegen erdrückende Felsen, gegen gigantische Untiere, bis er einem riesigen Gott mit einem riesigen Messer gegenüberstand. Unerschrocken hielt Kamaros sein eigenes blitzendes Messer dem Gott entgegen und blickte ihm standhaft in die Augen, und siehe da, der Gott schrumpfte, wurde klein und mild, lächelte ihn an und liess sein Messer fallen.

Er hatte das Messer samt Futteral in seinen Überlebensbeutel gesteckt, wie er ihn nannte, denn er trug auf seiner Brust unter dem weiten Hemd stets eine Scheibe hartes Brot und ein Goldstück. Das Messer war eine perfekte Ergänzung.

Zwei Stunden vor Sonnenaufgang schlich er sich aus dem Haus. Kein Mensch war zu sehen, so leer und so geheimnisvoll hatte er die Stadt noch nie erlebt. Neben den mondbeschienenen fahlen Mauern nahmen sich die Gassen zwischen den Häusern bedrohlich dunkel aus. War das Unheimliche dort drüben wirklich die Holzbeige des Färbers, und jenes Untier, das grunzend um die Ecke bog, das Schwein des Demios, das er häufig einzusperren vergass? Die Läden und Werkstätten der Handwerker beiderseits der Hauptstrasse waren gespenstische Löcher. Kaum zu glauben, dass die Stadt im Morgenlicht zu emsigem Tun erwachen und sich mit den Klängen und Gerüchen der Gewerbe beleben würden, der Schmiede und Gerber und Müller und Töpfer.

Der Vater nannte jene Handwerker in ihren offenen Werkstätten zu ebener Erde spasseshalber die Telchinen, nach den urzeitlichen Schmieden, die den Göttern Waffen und Werkzeuge hergestellt hatten. Wohl möglich, dass sie jetzt im Dunkeln lauerten? Mit weitausholenden Schritten stieg er durch dic feuchten Wiesen aufwärts, der Mond erhellte seinen Weg. Das Messer schlug ihm bei jedem Schritt hart auf die Brust.

Ausser Atem erreichte er das Dornengestrüpp. Er drehte sich um. Nein, das war noch nicht die richtige Stelle, denn die Stadt mit all den unbekümmerten Schläfern lag noch viel zu nahe. Weiter hastete er, bis er eine ideale Stelle entdeckte. Hier war er allein, keine menschliche Behausung, kein Stall, kein Zuschauer störte. Und der Gipfel war nicht mehr allzu weit entfernt. Der Schweiss lief ihm kalt den Rücken hinunter, als er sein Messer mit klammen Fingern aus dem Futteral klaubte. Doch warum zittern? Er war doch ein Held. Er war einem Gott auf der Spur.

Fest packte er den Griff, holte weit aus, ein kräftiger Schlag – ein Zweig so dick wie sein Finger lag vor seinen Füssen. Das Messer hatte sein Versprechen gehalten. Blind hieb er weiter, pausenlos fiel Zweig um Zweig, grösser und grösser wurde das

Loch, das sich auftat vor ihm. Ein wirrer Haufen lag am Boden. Weiterhauen, nur weiter.

Endlich hielt er inne und trat einige Schritte zurück. Er erschrak ob des Erfolgs. Ein unförmiges Loch gähnte in der Hecke, auffällig, verräterisch, von weitem zu sehen. Und langsam wurde es heller. Rasch musste der Frevel verdeckt werden, bevor jemand zufällig in der Nähe vorbeikam.

Mit spitzen Fingern las er die kräftigsten Dornenzweige auf, ohne auf das Blut an seinen Händen zu achten. Er verflocht und kreuzte sie so, dass am Ende ein künstlicher Vorhang das Loch verbarg. Er war zufrieden, nicht einmal bei genauem Hinsehen erkannte man, dass die Hecke verletzt worden war.

Der Anfang war geschafft. Übermütig wie ein junger Gott rannte er den Abhang hinunter, der Stadt zu. Morgen und übermorgen und überübermorgen würde er weiterarbeiten.

Gierig, unermüdlich frass sich am nächsten Tag sein Messer vorwärts, und am achten Morgen war er unvermutet durch die Hecke hindurch. Erstaunt richtete er sich auf und merkte gerade noch rechtzeitig, dass er sich auf einem schmalen abschüssigen Felsband befand, auf dem er leicht hätte ausrutschen und in die Tiefe stürzen können. Über dem Felsband türmte sich wieder Gebüsch auf, weniger dicht, und, kaum zu glauben, ohne Dornen.

Nach weiteren drei Morgen hektischer Arbeit war er unterhalb des Gipfelplateaus angelangt. Eine Felswand etwas höher als er selber war alles, was noch zu überwinden war, eine Kleinigkeit, die sich mit einem Klimmzug lösen liess.

Aber er wagte es nicht. Lange kauerte er mit heftig pochendem Herzen am Fusse der Felswand. Was erwartete ihn dort oben? Vielleicht hatten die Leute in der Stadt unten recht. Dieser letzte banale Klimmzug würde ihm die Wahrheit zeigen. Würde er ihn als Frevler entlarven, der den heiligen Ort eines Gottes schändete? Oder war vielleicht nichts, rein gar nichts auf dem Gipfel zu finden?

Ihn fror, er zitterte am ganzen Leib. Kein Mensch wusste, wo er war. Wenn er nicht zurückkehrte, würden sie ihn nirgends finden können. Sollte er zurückgehen und wenigstens seiner Mutter oder Minea sagen, wo er sich aufhielt? Weiberängste! Einmal musste er es wagen, einmal musste er sich Klarheit verschaffen, geschehe denn, was wolle.

Er klemmte sein Messer zwischen die Zähne, um es bereitzuhalten, klammerte sich mit beiden Händen an der Kante fest und stemmte sich hoch.

Steine, Gestrüpp, Gras, ein abgeflachter Gipfel – sonst nichts. Keine Dämpfe, kein Brausen, kein Donner, kein Untier, kein Gott. Nichts. Reglos stand er da, aufrecht, und wartete. Nichts.

Er drehte sich langsam im Kreis herum und liess den Blick staunend über das erwachende Wunder streifen. Die ganze kreisrunde Insel lag zu seinen Füssen, und darum herum das Meer vom zartesten Blau bis zu tiefem Schwarz. Die Sonne deutete sich schon an hinter dem Horizont. Gegen die Stadt hin lagen die Abhänge in schwarzen Schatten, gegen Osten begannen die Wiesen sich zu färben. Seine ganze Welt, die Stadt, die Hügel, die Felder, das Meer war mit einem einzigen Blick zu umfassen.

Wenn die Leute in der Stadt ahnen würden, wer auf sie herunterblickte! Nicht ein Gott, wie sie glaubten, nein, Kamaros, der kühne Sohn des Flottenobersten. Er selber war der Gott, der sich auf dem Gipfel niedergelassen hatte, alles überblickend, alles beherrschend. Dieser Berg gehörte ihm, er hatte ihn mit seinem Mut erobert. Es war sein Geheimnis, das er mit keinem andern Menschen teilen wollte.

Die Sonne stand schon recht hoch, als er sich endlich auf den Heimweg machte. Er vergass nicht, das Loch in der Hecke möglichst gut zu tarnen.

Wann immer sich in den nächsten Monaten eine Gelegenheit bot, stieg er heimlich hinauf, hielt den Gang sorgfältig offen und genoss seinen Gipfel. Noch immer war kein Unglück geschehen, und er war noch keiner Gottheit begegnet, keinem niedrigen Gipfelgott, viel weniger noch Zeus selber.

Ein ganzes Jahr behielt er sein Geheimnis für sich. Doch bald sollte er seinen Vater auf längere Schiffsreisen begleiten, um das Handwerk des Seefahrers zu erlernen. Da schien es ihm ratsam, ja zwingend, jemanden einzuweihen. Irgendwie musste der Triumph über den Berg doch der Nachwelt weitergegeben werden, sollte ihm etwas zustossen. Und abgesehen davon wäre es ohnehin unterhaltsamer, die Ausflüge auf den Berg mit einem Würdigen zu teilen, anstatt sie einsam zu geniessen.

Im Geiste durchging er die ganze Reihe seiner Kameraden, doch keiner schien zuverlässig genug, keinem war zu trauen, dass er nicht in einem unbedachten Augenblick das Geheimnis ausplaudern würde. Sollte er den Lehrer Takis einweihen? Doch der war viel zu ängstlich, der würde gleich Gefahren wittern und jede weitere Beziehung zum Berg verbieten.

Die einzige Person, die alle erforderlichen Eigenschaften besass – Mut, Verschwiegenheit, Freude an Abenteuern – war seine Schwester Minea. Minea, die goldene, heitere, unbezahlbare Schwester war genau die richtige Verbündete, an einem solchen Geheimnis Geschmack zu finden.

Und ebendamals fing der Spuk an.

Wie vereinbart weckte Kamaros seine Schwester an ihrem Geburtstag, als es draussen noch stockdunkel war. Schnell stopfte sie sich noch drei Feigen in die Tasche und eilte dann hinaus, ihrem Bruder nach, durch die Gassen dem Berg zu.

Am Ende der Strasse brannte ein Licht. Es war der Bäcker, der schwitzend das Feuer im Ofen schürte. Der Duft von Sauerteig lockte.

„Guten Morgen! Wohin so früh?“, rief er ihnen aus dem Rauch zu, während er die ersten heissen Brote herausholte.

„Krokusse pflücken im Morgentau!“, war, wie vereinbart, die Antwort.

„Viel Erfolg!“, wünschte er und schenkte jedem ein frisches warmes Brötchen.

Das Krokuspflücken wollten sie dann auf dem Rückweg nachholen, hatte Kamaros versprochen. Krokusse heimzubringen war eine Tat, die immer gelobt wurde, denn die winzigen Narben am Stempel lieferten den Safran, ein kostbares Gewürz, und den wertvollen gelben Farbstoff. Krokusse entschuldigten alles mehr oder weniger gültig, auch allzu langes Ausbleiben; mit Krokussen konnte man sich aus den meisten Schwierigkeiten herausreden.

Minea fror. Die taufeuchten Wiesen waren ungemütlich kalt. Ihre neuen Sandalen rieben die linke Ferse wund, doch für solche Bagatellen war jetzt nicht der richtige Zeitpunkt. Als sie sich dem Gestrüppgürtel näherten, ging die Sonne auf. Ein Heer von stolzen Lilien reckten alle auf einmal ihre weissen und gelben Köpfe der Sonne zu und erfüllten den Morgen von Kalliste mit ihrem unwiderstehlichen Duft. Doch Kamaros stand der Sinn jetzt nicht nach solch müssigen Dingen wie Sonnenaufgängen oder Blütenduft, so wagte auch Minea kaum, nach links und rechts zu schauen. Sie keuchte mit lechzender Zunge hinter ihrem Bruder her.

Ein Weg war nicht mehr zu erkennen. Es ging über Schutt und Geröll, das Grün wurde karger, das Gestrüpp dichter, die Abhänge steiler; schon brauchten sie die Hände, um sich an Wurzeln, Büschen und Ästen aufwärts zu ziehen. Schliesslich standen sie vor einer undurchdringlichen Dornenwand, in die sich nicht einmal ein Hase hineingewagt hätte.

„Da kommen wir nicht weiter!“, atmete Minea erleichtert auf. Es schien menschenunmöglich, durch dieses elende wirre Gestrüpp einen Weg zu finden.

Kamaros schaute sich sorgfältig nach allen Seiten um, dann zog er drei Dornenzweige, die nur lose in den Boden gesteckt waren, heraus, und ein niedriger Eingang zu einem Tunnel öffnete sich. Er liess Minea hineinkriechen, dann folgte er ihr und verschloss rasch den Zugang wieder von innen.

Minea zitterte. Da spürte sie, wie ihr Bruder sich an ihr vorbeizwängte.

„Folge mir, das schlimme Stück ist rasch vorbei."

Sie griff nach seinem Bein und klammerte sich daran fest. Langsam, Elle um Elle, glitten sie gemeinsam vorwärts. Sie fühlte die Unebenheiten an ihren Knien, und von Zeit zu Zeit musste sie sich von den Dornen links und rechts losreissen. Die vertraute Stimme des Bruders machte sie immer wieder auf besonders heikle Stellen aufmerksam. Endlich wurde der Tunnel etwas lichter, und sie standen auf dem schrägen steil abfallenden Felsband.

„Aufpassen!", rief Kamaros, und vorsichtig gingen sie auf allen vieren das abschüssige Band entlang. Ein Fehltritt, und man würde beinahe senkrecht in Dornen hinuntergleiten. Nicht auszudenken, wie man sich je wieder befreien könnte.

Nochmals öffnete Kamaros einen Durchschlupf, und bald blockierte der mannshohe Felsriegel den Weg. Kamaros stemmte sich hoch und schwang sich elegant über die Kante, dann reichte er seiner Schwester die Hand und zog sie die letzte Klippe herauf.

Ein kräftiger Wind blies ihr die Haare in die Stirn – sie waren oben.

„Nun, hab ich zu viel gesagt?"

Minea, die sonst selten um eine passende Antwort verlegen war, war sprachlos. Ihr bewunderter Bruder hatte alles übertroffen, was er an Heldentaten im Alleingang schon vollbracht hatte. Wie beneideten die Freundinnen Minea um einen solchen Bruder! Unter den Jungen auf der Insel, die alle eher kleingewachsen und schwarzhaarig waren, fiel er auf durch seinen Wuchs und ganz besonders durch seine kastanienbraunen Locken und seine hellen scharfblickenden Augen. Vor allem aber war er kühn, ja waghalsig, und von einer unstillbaren Neugier getrieben, alles Rätselhafte zu erforschen und wenn möglich sofort zu klären. So klein die Insel Kalliste war, Gelegenheiten für seine halsbrecherischen oder skurrilen Eskapaden bot sie ihm genug. Die Klippen war er an den steilsten Stellen hinaufgeklettert, um nachzusehen, ob sich dort in einer Spalte nicht ein Nest befinde, von der Spitze des Leuchtturms aus hatte er feststellen wollen, ob der Blick wirklich bis Kreta reichte, und mit einem Stier hatte er einen Kampf aufgenommen, nachdem ihm ein Kreter von solchen Dingen erzählt hatte – und nun dieser Tunnel, durch die undurchdringlichste Hecke hindurch! Und sie standen wahrhaftig auf dem Gipfel des Pelias, auf dem verbotenen Berg!

Ihr schwindelte beim Blick in die Tiefe. Rund um sie war nichts als Himmel, sie gehörte nicht mehr zu den Menschen, die dort unten in der Tiefe wohnten, sie war über ihnen, sie flog, sie schwebte über der Erde. So luftig, so weit weg vom Boden, so himmlisch hoch – so nahe bei den Göttern?

„Kamaros, bist du sicher, dass der Gott uns nicht zürnt, wenn wir auf seinem Berg stehen?"

Kamaros hatte sich neben sie gesetzt und war damit beschäftigt, seine Sandalen etwas enger zu schnüren. Er lachte.

„Glaubst du diesen Märchen, welche die Jammerlappen dort unten verbreiten?"

Da polterte es hinter ihnen. Beide drehten sich um. Gleich hinter ihnen rollte ein Stein über den Boden. Dann kam er zur Ruhe. Kamaros blieb das Wort im Hals stecken. Er, der Unerschrockene, der Held, war starr. Kein Mensch, kein Tier war zu sehen. Wie war der Stein in Bewegung geraten?

Ihr Blick blieb am Gipfelmännchen hängen, das Kamaros aufgebaut hatte als Zeichen seines Triumphs über den Gipfel. Der oberste Stein der kleinen Säule, der Kopf des Männchens, hatte sich eben gelöst. Beinah ein Jahr hatte er sich oben gehalten – und jetzt rollte er über den Boden.

Hatte sich doch ein Gott gemeldet? Wollte ein Gott seine Gegenwart anzeigen? Regungslos verharrten sie eine Weile. Nichts weiteres geschah. Dann lachte Minea:

„Der Gott, der hier oben wohnt, hat mich wohl auf seine Art begrüssen wollen."

Kamaros atmete erleichtert auf. Wenn Minea es so auffasste, dann durfte er wohl auch lachen. Aber irgendwie müsste es doch eine Erklärung geben. Minea sinnierte dem Vorfall nicht lange nach, sondern wandte sich der Aussicht zu.

Tief unter ihnen, gegen Westen, lagen Stadt und Hafen, wo das geräuschvolle Leben schon erwachte. Man sah die Schiffe und konnte sich vorstellen, wie sie knarrten und die Waren mit Getöse auf die Hafenmauer ausspien, wie die Seemänner einander Befehle zuschrien, wie die Kinder kreischten. Hier oben war kein Laut zu hören. Minea sog die Stille genüsslich ein.

Von hier oben wurde ihr zum ersten Mal klar, was für eine sonderbare Form die Insel hatte. Der Pelias, auf welchem sie sassen, lag im Südosten. Aus ihm heraus wuchs ein niedrigerer Rücken in das Meer hinaus, der Mesavouno, eine grüne Kuppe mit steilen Felsabstürzen auf drei Seiten. Vom Meer aus schien der Mesavouno unbezwingbar, doch gelangte man kinderleicht auf seinen Rücken vom Sattel, der Sellada, aus, der den Pelias mit dem Mesavouno verband.

Abgesehen von diesen Klippen fiel das Ufer der Insel ringsum sanft ins Meer ab. Kalliste lud mit seinen Wiesen und Feldern, Sandstränden und hübschen Buchten zum Landen ein und wirkte auf vorbeiziehende Schiffe ausnehmend gastfreundlich.

Im Innern von Kalliste jedoch verbarg sich etwas, was sonst auf keiner anderen Insel in der nähern oder weitern Umgebung zu finden war, wie Takis der Lehrer immer wieder betonte – ein See, ein kreisrundes tiefes dunkles geheimnisvolles Loch, das an einer schmalen Stelle, im Südwesten, mit dem Meer draussen verbunden war. Der Lehrer nannte diesen See Caldera.

Wenn man nichts ahnend auf die Hügel hinter Akrotiri stieg, hörte der Weg plötzlich auf, und man stand unerwartet vor einem Abgrund mit felsigen Flanken, die so steil abfielen, dass es kaum jemanden gelüstete, hinunterzuklettern, geschweige denn sich wieder hinaufzumühen. Wanderte man der Kante entlang um das Loch herum, soweit das möglich war, so konnte man durch das Gebüsch hindurch immer wieder unten in der Senke das blaue, manchmal auch violette oder schwarze Wasser des Sees erspähen. Die Oberfläche der Caldera war manchmal spiegelglatt, ein andermal regten sich kleinere krause und bisweilen auch wilde dunkle Wellen. Es war unmöglich festzustellen, ob der Wind oder etwas anderes die Ursache der Bewegung war. Die Gottheiten, die dort drunten hausten, sagten die Leute.

Warum Kalliste als einzige Insel ein solches Loch in der Mitte hatte, war ein Rätsel, das zu lösen sich niemand anschickte. Kamaros jedoch liess diese Sache nicht los. Er versuchte immer wieder, sich vorzustellen, wie die Insel aussähe ohne dieses Loch.

Takis war der einzige Mensch auf der Insel, der einigermassen begriff, was Kamaros bewegte. Takis war ein Sonderling, der schon mehr als zwanzig Jahre auf Kalliste lebte. Woher er gekommen war, wusste niemand, jedenfalls hatte er viele Jahre seines Lebens mit Reisen und Forschen verbracht, bevor er auftauchte, sich in die Insel verliebte und blieb.

Takis wusste über Dinge und Länder Bescheid, von denen die Inselbewohner noch nie auch nur den Namen gehört hatten. Er interessierte sich für alles Seltsame in der Natur. Erst hatten sie mit Kopfschütteln den skurrilen Gelehrten mit dem wilden Haarschopf und den lebhaften Augen beobachtet, wie er ruhelos auf ihrer Insel herumgeisterte, Tiere, Wolken, Wellen beobachtete und Pflanzen, Gewürm und Steine vom Boden aufhob und nach Hause trug. Bald hefteten sich die interessierten Jungen an seine Fersen und lernten dabei einiges, was niemand sonst wusste, und als er begann, ihnen auch die Grundlagen der

Schrift beizubringen, überliessen die Inselbewohner ihm gern das grosse leere baufällige Haus oberhalb der Stadt, wo er wohnen und unterrichten konnte. Am Ende entwickelte sich daraus eine regelrechte Schule, in der alle Kinder der Insel willkommen waren, die irgendetwas lernen wollten.

Nun war Takis alt und weisshaarig geworden, doch immer noch so quirlig und interessiert wie eh. Er hatte eine Riesenmenge seltsamer Dinge aus der Natur gesammelt, gehortet und klassifiziert. Seine Beobachtungen hatte er in geheimnisvollen Zeichen auf zahllose Tonplättchen geritzt, die niemand verstehen konnte, manchmal wohl auch er selber nicht mehr.

Von all den Besonderheiten der Insel faszinierte ihn die Caldera am meisten. Wenn mitten im Unterricht das Wort Caldera fiel, bedurfte es nur eines gezielten Anstosses von der Seite der Schüler, um Takis in Verzückung zu bringen. Gleich wurden sie still und lehnten sich genüsslich zurück in der Gewissheit, dem Lehrer für eine halbe Stunde zuhören zu können, wie er ins Spekulieren und Sinnieren verfiel, während er mit seinen Händen in den weissen Locken wühlte und wild in den Himmel starrte.

„Unsere Insel war früher ein einziger grosser Berg, ein Vulkan", fing er jeweils an, „da war nichts von einer Caldera in der Mitte zu sehen. Dieser Berg wuchs und wuchs, und eines Tages, vor Millionen oder vielleicht auch bloss Zehntausenden von Jahren" – schon hundert wären für die Jungen unvorstellbar viel gewesen – „flog der ganze Berg in der Mitte in die Luft, und seither haben wir dieses schöne runde Loch mit den senkrechten Wänden."

Diese drastische Schilderung liess Kamaros keine Ruhe. Statt des Loches in der Mitte ein Berg? Da gab es so viele Fragen. Lebten da schon Menschen auf der Insel? Gab es damals Tiere? Waren es die Ziegen und Schafe, die jetzt hier lebten? Oder vielleicht Riesenziegen und Riesenschafe mit drei Hörnern? Oder gar unbekannte Tiere wie Löwen und Panther, wie sie auf

Gefässen abgebildet waren, welche der Vater von seinen Reisen brachte? Fragen über Fragen, die der Lehrer alle nicht zu beantworten wusste.

Einige der Fragen sollten aber doch zu lösen sein, fand Kamaros. Doch stets derselbe Einwand: Götter, die keine Störung duldeten, hausten vermutlich in der mysteriösen Caldera – genau wie auf dem Pelias!

Also blieb Kamaros nichts anderes übrig, als auf eigene Faust den Geheimnissen der Caldera auf die Spur zu kommen, genauso wie er denen des Pelias zu Leibe gerückt war. Warum sollte er Götter in Ruhe lassen, die ihm bis dahin nichts zuleide getan hatten, die vielleicht gar nicht existierten? Er selber war noch nie einem dieser Götter begegnet und höchstwahrscheinlich auch niemand sonst.

Bebend und fröstelnd war er einige wenige Male in einem Schiffchen heimlich durch den schmalen Durchgang in den See eingedrungen und hatte in die dunkle Tiefe gespäht. Meist war das Sonnenlicht so grell, dass der Blick nicht durch die gekräuselte Oberfläche drang. Doch einmal, ein einziges Mal, kurz nach Sonnenuntergang am Tage der Sonnwende, hatte sich ihm die Tiefe aufgetan. Dort unten brodelte es, trotzige Felsen drohten und bäumten sich auf, und dazwischen öffneten sich bodenlose Abgründe. Schaudernd war er wieder zurückgerudert.

Für die Bewohner der Insel war es nur zu bequem, fand er, alles Unerklärte den Göttern zuzuschieben. Sie feierten die alten Feste zur Beschwichtigung der Mächtigen, opferten an bestimmen Festtagen ihre vorgeschriebenen Schafe, Ziegen und Hühner und führten pflichtbewusst die stets gleichen Rituale und Prozessionen durch. Das genügte ihnen, sie hatten gar Spass daran, auch wenn sie deren Sinn nicht mehr verstanden. Es habe sich bis jetzt bewährt, sagten sie, warum etwas ändern?

Man betete jeden Frühling zur altvertrauten Potnia, der Muttergöttin, und bat sie, die Winterstürme zu besänftigen,

Fruchtbarkeit zu senden, Tau zu spenden, die Tiere und die Pflanzen und die kleinen Kinder wachsen zu lassen – und das alles trat dann ordnungsgemäss ein.

Ob der Frühling mit all seinen Gaben auch käme, wenn man nicht opfern, nicht glauben, nicht beten, nicht feiern würde? Den Gedanken, man könnte es einmal versuchen, behielt Kamaros wohlweislich für sich.

Wie wenn Minea seine Gedanken erraten hätte, sagte sie in die Stille hinein:

„Du hältst nicht viel von den Göttern, nicht wahr? Du willst lieber selbst für dich einstehen."

Minea liess sich ebenso wenig wie Kamaros beeindrucken von den Götter-Ängsten der Alten. Kritische, gar respektlose Äußerungen über dieses Thema waren allerdings nur innerhalb der Familie geduldet, wo einiges erlaubt war, was man in der Schule oder auf offener Strasse besser unterliess.

Das war der Mutter zu verdanken, die eine Fremde auf der Insel war. Sie war gross gewachsen, grösser als ihr Mann, mit kräftigem Körper, hatte braune Locken wie Kamaros, helle Augen und runde volle Wangen. Manchmal wurde sie mitten im Werken ganz still und blickte wie im Traum in die Ferne, und gleich wussten die Kinder, dass sie an ihre Heimat, an Pylos, dachte. Sie stammte nicht von einer der andern friedlich dahindösenden Inseln der Ägäis; der Vater hatte sie vom Festland geholt, vom Peloponnes. Da waren die Städte stark gebaut, gewaltig gross, erzählte sie, da gab es Burgen auf Höhen, die ringsum mit Mauern befestigt waren, mit Toren und Gräben und Wällen. Dort waren die Feinde nämlich ungleich näher und gefährlicher als auf einer Insel, wo fremde Schiffe von weitem erspäht und rechtzeitig am Landen gehindert werden konnten. Leute vom Festland fühlten sich nie in Sicherheit, ständig waren sie bereit, sich zu verteidigen. Es wäre dort nackter Selbstmord, sich ausschliesslich auf die Götter zu verlassen. Götter liebten starke kämpferische Helden – wie Kamaros einer werden wollte – denen halfen sie in der Not.

„Warte nur, das ist noch nicht alles. Möchtest du Datteln oder Nüsse oder Honig zum Frühstück?“ Sie hatten nichts mitgenommen. Was meinte Kamaros?

„Duck dich, die Taverne kann nur auf allen vieren betreten werden.“ Unterhalb des Gipfels gegen das Meer hin hatte Kamaros einen Spalt entdeckt, und er wäre nicht Kamaros gewesen, wenn er nicht hineingekrochen wäre. Zu seinem Erstaunen öffnete sich drinnen eine Höhle, kühl, angenehm, dunkel, beinah so gross wie ein Zimmer. Es roch nach feuchter Erde. Nur wenige Sonnenstrahlen fielen von Osten durch den Eingang und tauchten den Raum am Morgen in fahles grünliches Licht. Minea staunte. Die wohnliche Höhle bot genügend Raum, ja Mobiliar, sich zu setzen oder gar hinzulegen.

Kamaros drehte ihr seinen Rücken zu und kramte geheimnisvoll im hintersten dunkeln Winkel. Stolz stellte er braune bauchige Töpfe vor sie hin, grössere und kleinere, in denen er seine Schätze verstaut hatte – Bekanntes aus Mutters vorzüglicher Küche – und liess seine Schwester tief hineingreifen, um Gerstenbrote, getrocknete Tomaten, Datteln, Honigkuchen hervorzuziehen. Minea bereicherte die Vorräte grosszügig um drei Feigen. Wie würzig das alles schmeckte in der ungewohnten Umgebung!

Auch gegen Durst war er gerüstet. Von der Mitte der Decke hing eine Felsspitze herunter, von welcher von Zeit zu Zeit Tropfen fielen. Kamaros sammelte die kostbare Flüssigkeit in einem Tongefäss und hob sie auf. So hatte er immer mehrere Krüge mit Wasser bereit. „Taverne zum Götterberg“, lachte er, „du bist der einzige Gast auf der ganzen Welt, der hier bedient wird.“

Das war kurz vor seiner allerersten Reise gewesen, von welcher Kamaros einen Freund zurückbrachte, den nächsten und zugleich letzten Gast auf dem Pelias.

3

Auf keine Art war das ärgerliche Gesetz zu umgehen – ein Jüngling musste zuerst erwachsen werden, bevor er die Insel verlassen durfte. Und erwachsen wurde er durch das Ritual der Initiation, mit sechzehn Jahren. Mit sechzehn wurde er für reif erfunden, sein Leben in die Hand der Fruchtbarkeitsgöttin zu legen, die gnädigst dafür besorgt war, dass Kalliste blühte und dass Wohlstand, Gesundheit und Freude herrschten.

Sechzehn Jahre von seinem Leben sozusagen unnütz verstreichen zu lassen, sechzehn Jahre ohnmächtig auf der Insel – selbst wenn es die schönste Insel der Welt war – festgehalten zu werden wie ein Gefangener und zuhören zu müssen, wie die Älteren mit frechen Abenteuern und Erlebnissen auf See und auf verlockenden andern Inseln auftrumpften – was für eine sinnlose Wartezeit!

Doch der Vater liess sich durch nichts erweichen, auch Kamaros hatte sich der strikten Regel zu unterwerfen, die seit Menschengedenken für alle Jungen galt.

Die Feier der Initiation fand für die Jünglinge im Stadthaus statt, einem Gebäude am Dreiecksplatz. Ältere Leute nannten es „Westhaus", doch da sich die Stadt seither über die alte Westgrenze hinaus ausgedehnt hatte, verstanden die Jüngeren diesen Namen nicht mehr und nannten es „Haus am Dreiecksplatz" oder einfach Stadthaus.

Der Schauplatz des Rituals war das Ratszimmer des ersten Stocks, für Kamaros der allerschönste Raum der Welt. Noch und noch hatte er seinen Vater dorthin in den Rat der Ältesten begleitet, und jedes Mal, wenn er mit angehaltenem Atem den würdigen Saal betrat, war ein sonderbar-feierliches Gefühl über ihn gekommen, dass ihm das reiche, fesselnde Leben, das er bis dahin auf seiner Insel gelebt hatte, an diesem Ort nicht mit jedem Atemzug entschlüpfte, sondern in einer geklärten Form erhalten blieb. Hier fühlte er sich geheimnisvoll eingebettet in die Ewigkeit, hier konnte ihm nichts weggenommen werden.

Es lag nicht daran, dass hier die Geräusche der Stadt nur gedämpft zu hören waren und dass in diesem Raum stets der süssliche Duft von Lilien über die andern Gerüche dominierte, die sonst um geschäftige Männer herum vorherrschten. Es lag auch nicht daran, dass hier die Weisesten der Insel darüber berieten, was der Insel fromme. Es lag daran, dass der Raum ausgemalt war mit Wandbildern, und zwar mit den allerschönsten farbigen Wandbildern der Welt, mit Darstellungen, welche verrinnende Augenblicke ein für alle Mal festhielten, welche Lebendes, Bewegtes, Enteilendes für die Ewigkeit festnagelten.

Es waren die ersten Bilder, die auf Kalliste entstanden waren. Vor längerer Zeit war die Kunde nach Akrotiri gelangt, dass auf dem vornehmen Kreta alle wichtigen Räume mit Fresken bemalt seien. Wenn man mithalten wollte mit der grossen Welt draussen im Meer, schienen Fresken an den Wänden somit unabdingbar. Also liessen die Ältesten der kleinen aufstrebenden Stadt sogleich das Stadthaus, die Visitenkarte von Akrotiri, von einem älteren Maler ausschmücken, und jene ersten Fresken waren nie mehr übertroffen worden.

Einmalig war die Anordnung im Raum. Vom Standpunkt eines Malers aus war der Raum im ersten Stock denkbar ungeeignet für Wandgemälde, denn zwei von vier Wänden waren von mehreren grösseren Fenstern durchbrochen, die dritte und die vierte Wand durch verschiedene Türen. Und doch waren dem Künstler in diesem Raum die faszinierendsten Bilder gelungen. Er hatte sich nicht beirren lassen und hatte seinen Schmuck oben über den Fenstern und Türen angebracht, in einem schmalen langen Band, das rings um das ganze Zimmer herum führte. An einer solch undankbaren, schwer zugänglichen Stelle hätten andere Maler sich wohl mit dekorativen Bordüren und Ornamenten aus der Sache gezogen. Nicht so der Maler von Akrotiri. Er stellte die Szenen und Geschichten, die ihm vorschwebten, in winzigen Figuren und Formen dar, die in zierlicher üppiger Fülle den obersten Teil der vier Wände einnahmen. Man musste sich recken und auf die Zehenspitzen stellen und genau hinschauen, wenn man die Schilderungen in allen Feinheiten geniessen wollte, doch just dieser Zwang, sich mit der Malerei abzumühen, bewirkte, dass man das Geschilderte desto mehr würdigte.

Kamaros kannte und liebte jede Szene und jede Figur. Wenn er sicher war, nicht beobachtet zu werden, stieg er rasch auf einen Hocker, strich mit den Fingerspitzen zärtlich über die raue Oberfläche und zeichnete die Umrisse nach.

Auf dem Fries waren Erzählungen aus dem Leben der Vorfahren auf dem Meer dargestellt. Was für rätselhafte, aufregende Szenen! Da war eine unbekannte Stadt, daneben eine Versammlung auf einem Hügel, da drangen feindlich blickende Männer vor, fremdartig gekleidet und mit Waffen ausgerüstet, Krieger oder Piraten? Da erlitt ein Boot Schiffbruch und trieb mit zerbrochenem Bug im Wasser, und nackte Männer kämpften in den Wellen um ihr Leben und ertranken in grotesken Stellungen – Wunder über Wunder.

Da war auch eine Landschaft zu sehen, wie man sie nur im Traum erahnen konnte – wahrscheinlich Ägypten, hatte sein Vater gesagt. Ein Fluss schlängelte sich durch üppiges Grün – einen Fluss kannte man auf Kalliste nicht – durch Palmen und Papyruspflanzen, zwischen welchen sich unbekannte Tiere jagten.

Das Allerschönste war das Bild, das die Rückkehr der Schiffe aus einer fremden Stadt nach Akrotiri darstellte. Die Häuser waren prächtig mit Hörnern geschmückt, und voller festlicher

Zuschauer, welche die siegreichen Schiffe empfingen – eine Schiffsparade, wie sie jeden Frühling genau auf diese Art am Schiffsfest wiederholt wurde, um den Göttern zu danken für den Sieg von damals.

Der Maler der ersten Bilder war bald gestorben. Seine Nachfolger, welche die anderen Wände des Westhauses ausmalten, kamen bei weitem nicht an ihn heran, fand Kamaros. Es waren Bilder von grösserem Format, etwa die Kapitänskajüten, die jeweils im Vorraum an die Wand gemalt wurden, um erfolgreiche Flottenobersten zu ehren, oder die Priesterin mit dem roten Ohr, die den Eingang zum Ratsaal bewachte. Der Darstellung der Initiation war im Ratsaal selber, unterhalb der Miniaturfresken, gebührend Raum gegeben worden: Zwei nackte kahle Jünglinge waren zu sehen, die auf Schnüren aufgezogene Fische als Gaben dem Altartisch in der Ecke entgegentrugen, genau wie es bei der Initiation verlangt und durchgeführt wurde.

Schon manches Mal war es von Nutzen gewesen, dass Kamaros die Fresken so gründlich studiert hatte. Interessierte sich nämlich ein Fremder für die Bilder und bat um fachmännische Erläuterungen, wurde stets in der ganzen Stadt nach Kamaros gesucht, damit er sie zeige und erkläre, eine Aufgabe, die er jeweils mit Ernst erfüllte.

Der sechzehnte Geburtstag traf endlich ein, mit ihm das Ritual. Zu seinem Verdruss wurde Kamaros ausgerechnet zusammen mit dem listigen Kekrops, den er am allerwenigsten von seinen Kameraden mochte, zur Weihe geschickt. Doch endlich war auch das durchgestanden, er war reif erfunden für die Welt ausserhalb von Kalliste.

Doch als weiteres Ärgernis gab es da noch einen andern durch lange Jahre geheiligten Brauch: Für einen angehenden Seefahrer folgte die Schulung einem stets gleichen Aufbau. Die erste Seefahrt führte zu einer der Nachbarinseln, nach Anafe oder Ios, höchstens nach Naxos.

Die ferneren und interessanteren Inseln waren für eine spätere Stufe der Ausbildung vorgesehen. Es traf sich, dass die Perea, das grösste Schiff seines Vaters Petrassios, zwei Tage nach der Initiation nach Kreta fuhr. Und Kamaros sollte nicht mitfahren dürfen, bloss weil er Anafe, das vor der Haustüre lag, noch nicht besucht hatte? Lächerlich, eine unsinnige Quälerei, jetzt nachdem er erwachsen war. Das war zu viel, da musste er selber durchgreifen.

Kreta – mit Ehrfurcht und Scheu wurde der Name auf die Zunge genommen, selbst von Leuten aus Kalliste, die überzeugt waren, auf der schönsten, reichsten, glücklichsten aller Inseln zu leben. Der Name Kreta besass eine magische Kraft. Waren die andern kleinen Inseln der Ägäis stattliche Bürgerhäuser, so war Kreta im Vergleich dazu ein Königspalast. Kreta schien all das, womit man sich brüstete, in erhöhter Qualität zu besitzen, in Kreta war alles um eine Stufe edler, vornehmer, grösser. Kretisches galt als das Eleganteste, das Erhabenste und Fortgeschrittenste in jeder Beziehung, in Landschaft, in Kleidern, in Schmuck, in Kunst, in Sitten.

Ein früher Versuch, nach Kreta zu gelangen, war kläglich misslungen. An seinem sechsten Geburtstag war das grosse Schiff seines Vaters bereit zur Abfahrt nach Kreta. Gleich nach dem Frühstück machte er sich unbemerkt auf und trottete durch die Gassen zum Hafen, wo die letzten Vorbereitungen zur Abfahrt getroffen wurden. Unbemerkt bestieg er das Schiff. Wo konnte er sich verstecken? Da, ein offenes Loch, schnell hineingesprungen! Er landete auf einem weichen Ballen. Doch das Glück dauerte nicht lange, denn bald wurde diesem Ballen ein weniger weicher nachgeworfen, der genau auf seinen linken Fuss fiel. Ein gellender Schrei, und schon stand ein Seemann neben ihm und hob ihn ans Tageslicht hinauf, und das Ende seiner ersten Kreta-Reise war ein geschwollener Fuss.

Diesmal wollte er sich nicht erwischen lassen. Minea war die Einzige, der er sich anvertrauen konnte.

„Hast du eine Idee, wie man es anstellen könnte, unbemerkt aufs Schiff zu kommen, wenn man so auffällig gross und so bekannt ist wie ich?“

Kamaros füllte seine Taschen mit Proviant aus den delikateren Töpfen, und die beiden begaben sich an den Hafen. Die Zeit war günstig, der Hafen wimmelte von Seeleuten und von Zuschauern zwischen chaotischen Haufen von angekommenen und zu verladenden Gütern. Schwitzende Träger stöhnten unter den schweren Kisten und Ballen. Eben wurden riesige Stoffballen auf die Perea geschleppt, und schon erkannte Minea die Gelegenheit. Sie riss sich ihren grossen braunen Schal von den Schultern, warf ihn über Kamaros, half ihm, einen Ballen hochzustemmen, und schon torkelte er gebückt über die Brücke, erfolgreich verhüllt.

„Siehst du nicht, wohin du gehen sollst, du Idiot?“, schrie ihn ein Aufseher an. Kamaros duckte sich noch etwas mehr und ging in die ihm gewiesene Richtung. Keuchend legte er seine Last nieder und war in wenigen Sätzen in der Kapitänskajüte verschwunden. Minea wartete am Ufer, und als sich nach einer Stunde kein Bruder mehr zeigte, zog sie fröhlich pfeifend nach Hause.

Am frühen Abend legte die Perea ab, mit der üblichen fröhlich-lärmenden Abschiedszeremonie. Die Mutter schaute sich verwundert am Hafen um, hatte Kamaros doch noch nie gefehlt bei einem Ankerlichten der Perea. Wo steckte er wohl?

Minea kam atemlos gerannt. „Kamaros muss Takis bei einem furchtbar schwierigen Experiment helfen, das man nicht unterbrechen kann. Er hofft, noch rechtzeitig zur Abfahrt zu kommen, er möchte sie ja nicht verpassen.“ Sie errötete nicht einmal, als sie die Lüge zum Besten gab, ging es doch um das Glück ihres angebeteten Bruders.

Gemessen und mit Würde zogen die Seeleute die blauen Segel hoch, der Kapitän stand, wie es sich gehörte, aufrecht auf Deck, und das Schiff fuhr majestätisch aus dem Hafen, bejubelt von der Menge. Draussen im offenen Meer gab er seine Befehle, was Segel und Ruderer betraf, und bald war das Schiff auf seinem Kurs in den Süden. Der Kapitän hatte seine Pflicht vorläufig getan, alles war zum Besten, und erleichtert begab er sich in seine Kajüte.

„Verzeih mir, Vater, ich konnte nicht anders, ich musste mitfahren.“ Kamaros kauerte geduckt in der Ecke und zitterte. Er erwartete, gehörig ausgescholten zu werden. Doch der Vater lachte dröhnend:

„Du gefällst mir, du nimmst dein Leben selber in die Hand. Und wenn ich ehrlich sein will, kommt es mir sehr gelegen, dass du mitfährst, so kann ich in Kreta gleich einen wichtigen Auftrag erfüllen, zu welchem ich deine Hilfe dringend benötige.“

Kamaros stutzte. Was meinte der Vater? Er hatte ihn wohl nicht recht verstanden. Denn wozu in aller Welt könnte er seinem überlegenen Vater nützlich sein?

Für einen Seemann aus Kalliste war die Fahrt nach Kreta etwas Alltägliches. Einmal auf See, zeigten die Schiffsleute keinerlei Zeichen von Erregung, im Gegenteil, sie gaben sich betont gelangweilt von der Routinefahrt bei problemlosem Wetter. Zwar war man unterwegs ein gutes Stück auf offener See, ohne irgendwo Land zu sehen, doch Schiffe, die nach Kreta fuhren, bewältigten die Strecke mühelos.

Für Kamaros war alles ungemein spannend. Im Geist hatte er zwar die Reise schon unzählige Male durchgespielt. Durch beharrliches, lästiges Fragen hatte er einiges aus den Schiffsleuten und seinem Vater herausgepresst. „Wie sieht der Hafen aus? Wer steht am Ufer? Hat kretischer Sand die gleiche Farbe wie der Sand hier? Warum steht die Stadt mit dem Palast nicht am Meer? Wie kommt man hin? Kann man den König sehen?“ Fragen über Fragen, die oft mit so vagen und herablassenden

Antworten abgetan wurden, dass sie Kamaros umso mehr auf die Folter spannten. Nun sollte er alles selber sehen und erleben – lange genug hatte er warten müssen.

Das Nachtessen im heissen verrauchten Schiffsbauch war laut und ungeordnet. Kamaros brachte keinen Bissen hinunter. Nach dem Essen verschwanden die Seeleute in ihren Kojen, ohne noch einen Blick aufs Meer zu werfen, und Kamaros wurde eine Pritsche in einer engen stickigen Kabine zugewiesen neben einem jüngern Seemann, der sogleich durch das regelmässige Schaukeln in den Schlaf gewiegt wurde. Kamaros brachte der Wellengang keine Entspannung, im Gegenteil, er wurde wacher und erregter mit jeder Schaukelbewegung – es ging auf Kreta zu!

Er hielt es nicht mehr aus auf der Pritsche und schlich hinauf auf Deck. Der Steuermann erschrak, als er jemanden kommen sah; er fühlte sich ertappt, weil er kurz eingenickt war. Doch Kamaros hatte keine Augen für ihn, er taumelte bis in die vorderste Spitze des Schiffes, zur hölzernen Seejungfrau. Wie angenehm kühl der Wind ihm in die Haare blies. Und wie würzig es nach Meer roch, so ganz anders als auf der Insel, kräftiger, salziger, fremd.

Ringsum Wasser, weit und breit war nichts anderes zu sehen. Kamaros legte sich auf den Rücken und blickte in die Sterne hinauf. Schauen … die Wellen spüren … die Bewegung weg von Kalliste fühlen … nur ja nicht einschlafen …

Die Rufe der Seeleute weckten ihn. Die Sonne stand schon ein Stück über dem Horizont und wärmte die Bretter, auf denen er lag. Hinter ihnen war nichts als Meer, doch vor ihnen hatte sich eine Wand aufgebaut, endlos sich ausdehnend nach Osten und Westen, Berge, hohe und höhere, blaue und graue, abweisend kahle und grün einladende. Das war Kreta! Ein gewaltiger Koloss, dem man weder nach Osten noch nach Westen ausweichen konnte.

Immer näher kam das Land. Wo war denn der Hafen? Da war tatsächlich bloss ein langer gerader Sandstreifen zu sehen, noch schmutziger, als er ihn sich vorgestellt hatte. Es gab kein Hafenbecken.

Das sollte der Hafen von Amnissos sein? Schiffe konnten hier nirgends angebunden werden, sie wurden auf den Strand gezogen. Als die Perea so nahe beim Ufer war, dass man schon tote Fische, Tang und verfaulendes Grünzeug am Saum des Strandes sah, wateten starke Männer durchs Wasser und legten sich ins Zeug, das grosse Schiff auf langen Brettern an Land zu schieben zum Entladen und Beladen.

Hoch aufgerichtet stand Kamaros im Bug des Schiffes, um wie ein König einzufahren, und als der Bug auf festem Boden war, stieg er auf das Geländer, reckte sich in die Luft – ein eleganter Sprung, und er war in Kreta. Die Hafenarbeiter schrien ihn an, doch er hörte sie nicht. Er bückte sich und griff kräftig in den Sand. Nun hatte er es geschafft – er hielt ein Stück Kreta in seinen Händen!

Rückblickend musste er zugeben, dass kein markanter Unterschied zum Sand von Kalliste zu erkennen war.

4

Er schaute sich um. Zuerst stellte er mit Genugtuung fest, dass die Perea sich sehen lassen konnte neben den vielen andern kleineren und grösseren, mehr oder weniger schmucken, mehr oder weniger sauberen Schiffen. Kein einziges entsprach seiner Vorstellung von einem Glied einer kretischen Prachtflotte. Im Gegenteil, die Perea wirkte frischer als die andern Schiffe, war am buntesten bemalt und die allerschönste Seejungfrau fuhr voran im Bug.

Die Hafenstadt Amnissos war noch enttäuschender. Der Ort blähte sich weit und formlos in die Ebene aus und war nicht mit einem Blick zu erfassen wie Akrotiri, das sich überschaubar an den Hang schmiegte und wie eine mütterliche Gastgeberin in der ganzen Breite dem ankommenden Schiff entgegenstrahlte. Hier standen nur wenige grössere Häuser, die den Namen Villa verdienten, dafür eine Menge achtlos hingestellter ungepflegter, geradezu schäbiger Baracken, ärmliche Unterkünfte der Hafen- und Lagerarbeiter.

Von Knossos, der Hauptstadt, zwei bis drei Stunden landeinwärts, wo die wichtigeren Käufe und Verkäufe abgewickelt wurden, werde er dann bestimmt nicht enttäuscht sein, tröstete ihn der Vater. Das sollte er noch am selben Tag erfahren.

Bevor er irgendetwas anordnete, steuerte der Vater unter den kritischen Blicken der am Ufer arbeitenden Kreter mit entschlossenen Schritten auf den auffälligen länglichen Felsriegel zu, der den Strand zweiteilte.

Bald standen sie am Eingang zu einer Höhle. Kamaros drängte gleich vorwärts in die Kühle, doch schon traten ihm aus der Tiefe zwei bestrickende junge Damen entgegen, aufregend in weisse Schleier gehüllt und einen betörenden Duft verbreitend, und versperrten ihm den Weg. Ehrfurchtsvoll schlug der Vater die Augen nieder und verneigte sich, und hastig tat es ihm Kamaros gleich. Das waren also die angesagten Priesterinnen der Eileithyia, einer hochverehrten Höhlengöttin, einer Tochter des Zeus, welche die Opfergaben der Ankommenden entgegennahmen.

Ungeduldig trat Kamaros von einem Fuss auf den andern. Wann durften sie endlich die Höhle betreten? Was war wohl drinnen zu sehen? Schwebten dort noch mehr von diesen bezaubernden Priesterinnen herum?

Der Vater hatte unterdessen aus seiner Börse eine Handvoll Goldstücke hervorgeholt und legte sie in das Gefäss, das auf dem Altar beim Eingang bereit stand. Er verneigte sich nochmals und murmelte etwas Unverständliches. Kamaros tat es ihm gleich, und schon wandte sich der Vater weg. Das war alles, damit war dem Brauch in Amnissos Genüge getan.

Kamaros stutzte. Zu Hause in Akrotiri waren am Hafen keine Kulthandlungen vorgesehen. Wussten die Kreter wohl mehr über Götter? Jedenfalls waren die Leute von Kalliste auch ohne ein Hafenritual reich und glücklich.

„Wenn du ein fremdes Land betrittst, tue genau das, was die Einheimischen tun, auch wenn du es nicht verstehst. Dann wirst du geachtet werden. Hier in Kreta ist es nun einmal Brauch, bei der Ankunft der Göttin zu danken“, erklärte sein Vater, „vor allem aber soll man seinen Tribut zahlen, erst recht wenn man vorhat, mit den Priestern in Knossos Geschäfte zu tätigen“, fügte er augenzwinkernd hinzu. Das war die erste Lehre, die der Vater dem zukünftigen Kapitän erteilte.

„Schau dich doch etwas in der Hafenstadt um, bevor wir nach Knossos gehen. Sie ist nicht so schlimm, wie sie von hier aus wirkt. Vielleicht findest du etwas, was du denen zu Hause mitbringen möchtest?“ Der Vater gab ihm einen Lederbeutel mit einigen Goldstücken und wies ihm den Weg in die Marktstrassen.

Allein in Amnissos! Wenn ihn jetzt bloss seine Schulkameraden sähen!

Was für eine seltsame Stadt! In Akrotiri waren die Gassen eng und gewunden, um den Wind zu brechen. Hier marschierte er auf einer breiten geraden Strasse stadteinwärts. Die Luft erfrischte nicht, sie war drückend und voller widriger Gerüche. Gefährte und Karren in allen Grössen, von Eseln oder von Menschen gezogen, ratterten dicht nebeneinander daher, kreuzten sich, standen sich im Weg. Wenn die Händler einen günstigen Platz am Strassenrand entdeckten, hielten sie an und begannen gleich lauthals ihre Waren feilzubieten. Kamaros wankte durch die Menge, gestossen und geschubst, betäubt vom Knattern der holpernden Wagenräder, vom Schreien der Verkäufer, vom Quietschen der Ferkel, von krachenden Ladungen. Einen solchen Lärm brachten auch die wildesten Streitereien und die hektischsten Abfahrten in Akrotiri kaum hin.

Was da alles zum Kauf angeboten wurde! Vieles kannte Kamaros nicht einmal dem Namen nach. Ein wackeliges Wägelchen voller Melonen von noch nie gesehenen Farben und Formen stach ihm in die Augen. Zu Hause gab es genau drei Varianten von Melonen, hier bestimmt zehn oder zwölf verschiedene. Eine braungebrannte Bauernfrau mit einem blauen Tuch um den Kopf und einem Säugling um die Hüften gebunden war knapp zu sehen hinter dem Berg von Früchten. Kamaros zeigte auf eine grosse Kugel von dunkelroter Farbe, und während ihm die Frau ein tüchtiges saftiges Stück abschnitt und er seine Goldstücke hervorklaubte, erkundigte er sich, wo die vielen Sorten wuchsen. In Tylissos, erklärte ihm die Frau, einem Dorf weit oben in den Hügeln. Zweimal in der Woche kam sie mit ihrer Ernte nach Amnissos auf den Markt. Kamaros merkte sich den Stand, um später den Vater zu bitten, ein paar Melonen der originelleren Sorten mitzunehmen. Wie würden Minea und die drei Kleinen staunen!

Einige Stände weiter erwarb er für Takis eine seltsam geformte Muschel, wie er sie noch nie auf Kalliste gefunden hatte. Der Junge, der seiner Mutter beim Verkauf half, erzählte stolz, er habe sie in einer unzugänglichen Grotte weit im Westen gefunden, und steckte die Bezahlung flink in seine eigene Tasche.

Der Duft von Frischgebackenem schlug ihm entgegen. Brote und Brötchen in den verschiedensten Formen, kugelige, lange, ovale, ringförmige, wurden gerade auf einem Tuch kunstvoll aufgebaut. Kamaros entschied sich für ein Stück von einem Brot mit süssen getrockneten Trauben und Nusskernen drin; es schmeckte himmlisch verglichen mit dem ewig gleichen Gerstenbrot von zu Hause.

Als er unschlüssig stehen blieb, spürte er, wie er am Ärmel gezupft wurde. Neben ihm stand eine hagere Frau, die ihr Gesicht geheimnisvoll mit einem wollenen Tuch verhüllt hatte. Nur zwei schwarze Augen stachen hervor.

„Junger Mann, komm auf eine Minute mit mir. Dein interessantes Gesicht ist mir sogleich aus allen andern heraus aufgefallen." Sie packte ihn mit knochiger Hand und zog ihn in eine Nische.

„Du hast ein grosses Leben vor dir", krächzte sie, „ich kann dir deine Zukunft voraussagen. Du wirst staunen."

Ein interessantes Gesicht? Die Zukunft? Das Leben, das noch vor ihm lag? Genau darauf war er neugierig. Diese Frau hatte ihn aus all den vielen Menschen als etwas Besonderes herausgespürt, und sie wusste, wie sein Leben sich weiterentwickeln würde. Was für ein Glücksfall! Neugierig folgte er ihr.

Sie führte ihn durch ein Seitengässchen, zwischen elenden Ställen hindurch, in eine verwahrloste Hütte hinein. Wild rankten sich Schlingpflanzen an den Wänden hoch. Der Lärm der Hauptstrassen drang nicht bis hierher.

Sie betraten einen fensterlosen Raum voller Lumpen, Bretter und zerbrochener Töpfe. Knapp konnte er ein Lager und einen zerschlissenen Teppich am Boden ausmachen. Es roch nach saurer Milch und faulenden Zitronen, nach Feuchtigkeit und Moder. Wahrscheinlich brauchte die Frau all diese Gerüche, um sich mit der Zukunft in Verbindung zu setzen.

„Warte hier, rühr dich nicht", herrschte ihn die Frau an und verschwand hinter einem Vorhang. Brauchte sie wohl bestimmte Gerätschaften oder vielleicht einen Trank, der Visionen ermöglichte? Eine tiefe Männerstimme sagte etwas in einer unbekannten Sprache, dann trat die Frau wieder ein.

„Zeig mir deine Handfläche!" Schnell streckte er ihr die rechte Hand entgegen. Die Frau packte sie und zog sie nahe unter ihre Augen. Erst jetzt sah er, wie alt sie schon war.

„Du bist unter einem glücklichen Stern geboren. Doch sei wachsam. Drei Jahre wird das Glück andauern, dann tritt schlagartig eine Wendung ein. Was danach geschieht, ist nicht entschieden. Wenn du stark bist, dann kannst du das Unheil vielleicht überwinden. Wenn du aber schwach und feige bist, ist es aus mit dir."

„Welcher Art ist denn das Unheil, das auf mich zukommt? Sehen Sie das auch in meiner Hand?"

„Es sieht am ehesten aus wie …"

In diesem Augenblick flog der Vorhang hinter ihnen auf und ein hünenhafter Mann trat ein. Kamaros konnte ihn im Dunkeln nicht klar sehen. Er spürte bloss, wie er derb an der Schulter gepackt wurde und eine riesige Faust, die nach Fisch roch, vor sein Gesicht gehalten wurde.

„Her mit deinem Gold!"

Wie blind und vertrauensselig er doch gewesen war! Schon war es geschehen – er war in eine Falle geraten. Jetzt war der Augenblick gekommen zu beweisen, dass er ein Mann war. Er überlegte blitzschnell, was zu tun sei.

Erst tat er so, als ob er der Aufforderung gehorchen würde, nestelte an seinem Beutel herum, dann trat er den Mann plötzlich mit dem Fuss kräftig ins Schienbein. Darauf war dieser nicht gefasst, er lockerte unwillkürlich den Griff an der Schulter, und mit einem Ruck riss Kamaros sich los, um zu entfliehen. Doch die kleine schwarze Frau war hinter ihn getreten und stellte ihm ein Bein, so dass er hinfiel und hart aufschlug. Der Mann hatte sich wieder gefasst und stürzte sich auf ihn, presste ihn mit seinem Knie auf den Boden, drückte seine Arme nach unten, und gleich griff die Frau in den Beutel und zog die Börse heraus. Der Mann versetzte Kamaros noch einen kräftigen Tritt, dann verschwanden beide durch den zerschlissenen Vorhang. Er hörte, wie sich die Schritte rasch entfernten, darauf war alles still.

Starr lag er am Boden und wagte nicht, sich zu bewegen. Als sich Minute um Minute nichts mehr rührte, öffnete er vorsichtig ein Auge, dann schoss er hoch und rannte aus dem Zimmer, zurück durch die schmutzigen Gässchen, auf die grosse Strasse hinaus, und hastete weiter, sich mit Ellbogen und Füssen einen Weg durch die Menge bahnend, bis er am Strand anlangte.

Atemlos, stotternd berichtete er dem Vater, was ihm zugestossen war. Während des Erzählens fiel es ihm wie Schuppen von den Augen, wie leichtgläubig und hinterwäldlerisch, ja echt dumm er gewesen war. Diesmal hätte er wahrhaftig Schelte verdient. Doch wieder lachte der Vater, klopfte ihm auf die Schulter und gab ihm neue Goldstücke.

„Das war deine zweite Lehre, wie man sich in einem fremden Land verhalten soll. Vertraue keinem Unbekannten blind."

So leicht konnte er allerdings die schwarze Frau nicht vergessen. War wohl etwas wahr an dem, was sie ihm geweissagt hatte? In drei Jahren ein Unheil? Was konnte das sein?

Er öffnete seine Handfläche und starrte hinein. Nichts, aber wirklich gar nichts war da zu lesen, davon war er überzeugt.

Es war eine Hand wie jede andere. Das Schicksal lag allein bei ihm. Er selber sollte sich würdig erweisen, er selber hatte es in der Hand – also doch die Hand! –, ob er erfolgreich oder ein Stümper würde. Eigentlich hatte die Frau genau das gesagt, was er schon lange wusste.

An der breitesten Querstrasse hatten die Töpfer ihre Waren ausgestellt, Vasen, Krüge, Schälchen, Teller, alle meisterlich gestaltet, verziert, bemalt, geritzt. Wenn er sich nur einige Motive merken könnte, etwa die eleganten Schilfblätter auf jenem Krug oder die Tintenfische mit raffiniert ineinander verschlungenen Armen oder jene Spiralen und Kreise, die in ihrer Einfachheit die Rundung des Gefässes so plastisch hervorhoben. Einiges wirkte unglaublich kompliziert, anderes wieder wie selbstverständlich, so als hätten sich die Motive für das jeweilige Gefäss aufgedrängt.

Und erst die Formen! Besonders gefielen ihm die Krüge mit den anmutig aufwärts geschwungenen Schwanenhälsen, so graziös, zierlich, unwirklich. Gewiss, der alte Töpfer in Akrotiri gab sich alle Mühe und schuf ganz anständige Gefässe, aber solche Stücke?

An den Ständen mit Schmuck kam er nicht mehr vom Fleck, so vieles hielt ihn fest – Anhänger, Halsketten, Stecknadeln, Ohrringe, teils aus allerfeinsten ziselierten Goldplättchen, oft mit winzigen Kügelchen beklebt, teils aus dünnen Golddrähten zu hinreissenden Formen verschlungen.

Die Hände, die solch zarte Ringe trugen, waren bestimmt nicht für derbe Arbeit bestimmt. Die Schmuckstücke aus Halbedelsteinen oder Elfenbein waren vielfältig geschnitzt und geritzt; Käfer, Bienen, Elke, Hirsche, Götter, Pflanzen, Altäre waren zu sehen, auch ganze Szenen, etwa eine Göttin auf einem Sockel, die von zwei Greifen links und rechts bedient wurde, oder ein Löwenbändiger mit einem Löwen. Einige Siegel und Gemmen waren so fein gearbeitet, dass man die Szenen von blossem Auge kaum erkennen konnte. Der Händler hielt ihm eine Öllampe so hin, dass das Relief klarer hervortrat. Kamaros nahm Stück für Stück in die Hand und liess sich über das Material und die verschiedenen Techniken vom geduldigen Verkäufer belehren.

Da blendete ihn plötzlich ein Licht. Ein Sonnenstrahl wurde von irgendwoher zurückgeworfen. Dort drüben, an einem Ständer, den er noch nicht beachtet hatte, dort hing der durchsichtige Stein, der in allen Farben zu funkeln begann, sobald ein Strahl auf ihn fiel. Jetzt hatte Kamaros nur noch Augen für diesen einen Anhänger. Behutsam nahm er ihn in die Hand und drehte und wendete ihn nach allen Seiten. Er fühlte sich kühl an und glatt wie Seide. In den Schatten gehalten nahm er sich eher unscheinbar aus, im Sonnenlicht jedoch überstrahlte er alle andern. Kamaros hielt ihn gegen die Sonne, von der Sonne weg, in den Halbschatten eines Baumes, und jedes Mal war die Wirkung überraschend.

„Wie heisst denn dieser Stein, der so wundersam funkelt?"

Der Händler, ein wendiges Männchen mit einem eleganten Bärtchen, gab bereitwillig Auskunft.

„Dies ist ein Bergkristall, ein Stein, der nur auf Kreta, im hohen Gebirge in Höhlen gefunden wird. Na, gefällt er dir?"

„Es ist der schönste Stein, den ich je gesehen habe. Der wäre ein edles Geschenk für meine Schwester zu Hause. Wie viel kostet er denn? Er wird wohl sehr teuer sein."

Mit geübtem Blick erkannte der Händler, dass der Frager aus einem fremden Land kam und wohl über einen dicken Beutel Gold verfügte. Er wagte es und nannte einen Preis für den Stein, der alles übertraf, was ein Kreter ihm bezahlt hätte. Doch er hatte sich verrechnet, die Summe überstieg bei weitem den Betrag, den Kamaros in seiner Börse hatte. Enttäuscht zog er weiter. Bald war der Vater bereit. Er hatte das Ausladen überwacht und alle nötigen Anweisungen gegeben.

„Zeig mir nun, was du alles entdeckt hast auf dem Markt und

was du nach Hause bringen möchtest. Ich kenne mich schlecht aus, da ich mir nie genügend Zeit nehme."

Erst kauften sie verschiedene Melonen bei der Frau aus Tylissos, dann einige originelle Töpfe und Krüge, zum Schluss führte er den Vater zum Schmuckhändler, der sich schon die Hände rieb und ein einträgliches Geschäft witterte, als er den Sohn in Begleitung des Vaters zurückkommen sah.

Der Anhänger aus Bergkristall gefiel auch dem Vater ausnehmend gut. Der Schmuckhändler, der geglaubt hatte, mit einem naiven Fremden ein flottes Geschäft zu tätigen, täuschte sich jedoch gewaltig, denn in Petrassios fand er ein gleichwertiges Gegenüber.

„500 Minas für diesen unbedeutenden Stein, den es überall zu kaufen gibt? So wirst du nie ein Geschäft machen. Es wäre mir ein Leichtes, ein mindestens so schönes Stück für 150 Minas zu finden."

„Der Herr scherzen. Für 150 Minas bekommt er höchstens einen trüben Klumpen, aber niemals diese Qualität."

„Sagen wir 200, der Stein ist ja recht hübsch."

„Ich schwöre dem Herrn, dass ich dem, der ihn fand, weit über 200 bezahlt habe. Ich müsste noch drauflegen."

Kamaros staunte, wie gewandt sein Vater feilschte und den Anhänger für weniger als die Hälfte des anfänglich genannten Preises erstand. Eine weitere Lehre.

Das Eingekaufte wurden auf der Perea verstaut, und kurz darauf machten sie sich auf den Weg nach Knossos. Treiber brachten ihnen Esel. Erst ritten sie schweigend nebeneinander, jeder seinen Gedanken nachhängend. Unvermittelt unterbrach der Vater die Stille.

„In Knossos können wir gleich etwas erledigen, wozu mir deine Meinung unerlässlich ist."

Das war alles. Wieder ritt der Vater stumm neben ihm her. Was mochte das bloss für ein Geschäft sein, für welches er dringend Kamaros' Meinung benötigte? Er fragte nicht weiter nach, denn wenn der Vater etwas geheim halten wollte, dann war fragen aussichtslos. Der Weg führte landeinwärts. Vor ihnen ragte steil der Juchtas auf, der heilige Berg hinter Knossos. Kamaros schaute immer wieder hin. War es wirklich ein Berg, oder war es ein versteinerter Gott, der schlief?

Lange bevor die Sonne unterging, standen sie vor den Toren von Knossos.

Das war also der vielgepriesene Palast, den er an jenem Tag zum ersten Mal sah. Oft war er in späteren Jahren dorthin geritten, und bei jedem Besuch wiederholte sich das erste Gefühl: „Ist das alles?"

Aus der Ferne war der Palast wahrhaftig wenig imponierend. Er stand auf keiner Anhöhe, hatte keine hohen Türme, keine stattliche Mauer, die ihn umfasste, und kein Portal, das zum Eintreten einlud. Er stand oder besser gesagt lag als riesenhafte unförmige Kröte über einen niedrigen Hügel ausgebreitet. Die vielen unregelmässigen Nischen und Ausbuchtungen gaben ihm ein unfertiges zufälliges Aussehen, so als ob immer noch weiter daran gebaut würde, und zwar je nach Bedarf von innen her, ohne Rücksicht auf die äussere Gestalt.

Man betrat den Palast nicht durch ein einladendes Tor, sondern irgendwo auf der Seite durch eine schmucklose Pforte, und gelangte so in ein Zimmer, in dem die Wachen hausten. Auch von hier aus führte nicht etwa eine zentrale Prunktüre weiter; durch eine unscheinbare Öffnung, dann durch einen langen schmalen Korridor gelangte man nach zwei Wendungen endlich zum Ziel, in den Zentralhof.

Hier allerdings war der Eindruck überwältigend. Der lichtdurchflutete Hof mit unzähligen Türen, Eingängen und Ausgängen, Durchgängen, Treppen hinauf und hinunter, Rampen, Terrassen, Balkonen, Säulen war eine Welt für sich. Über tausend Räume solle es hier geben. Ein gigantisches Bauwerk, eigentlich eher eine ganze Stadt als ein Gebäude.

Durch welche von allen diesen Öffnungen waren sie nun soeben gekommen? Man hatte Mühe gehabt, in den Hof zu gelangen, noch viel schwieriger schien es, den Weg hinaus wiederzufinden. Jetzt verstand Kamaros plötzlich, was der Lehrer mit Labyrinth gemeint hatte. Hinaus und hinein durch die unzähligen Türen huschten Scharen von Männern und Frauen, alle weiss gekleidet, alle eifrig irgendwohin strebend. Mehr Leute schienen hier zu arbeiten als auf ganz Kalliste wohnten. Von hier aus wurde die ganze Insel Kreta verwaltet, hier war das Zentrum des Handels, und hier war auch gleich noch der Tempel, in welchem Weihgaben entgegengenommen und Almosen ausgeteilt wurden.

Eine geniale Verquickung, meinte der Vater. Und hier wohnte auch der König, hiess es. Was genau ein König sei, war Kamaros schleierhaft, und dass der König zugleich der höchste Priester sei, ebenso. Der König von Kreta stamme in direkter Linie von Zeus ab, wurde er belehrt, und zeige sich äusserst selten. Der Vater, der doch häufig im Palast zu tun hatte, war ihm jedenfalls noch nie begegnet und wusste nur, dass sich seine Räume in der Ecke gegen Süden befanden.

Nachdem sie eine Weile im blendenden Licht des Hofes gewartet hatten, trat ein weiss gekleideter Diener aus einem der Räume und grüsste sie höflich. Er war dunkelhäutig und trug seine Arme über der Brust gekreuzt. Er kannte Petrassios, und Kamaros wurde als Sohn vorgestellt.

„Schau dich ruhig um im Palast. Wir brauchen einige Zeit, bis wir fertig sind."

Die beiden Männer schritten auf den etwas tiefer liegenden nördlichen Teil des Gebäudes zu und verschwanden.

Schau dich um im Palast! Das musste man ihm nicht zweimal sagen. Er machte einige zaghafte Schritte zur nächsten Treppe und erwartete jeden Augenblick, dass einer der emsigen Diener ihn anhalten würde. Doch keiner beachtete ihn, auch nicht, als er es wagte, die Treppe hochzusteigen. Er wurde mutiger und wagte sich weiter, einem Geländer nach, erhaschte Blicke hinunter in einen kleinen steinernen Hof, in schmucke Gärten, gelangte auf weitere Terrassen und Balkone, Passagen und Treppen, mit unerwarteten Ausblicken auf Berge im Süden und auf die wellige Landschaft gegen das Meer hin. Weiter, immer weiter eilte er, hinunter in einen versenkten Hof, wieder einige Stufen hoch, in einen zweiten, einen dritten Hof – atemlos, berauscht liess er sich treiben.

Einige der Korridore waren mit riesigen farbenfrohen Wandmalereien geschmückt. Das waren also die berühmten Vorbilder für die Fresken zu Hause. Prozessionen waren zu sehen, lange Reihen von kühnen Männern, die Gefässe, Schilde, Speere trugen. Keck aufgeputzte, dreist gekleidete Damen schauten zu, so übermässig geschminkt und hergerichtet, dass die natürlichen Frauen in Akrotiri daneben wie Bäuerinnen wirkten. Kamaros erschienen die Gemälde alle zu gross, zu pompös, zu gewaltig, zu bunt. Doch er wollte nicht zu kritisch sein, denn wahrscheinlich verlangten die endlosen Wände in dem gigantischen Palast nach übergrossen Darstellungen; die zarten Malereien der Friese über den Fenstern im Stadthaus in Akrotiri wären hier offensichtlich fehl am Platz.

Von Zeit zu Zeit landete er wieder im Zentralhof, doch wie und woher er genau dorthin gekommen war, war ihm jedes Mal ein Rätsel.

Die Neugier packte ihn. Was ging wohl vor im Innern der vielen Räume? Sollte er durch eine der Öffnungen schauen dürfen? Oder gar einen Raum betreten?

Mutig näherte er sich einem niedrigen Eingang, und als ihn niemand beobachtete und sich innen nichts regte, huschte er flink in den dunkeln Raum hinein. Vorerst sah er nichts, seine Augen waren noch geblendet von der grellen Sonne draussen.

Da schrie er auf. Jemand war ihm auf die Schultern gesprungen und hielt sich mit heissem Griff an seinen Haaren und Ohren fest. Hatte er einen verbotenen Raum betreten, wurde er von unsichtbaren Gestalten beobachtet? Er schüttelte sich heftig, doch die festen Fäuste, die sich an ihn klammerten, wollten nicht nachgeben. Er langte mit der Hand an sein Ohr, um den harten Druck zu lockern – da spürte er Pelz, Haare, Krallen. Der Griff löste sich, und Kamaros sah ein Wesen, halb Mensch, halb Tier, das sich elegant an einem Seil an die Decke hinauf schwang und mit überlangen Händen und Füssen unerhört wendig turnte und baumelte.

Das musste ein Affe sein, eines der lustigen Tiere, von denen sein Vater erzählt hatte. Affen wohnten mit den Bewohnern zusammen in den Häusern, zur Gesellschaft und Unterhaltung, so wie bei den Leuten von Kalliste Katzen wohnten. Er hatte sich nie richtig vorstellen können, wie solch ein Affe wohl aussah – und nun fand er sich einem gegenüber und hatte sich gar vor dem Tier gefürchtet!

Der Affe fing gleich an zu spielen, sich von Stange zu Stange zu schwingen, von der Decke zu springen und Kamaros zu necken. Der Raum war für den Affen eingerichtet. Solide Pflanzen in Töpfen standen herum, Seile hingen von der Decke, Stangen und Bälle lagen am Boden.

Kamaros begriff rasch, was von ihm erwartet wurde. Er stieg ins Spiel ein, duckte sich, reckte sich, versuchte, den Affen zu fassen, an der Hand, am Fuss, am Schwanz, am Ohr, und der Affe stand ihm in nichts nach. Er war unglaublich behende, und in Windeseile schwang er sich an seinem Seil durch den ganzen Raum. Die beiden zupften sich, zwickten sich, neckten sich – kurz, das Spiel war launiger und wilder als jedes, das mit einem Menschen als Gespielen denkbar war.

Da packten ihn plötzlich dicke Fäuste von hinten und hoben ihn hoch. Ein finsterer nach Wein riechender Riese hielt ihn mit Löwenpranken in die Luft und donnerte ihn an. Kamaros verstand kein Wort, wohl aber den Ton, der wohl bedeutete: „Dieb, Gauner, dich will ich lehren, meinen Affen zu stehlen!" Mit einem kräftigen Ruck riss der Koloss ein Türchen auf und warf Kamaros unsanft in eine dunkle Kammer.

Der Riegel wurde vorgeschoben, Kamaros hörte, wie der Kerl einige Flüche ausstiess, beschwichtigende Worte an den Affen richtete und sich darauf mit polternden Schritten entfernte.

Nun war es geschehen, nun sass er in der Klemme. Zu neugierig, zu frech hatte er sich benommen, und das in einem fremden Land, und erst noch an einem Königshof.

Laut fing er an zu schreien und mit den Fäusten an die Türe zu schlagen. Doch der widerliche Wärter war weggegangen. Den Affen hatte er wohl mitgenommen, um ihn jemandem zum Spielen zu bringen, jedenfalls war es draussen totenstill. Kamaros war allein.

Eine unheimliche Angst packte ihn. Würde ihn sein Vater, der einzige Mensch, der ihn hier überhaupt kannte, je finden? War der grobe Wärter gar im Stande, seinen Gefangenen im Verliess verhungern zu lassen?

Weiterhämmern, weiterpoltern, weiterschreien, bis er heiser würde. Und wieder lauschen, ob jemand vorbeikomme. Irgendjemand müsste ihn doch hören. Doch nichts rührte sich. Diese unheimliche Stille nach dem lauten Spiel mit dem Affen!

Kamaros konnte sich nicht erinnern, je im Leben so ausgeliefert, so elend gewesen zu sein. Er war es gewohnt, schwierige, gar ausweglose Situationen selber glorios zu meistern, und hätte manch erfolgreiches Beispiel bereit. Doch so etwas wie hier – ein Verliess in einem Riesengebäude, in welchem er sich überhaupt nicht auskannte?

Die Zeit schien unendlich lang.

Wie spät war es wohl? War es schon dunkel draussen? Wie betäubt kauerte er in einer Ecke. Zu wunderbar hatte seine Kreta-Reise begonnen, zu kühn war er gewesen.

Plötzlich fuhr er auf und horchte. Das Turnen, Schwingen, Sausen ging wieder los. Der Affe war zurück. Jetzt würde der Wärter ihn gleich herausholen und bestrafen. Kamaros stellte sich in Position und ballte die Fäuste. Er würde sich heftig wehren und zurückschlagen. Doch die Schritte entfernten sich – er war vergessen worden. Wieder wartete er.

Der Affe! Vielleicht könnte der ihm helfen? Sie waren doch Freunde.

„Komm, Lieber, öffne die Türe, das kannst du doch." Sogleich schien der Affe stillzuhalten und zu lauschen.

„Sei mein Freund, öffne mir – bitte, sei brav." Leise Tritte waren zu hören. Näherte sich der Affe dem Verschlag?

„Versuch's, pack den Riegel! Hilf mir! Ich bin es, dein Freund!"

Atemlos wartete er. Dann spürte er, wie der Affe den Riegel in seiner Pranke hielt. Und tatsächlich, es knirschte, als ob der Riegel sich bewegte.

„Weiter so, nur noch ein kleines Bisschen! Los!"

Die Tür sprang auf, und Licht fiel in die düstere Kammer. Erst jetzt bemerkte Kamaros eine Art Strohlager in der Ecke. Er hatte im Schlafgemach des Affen gesteckt. Er umarmte das Tier stürmisch und liebkoste es, mehr als diesem lieb war.

Nun weg, bevor der Grobian zurückkehrte. Kamaros schaute um sich, huschte dann in den nächsten Gang, die Treppe hinauf, in einen Hof hinaus. Da kam ihm der Diener, der sie empfangen hatte, entgegen, zeigte seine weissen Zähne und lachte. Er war sichtlich erleichtert, Kamaros endlich gefunden zu haben.

„Dein Vater sucht dich, er ist bereit."

Es war schon recht dunkel, als sie die mit grossen Platten belegte Königsstrasse hinunterschritten.

„Wir werden einige Nächte in der Herberge schlafen, ich habe noch einiges zu tun im Palast. Zuerst wollen wir morgen gleich das Allerwichtigste an die Hand nehmen."

Wovon redete der Vater schon wieder? Warum tat er so geheimnisvoll? Gleich beim Eintreten in die Herberge, die zum Palast gehörte, schlugen ihnen exotische Gerüche entgegen, die Kamaros beinahe betäubten, ein Gemisch aus scharfen Gewürzen, betörenden Süssigkeiten, Schweiss und Rauch. Gelächter und ungewohnte Sprachlaute schwirrten durch den Raum. Kamaros schaute sich um. Im Licht unruhiger Öllampen sassen und lagen Männer teils in den Gewändern von Kreta, teils in fremdartigen Hüllen und Kopfbedeckungen. In schillernder Mischung waren da Hellenen vom Festland und von den Inseln, Leute aus Ägypten, aus Anatolien, aus Syrien, aus Zypern, erklärte sein Vater. Mit allen verstand er sich trefflich. Mit einem Kaufmann aus Ägypten schloss er gleich noch einen Handel ab. Sie setzten sich zu zwei Reisenden aus dem allerfernsten Osten, aus Babylon, deren Gespräch Kamaros nicht verstand. Zum Glück konnten die beiden sich auch in seiner Sprache verständigen. Der ältere, ein hagerer Greis mit einem ausgemergelten Gesicht, war so entzückt von dem wissbegierigen Sohn aus Kalliste, dass er ihn einlud, ihn doch einmal in Babylon zu besuchen. Eine Einladung nach Babylon! Die Kreta-Reise wurde immer phantastischer.

Spät gingen sie zu ihren Schlafstellen. Kamaros war todmüde und gleichzeitig wunderlich erregt. Im Schlaf träumte er wirr durcheinander von Babylon, von Affen, von freskengeschmückten Korridoren und von einer Höhle voller Bergkristall.

5

Meinst du nicht, Kamaros, wir sollten unser neues Haus mit Wandmalereien schmücken? Wie wäre es, wenn wir statt eines Malers aus Kalliste einen richtigen Künstler aus Kreta beauftragten?"

Nun war die Katze aus dem Sack. Kamaros sollte helfen, einen Maler zu finden – das war es also, wozu der Vater auch seine Meinung anhören wollte. Dass ihm das nicht eingefallen war! Die Wandbilder im Stadthaus von Akrotiri waren das einzige Gebiet, in welchem er besser Bescheid wusste als sein Vater. Das war eine Aufgabe, für die er genau der richtige Mann war.

Der Wunschkandidat musste vielen Ansprüchen genügen; voran sollte seine Art zu malen gefallen, dann sollte er auch bereit sein, längere Zeit Kreta zu verlassen, und vor allem, das Wichtigste, er sollte ihnen beiden als Mensch gefallen, denn er würde monate-, vielleicht jahrelang ihr Hausgenosse sein und zu ihnen gehören. Dass Kamaros auf diese Weise für sich einen Freund nach seinem Geschmack auswählen durfte, und erst noch einen aus Kreta, was konnte er sich Besseres wünschen?

Künstler waren in Kreta ein besonders geachteter und umsorgter Stand. Die talentiertesten jungen Kreter der ganzen Insel wurden, ob sie es wollten oder nicht, nach Knossos geschickt, um dort in klosterähnlicher Strenge eine Schulung zu durchlaufen, auf Kosten des Palastes, und zum Nutzen des Palastes, versteht sich. Immerhin stand es den Schülern frei zu wählen, in welcher Fertigkeit sie sich besonders ausbilden wollten, ob in Töpferei, Bildhauerkunst, Goldschmiedekunst, Schnitzen von Gemmen, Schrift oder Malerei. Die fertig ausgebildeten Künstler blieben in

Knossos, um all die notwendigen Arbeiten im Palast auszuführen, woran nie Mangel war. Wenn sie jedoch irgendwo ausserhalb Arbeit fanden, stand ihnen nichts im Weg, sie anzunehmen.

Die Kunstschule lag etwas abseits, wenige Schritte von der Herberge entfernt. Die ungewöhnlich grossen Fensteröffnungen waren Kamaros schon am Vorabend aufgefallen.

Der Vater schilderte seinen Wunsch dem trägen Pförtner, der auf der obersten Treppenstufe mehr lag als sass und am Portal ungebetenen Gästen den Zugang verwehrte. Er erhob sich umständlich und schwankte ihnen voran durch einen langen Gang, an hellen Sälen vorbei. Angefangene und fertige Werke aller Gattungen – Siegel, Schmuckstücke, Säbel, Gefässe, Reliefs, Tierköpfe, Texte auf Papyrus und Ton – standen und lagen überall auf Bänken und Gestellen herum. Kamaros spähte eifrig nach links und rechts. Wie gerne wäre er stehen geblieben und hätte da und dort den jungen Männern zugeschaut, die sich mit Lehm, Metall, Gips, Steinen und Farben beschäftigten.

Der letzte Saal war der Saal der Maler, ein grosser weiss getünchter Raum mit weiten Fenstern auf drei Seiten. Ein angenehmer leicht betäubender Duft schlug ihnen entgegen, wohl von irgendeiner Essenz, mit welcher die Maler ihre Farben mischten. Hinter Staffeleien schauten Lockenköpfe, Ellbogen, Füsse hervor, auf dem Boden standen unzählige Gefässe in allen Grössen und Formen, von bauchigen Töpfen bis zu winzigen Schalen, gefüllt mit Malfarben, mit Gips, mit farbigen Blüten, mit Holzspänen, mit Wasser, mit Öl, mit Undefinierbarem. Die Gruppe der Anfänger sass vorne in der linken Ecke. Sechs junge Schüler, die den Besuchern kurze schüchterne Blicke zuwarfen, waren eben daran, nach genauen Vorlagen stilisierte Pflanzen zu Bordüren und verschlungenen Bändern zusammenzufügen, eine heikle Arbeit, die keine Unaufmerksamkeit duldete.

Eine fortgeschrittenere Gruppe, etwas weiter hinten angesiedelt, beguckte die Ankömmlinge schon kecker. Sie versuchten sich im Malen von Blumen und Blättern auf Tongefässen, während ein älterer Lehrer unlustig zwischen ihnen umherging.

Diejenigen, welche im letzten Jahr ihrer Ausbildung standen oder sie schon abgeschlossen hatten, arbeiteten frei nach eigenen Ideen. Sie sassen verstreut zuhinterst im Saal. Der Vorsteher, der sämtliche Schüler und Lehrer stets aufmerksam im Auge behielt, ging von Zeit zu Zeit zum einen oder andern dieser Gruppe, vor allem um herablassend zu kritisieren, selten um zu loben.

Diese letzte Gruppe bestand aus zehn Männern verschiedenen Alters und verschiedenen Aussehens, alles Künstler, die darauf warteten, endlich wegzukommen aus der stickigen strengen Atmosphäre der Schule.

Das begehrteste Los war, einmal einen Arbeitgeber zu finden, der sie für das Ausschmücken einer ganzen grösseren Villa anstellen würde. Wenn die Villa weit weg von Knossos stünde oder gar auf einer andern Insel, dann umso besser, davon konnten sie nur träumen. Aus dieser Gruppe sollte Kamaros einen Künstler auswählen. Der Vorsteher erklärte den Schülern, worum es ging. Es bedeute, sich nach Kalliste zu begeben, einer fremden Insel, von der die meisten nicht einmal wussten, wo sie lag. Ob sich wohl jemand interessiere?, fragte er.

Zehn Hände schossen hoch. Einer nach dem andern wurde nun aufgefordert, sich vorzustellen und seine Arbeiten zu zeigen. Kamaros gab sich grosse Mühe, den Kenner zu spielen; er kostete seine Überlegenheit voll aus. Es war seine grosse Stunde. Er stellte geschickte Fragen, äusserte kritische Bedenken, machte auf Schwächen aufmerksam, liess sich gewisse Einzelheiten erklären. Der Vater schmunzelte über den Eifer seines Sohnes und schaute stumm und belustigt zu. Er bereute es im Stillen, dass er den Malereien im Stadthaus noch nie besondere Aufmerksamkeit geschenkt hatte, und nahm sich vor, das bei der nächsten Gelegenheit nachzuholen.

Als Erster präsentierte ein breitschultriger selbstbewusst dreinblickender Junge mit einem schwarzen Wuschelkopf umständlich ein grosses Bild, welches kurz vor der Vollendung stand. Es war eine Landschaft mit einem Fluss und Pflanzen, wie im schmalen Fries im Stadthaus. Das Bild war zwar viel grösser, aber in keiner Weise damit zu vergleichen, fand Kamaros. Es war dürftiger, unbeholfen, ja langweilig, die Pflanzen standen steif da, der Fluss schien nicht eigentlich zu fliessen, und es fehlten die Tiere. Kamaros schüttelte den Kopf, und enttäuscht ging der Künstler an seinen Platz zurück.

Der nächste zeigte einige Bilder von aufgeputzten, stark geschminkten Hofdamen; auch die gefielen Kamaros nicht sonderlich. Die Damen wirkten unnatürlich, affektiert, steif, genauso wie die Damen auf den Bildern in den langen Korridoren drüben im Palast. Er war nicht sicher, ob der Eindruck gewollt war oder ob der Maler bloss nicht imstande war, ein natürlich wirkendes lächelndes Mädchen zu zeichnen. Vielleicht sahen die vornehmen Damen in Knossos wirklich so aus? Er hatte noch keine erspäht.

Es folgte ein hochaufgeschossener Jüngling, grösser als Kamaros, mit einem anmassenden Blick und affektiertem Auftreten. Kamaros mochte ihn von Anfang an nicht leiden. Sein Bild zeigte dekorative Schiffe auf tapferen Wellen. Von weitem betrachtet tat das Bild wohl seine Wirkung, doch mit Schiffen liess sich Kamaros nichts vormachen, denn er merkte sogleich, dass der Mann nichts von Nautik verstand. Seine Schiffe waren unfähig zu schwimmen, sie schwebten über den gekünstelten Wellen.

„Glaubst du, dass man mit einem solchen Schiff bis Dia fahren könnte? Das würde sich nicht drei Minuten über Wasser halten."

„Hör mir auf mit Wasser", erwiderte der Maler theatralisch, reckte sich noch höher und blickte verzückt an die Decke, „meine Schiffe sollen die Idee der Ferne ausdrücken, sollen zeigen, dass der Geist des Menschen sich abheben kann, um in die Weite zu schweben ..."

Kamaros hörte schon nicht mehr zu. Ein Maler, der ein Schiff als Idee auffasste, nicht als Gefährt mit einem klaren Nutzen, war bestimmt nicht geeignet, das Haus eines Kapitäns zu schmücken, fand Kamaros, und schickte ihn an seinen Platz zurück.

Neun hatten sich vorgestellt, und keiner war darunter, den Kamaros gerne auf Kalliste als Maler gesehen hätte. Die Aufgabe schien doch nicht so leicht. Vater und Sohn entschuldigten sich und baten den Vorsteher um Bedenkzeit, sie wollten sich nochmals zusammen besprechen und sehen, ob sie zu einem gemeinsamen Entschluss kämen.

Sie wandten sich zum Gehen. Da meldete sich schüchtern noch der zehnte Kandidat, der übersehen worden war. Es war ein feingliedriger eher schmächtiger Jüngling mit auffallend tiefliegenden mandelförmigen Augen in einem bleichen schmalen Gesicht, die beschämt auf den Boden gerichtet waren, und mit kohlschwarzem geradem Haar; seine ebenfalls schwarzen Kleider wirkten auf einnehmende Art altmodisch, aber gediegen und gepflegt. Er trat leise auf und bewegte sich anmutig.

Kamaros hatte ihn übersehen, da er etwas abseits sass; offensichtlich war er ein Aussenseiter. Er hatte gewartet und sich nicht nach vorne gedrängt, trug auch nicht die Selbstsicherheit der meisten übrigen zur Schau, die überlegen, gar arrogant aufgetreten waren. Mit leiser Stimme nannte er seinen Namen und hielt seine Werke schüchtern in gebührendem Abstand einzeln zur Begutachtung hoch.

Kamaros schaute stumm Bild um Bild an. Es verschlug ihm den Atem, jedes Stück begeisterte ihn mehr. Das waren endlich Bilder nach seinem Sinn. Jedes strahlte etwas Eigenwilliges aus, das er bei den andern vermisst hatte, jedes packte und entzückte Kamaros neu, einmal das Thema, dann eine besondere Form, dann wieder eine originelle Farbwahl.

Der Künstler stand bewegungslos vor ihm. Am liebsten wäre er im Erdboden versunken; jeden Augenblick erwartete er ein vernichtendes Urteil.

Da rief Kamaros laut und unüberhörbar aus:

„Der ist es. Er kann Affen malen!" Gleich darauf wurde er feuerrot. Und wahrhaftig, auf dem einen Bild kletterten putzige Äffchen auf Bäumen herum. Die Tiere bewegten sich behende über das ganze Bild. Ein Aufbau, eine Symmetrie, eine Regelmässigkeit waren nicht sogleich zu erkennen, und doch wirkte das Bild ausgewogen und harmonisch. Alle Affen waren blau.

Der Maler mit den tiefen dunklen Augen schaute Kamaros an, unsicher, ob er sich über ihn lustig mache oder es ehrlich meine, und Kamaros suchte die Augen des Malers, ob er ihn verstehe. Nachdem sie sich eine geraume Weile in die Augen geblickt hatten, lächelten beide gleichzeitig – sie hatten erfasst, dass es galt. Das Gesicht des Malers entspannte sich und begann zu leuchten, seine zusammengepressten Lippen öffneten sich. Kamaros streckte ihm seine Hand hin. Sein Auftrag war erfüllt.

Fragend schaute der Maler zum Vater hinüber, ob er das Urteil seines Sohnes ernst nehme. Der Vater besann sich nicht lange. Was Kamaros gefiel, würde ihm bestimmt auch gefallen. Kamaros hatte gewählt, und er war so offensichtlich entschlossen, dass Petrassios dem Maler, der auch ihm ausserordentlich liebenswert erschien, gleich aufmunternd die Hand schüttelte.

Der Lehrer war enttäuscht, dass einer seiner unbedeutendsten Schüler erwählt werden sollte, und versuchte noch rasch, den Vater umzustimmen. Doch der Vater hörte schon gar nicht mehr hin. Er klopfte dem Maler auf die Schulter und fragte ihn, wie er heisse und ob er mit ihnen kommen wolle. Er hiess Adamas, und stammelnd vor Verlegenheit und Dankbarkeit nahm er die Einladung an.

Im Handumdrehen hatte Adamas seine Malereien und seine Utensilien zusammengerafft, grüsste seine Lehrer und Mitschüler kurz und verliess mit Kamaros und dem Vater die Schule, für immer, wie es sich zeigen sollte.

Draussen auf der Strasse musste er sich setzen. Er war

überwältigt von seinem Glück, er konnte es nicht fassen, dass er so plötzlich der ungeliebten Anstalt entronnen war. Der Lehrer hatte ihn nie für einen Auftrag ausserhalb des Palastes empfohlen, seine Chancen, angestellt zu werden, waren die geringsten gewesen. Jetzt war es geschehen! Immer wieder stammelte Adamas Dankesworte. Was für ein Angebot! Wie unglaublich, dass ausgerechnet er ausgewählt worden war, und das ohne Wenn und Aber, ohne jedes Zögern! Und was für ein grossartiger Vater! Er dankte auch ihm überschwenglich, dass er nicht auf den erfahrenen Lehrer gehört hatte, sondern allein auf seinen Sohn. Wenige Väter hätten wohl so gehandelt.

Sie setzten sich alle zusammen in den Schatten einer Pinie, um die neue Lage zu besprechen und die nächsten Tage zu planen. Adamas erzählte Petrassios, dass seine Eltern den grossen Tempel in Anemospili betreuten, der Vater als Priester, die Mutter als Helferin, und dass seine Geschwister teils auf Schulen, teils noch zu Hause waren.

Anemospili – der Vater staunte. Das war das wichtigste Heiligtum auf Kreta neben Knossos. In Anemospili waren vor allem die Kunst des Zeichendeutens und der Opferkult beheimatet. Er hatte den Pilgerort noch nie besucht, doch sich immer vorgenommen, das endlich nachzuholen.

„Adamas, ich habe noch etwa sechs oder sieben Tage Arbeit auf Kreta. Denkst du, dass dir so viel Zeit genügt, um Abschied zu nehmen und deine Siebensachen zu packen?"

„Das ist mehr als reichlich. Ich muss nur kurz meine Familie sehen und zusammensuchen, was ich mitnehmen will."

„Abgemacht. Und du, Kamaros? Du hast nun deinen Maler entdeckt und damit deinen Zweck erfüllt."

„Darf Kamaros mit mir kommen? Dann sähe er gleich noch einen andern Teil von Kreta."

Sie vereinbarten mit dem Vater, sich in sieben Tagen in Amnissos bei der Perea zu treffen.

6

Ein Esel trug das Gepäck, so fühlten die beiden neuen Freunde die aufsteigende Mittagshitze wenig, die über der Gegend flimmerte. Sie waren beide mit sich selbst beschäftigt, beide waren sie überrumpelt und unvorbereitet in eine ungewohnte Situation hineingerutscht. Beide hatten sie einen Begleiter gefunden, der zu einem Freund werden sollte, mit dem man alles, Gutes und Schlechtes, teilen wollte. Sich gegenseitig zu beschnuppern und sich kennen zu lernen, war die vordringlichste Aufgabe, und das brauchte einige Zeit.

Adamas konnte sein Glück, der Schule entronnen zu sein, noch immer nicht fassen. Von Zeit zu Zeit stand er still, packte Kamaros an den Schultern, schüttelte ihm beide Hände, lachte und dankte ihm voller Freude. Was für ein plötzlicher unerwarteter schmerzloser Abschied nach den langen trüben Jahren an der Schule!

Er schritt zügig voran, dem Juchtas, dem göttlichen Berg, entgegen.

„Der Berg da vorne, dieser Juchtas, war dort schon jemand oben?“, brach Kamaros das Schweigen.

Adamas lachte. „Täglich gehen Leute hinauf. Der Gipfel ist dem Zeus heilig, er wird dort in einem grossen Tempel verehrt.“

„Ein Tempel? Doch nicht zuoberst auf dem Berg?“

„Auf jedem Gipfel ist irgendein Heiligtum zu finden, das allergrösste auf dem Juchtas. Die Götter, vor allem Zeus, lieben die Berggipfel. Aber auch in Grotten und Höhlen halten sie sich gern auf. Bestimmt habt ihr die Höhle der Eileithyia in Amnissos besucht?“

Kamaros war froh, diese Frage mit Ja beantworten zu können. So fühlte er sich nicht vollkommen ignorant.

„Habt ihr auf Kalliste auch Berge?"

Kamaros schilderte den Pelias in den schönsten Farben. Er reichte zwar bei weitem nicht an den Juchtas heran, was seine Höhe betraf, aber dafür dominierte er die ganze Insel, weil er der einzige Berg und somit konkurrenzlos war. Dass es verboten war, hinaufzusteigen, war für Adamas unverständlich. Er war sichtlich beruhigt, als Kamaros verriet, dass er selber als Einziger trotz des Verbotes den Berg häufig besteige.

„Da hast wenigstens du einen Altar für Zeus bauen können", sagte er erleichtert. Doch Kamaros gestand, dass er noch nie auf einen solchen Gedanken gekommen war.

„Nein, dort oben geniesse ich die Aussicht und das Alleinsein."

Adamas schluckte leer und schwieg. Wie war das möglich? Ein einzelner exponierter Gipfel, und kein Altar? Da musste er sich auf einiges gefasst machen.

„Wie verschieden doch die Bräuche sind! Und unsere Inseln sind sozusagen Nachbarn", überbrückte Kamaros die Peinlichkeit. Auch Adamas hatte im Sinn, vor der Abreise auf dem Juchtas ein Dankopfer darzubringen, doch das erste Ziel war Anemospili am Fusse des Juchtas, wo die Eltern wohnten.

Der Weg wurde zusehends steiler. Kurz vor Archanes wandten sie sich ab von der Strasse. Ein schmaler Pfad führte einen bewaldeten Hügel hinauf auf einen Geländesporn über ihnen, auf welchem Anemospili lag. Steil stiegen dahinter die Felswände des Juchtas auf.

Was war mit Adamas los? Die Freude, das Lachen waren ihm zusehends vergangen, je näher sie ihrem Ziel kamen. Etwas schien ihn zu bedrücken; er ging gebückt, wie wenn er eine unsäglich schwere Bürde auf seinen Schultern trüge. Immer langsamer schritt er vorwärts, dann stand er still.

„Ich muss dir noch etwas sagen, Kamaros, bevor wir zu meinen Eltern kommen."

Kamaros wartete. Worauf sollte er vorbereitet werden? Sie setzten sich auf einen Stein am Wegrand. Adamas schwieg lange und starrte leblos vor sich hin. Endlich begann er mit tonloser Stimme zu sprechen, kurze abgehackte Sätze, wie wenn er etwas Auswendiggelerntes hersagen müsste.

„Mein Vater, mein Grossvater, mein Urgrossvater waren alle Priester des Zeus in Anemospili. Oben auf dem Juchtas und unterhalb in Anemospili werden das ganze Jahr hindurch die richtigen Opfer auf die richtige Weise ausgeführt, und zwar für ganze Kreta. Wenn dem Land Gefahr droht, muss dem Zeus in Anemospili sogleich das Opfer, das gegen diese bestimmte Gefahr wirksam ist, dargebracht werden.

Welches Opfer das richtige ist, das weiss nur der Priester. Da gibt es ein jahrhundertealtes Geheimwissen, das von Geschlecht zu Geschlecht weitergegeben wird. Nach der Grösse der Gefahr und nach der Wahrscheinlichkeit, dass sie eintritt, werden die Opfer abgestuft, Geflügel, Zicken, Schafe, Rinder, Stiere. Wenn die allerhöchste Gefahr, die man sich ausmalen kann, droht, nämlich der Untergang des Landes, dann hilft nur noch eins, ein Menschenopfer. In alleräusserster Not ist es der älteste Sohn des Priesters, der geopfert werden muss."

Adamas war kreideweiss geworden, sass hoch aufgerichtet da und hielt die Augen geschlossen.

„Ich bin der älteste Sohn."

Kamaros brauchte eine ganze Weile, bis er den vollen Sinn dieser Worte erfasst hatte. Welch furchtbares Geheimnis diese Insel barg! Ihn schauderte. Wohl kannte man auf Kalliste auch Opfer für die Muttergöttin, der man Dank schuldete, aber unter Opfer verstand man zu Hause die ersten Früchte des Sommers, die ersten Lämmchen, Hühner oder Ziegen, nichts anderes. Nun verstand er: Kreta, wo Zeus geboren war, schuldete dem jungen, furchterregenden Gott alles. Er hielt die ganze grosse Insel in seiner Hand. Zeus, der das Wetter und die Erdbeben in seiner Gewalt hatte, konnte sehr zornig werden, Zeus, der Gott von Kreta, war schwierig bei Laune zu halten. Lange sprach keiner ein Wort.

„Möchtest du denn gern sterben?“, flüsterte Kamaros endlich.

„Für Zeus zu sterben ist ein wunderbarer Tod“, fuhr Adamas fort, ebenso tonlos, „man wird direkt von den Göttern aufgenommen. Bei Zeus und den Göttern zu sein ist ein beneidenswertes Schicksal.“

Doch plötzlich brach es aus ihm heraus, mit einer Leidenschaft, die Kamaros in ihm nicht vermutet hatte:

„Ich will nicht geopfert werden, ich will noch lange leben!“

Er seufzte tief, schüttelte sich, und es kam wieder etwas Farbe in sein Gesicht. Langsam fasste er sich und schaute Kamaros an:

„Das darf ich niemandem sagen ausser meiner Mutter, und jetzt habe ich es noch dir gesagt, weil du mein Freund bist.“

Er schwieg wieder eine geraume Zeit. Dann fuhr er fort:

„Meine Mutter versteht mich. Sie stammt aus den fernen Bergen im Osten der Insel; dort leben und glauben die Leute ganz anders. Der Vater hat sie von dort geholt. Sie lebt schon lange in Anemospili und hat sich äusserlich an die Gebräuche angepasst, doch zutiefst in ihrem Innern gehört sie noch zu ihrem alten Volk, und dort glaubt man nicht an Menschenopfer. Doch darüber kann sie mit keinem Menschen reden ausser mit mir.

Daher hat sie mich nicht am Tempel in Anemospili behalten, sondern in den Palast an die Malschule geschickt, weg von meinem Vater. Zum Glück habe ich eine besondere Begabung zum Malen, mit meinem Talent könne ich auf besondere Weise Zeus dienen, sagte sie. Sie wird traurig sein, wenn ich nach Kalliste gehe, weg von ihr, doch im Herzen wird sie erleichtert sein und hoffen, dass ich nicht so bald zurückkomme."

Nun war alles gesagt. Adamas erhob sich sichtlich erleichtert, und schweigend brachten sie noch das letzte kurze Stück des Weges hinter sich. Nach einer Biegung lag unvermutet der ganze Tempelbezirk vor ihnen. Ein plötzlicher kräftiger Wind blies ihnen um die Ohren und nahm ihnen den Atem.

Gleich an der Strasse lag das Wohnhaus, ein unscheinbares ältliches Gebäude aus Ziegeln und Holz, von dunkelgrünen windzerzausten Schlingpflanzen überwachsen. Der Rauch aus dem Kamin jagte wild in alle Richtungen. Etwas höher, auf einem Plateau, glänzte der schneeweisse Tempel in der Sonne, eine weiträumige gepflegte makellose Anlage, für die Ewigkeit gebaut. Auf einem Felsvorsprung, dem Tempelvorplatz, von dem aus der Blick weit über das Land bis ans Meer reichte, spazierten Pilger und Schaulustige, die wie jeden Tag aus der nahen Stadt hergekommen waren, um Opfergaben zu bringen und sich dann an der weiten Aussicht und der Bergluft zu erfreuen.

Kaum waren die beiden aus dem schützenden Wald getreten, als ihnen eine grosse Gestalt mit roten fliegenden Haaren aus der Türe des Wohngebäudes entgegenstürzte. Ihr kanariengelbes loses Gewand, lang bis auf den Boden, flatterte im Winde. Die weiten Augen funkelten irr. Sie packte beide derb am Arm, zerrte sie in das Haus und schloss die Türe blitzschnell hinter ihnen zu.

Jetzt erst entspannte sich ihr Körper, ihre harten Züge lösten sich, und nach und nach kam ein Strahlen über das Gesicht der Mutter wie das eines Kindes, wenn ihm etwas besonders gut gelungen ist. Sie hielt Adamas mit beiden Händen an den Schultern in Armes Länge von sich und betrachtete ihn ungläubig, dann drückte sie ihn stürmisch an sich und küsste ihn. Sie lachte und weinte vor Freude. Lange hielten sie sich in den Armen, es fiel kein Wort. Dann redete sie mit einer tiefen warmen Stimme zu Adamas.

„Ich habe gespürt, dass du kommst, ich wusste es den ganzen Tag. Ich habe an der Türe gelauert, damit ich dich nicht verfehle. Dein Vater darf dich auf keinen Fall sehen, er hat heute morgen nach dir gerufen."

Kamaros stand unbeachtet abseits, die beiden hatten ihn in ihrer Wiedersehensfreude vergessen. Er betrachtete die fremde Frau. Sie war fest gebaut, hatte sonnengegerbte Haut und knochige Wangen. Der irre Blick hatte einem glücklichen Leuchten Platz gemacht. Ihr langes auffällig dunkelrotes Haar hing üppig über Rücken und Schultern. Ein rot bemaltes Ohr, das Merkmal einer Priesterin, schaute aus den dicken Haarsträhnen hervor. Um die Stirne trug sie ein Diadem in der Gestalt einer Schlange. Das war also die Mutter seines feingliedrigen bleichen Freundes.

Kamaros hatte Zeit, sich umzuschauen. Der düstere Raum schien in seinen Winkeln und Nischen manches Geheimnis zu bergen. Zum Bersten gefüllte Truhen standen herum, Tücher und Decken in bunten Farben lagen auf den schweren Stühlen und Bänken. In der einen Ecke brannte ein Feuer, über welchem ein riesiger Topf brodelte. Es roch nach angebratenem scharf gewürztem Fleisch. Eine Unmenge Kochtöpfe und Gefässe in allen Grössen und Formen hingen von der Decke. Mehrere Türen führten in mysteriöse Nachbarräume. Endlich lösten sich Mutter und Sohn aus der engen Umarmung, und Adamas stellte seinen Freund vor. Atemlos erzählte er der Mutter von seinem unverhofften Glück. Er sei völlig überrumpelt worden.

„Wann war das, wann hat Kamaros dich ausgewählt?"

„Es muss die zweite Stunde nach Sonnenaufgang gewesen sein, die Sonne schien genau auf meine Staffelei."

„Ein Zeichen von Zeus! Ein Glückszeichen für uns! Es war genau die zweite Stunde, als ein Bote aus Knossos kam, der dem Vater ein grauenhaftes Omen meldete: Der weisse Stier war angegriffen worden von einem schwarzen Stier, verblutete und starb. Ein Zeichen, das noch keiner deuten wollte, das aber auf jeden Fall Schlimmes vorausahnen lässt. Dann wurde gemeldet, dass im selben Augenblick die weisse Kuh, die vom gefleckten Stier gedeckt worden war, drei Junge zur Welt gebracht hatte, drei auf einmal! Das ist gedeutet worden, dass das grosse Unglück möglicherweise erst in drei Jahren über das Land kommen wird. In den letzten Tagen haben sich solch rätselhafte Ereignisse gehäuft. Die Wolken gegen Osten hatten die Form eines Raben, darauf ist die uralte Pinie im Palastgarten von Knossos von einem Blitz getroffen worden, und drei der jungen Schlangen waren am Morgen auf unerklärliche Weise tot.

Niemandem ist klar, was das Zusammentreffen all dieser bösen Zeichen bedeutet, auch deinem Vater nicht. Er ist höchst beunruhigt. Tag und Nacht ist er beschäftigt mit den Opfern. Heute morgen, als zu allen andern bösen Zeichen noch die Botschaft vom weissen Stier gebracht wurde, verlor er die Fassung und wollte dich gleich aus der Malschule holen lassen, um dich in der Nähe zu haben. Er darf dich um nichts in der Welt sehen. Er kennt keine Gnade, wenn die Zeichen Schlimmes anzeigen. Du musst gleich wieder weggehen und dich nicht mehr blicken lassen."

In diesem Augenblick war draussen ein markerschütternder Schrei zu hören. Mit einem lauten Krach flog die Türe des Tempels auf und eine hünenhafte Gestalt mit flatternden Haaren und zottigem Bart raste durch die Besucher auf dem Vorplatz hindurch und versetzte sie in wilden Schrecken. Sie stoben davon oder drückten sich in die Büsche. Der Mann, mit einem weiten Mantel aus braunen und schwarzen Fellen um seine Schultern, tobte in grotesken Sprüngen auf dem Tempelplatz umher und schrie mit irrem Blick in die Luft hinaus. Es war wenig zu verstehen, doch schienen sich die Worte „Zeus erhöre uns!" und „Adamas, Adamas muss her!" zu wiederholen.

Starr vor Schreck hörten die drei im Hause drinnen die Schreie. Wie der Blitz packte die Mutter ihren Sohn, stiess ihn in ein Kämmerchen, verschloss die Türe und barg den Schlüssel in ihrem weiten Kleid. Kamaros wurde in eine dunkle Ecke geschoben. Dann machte sie sich möglichst gelassen am Herdfeuer zu schaffen. Sekunden darauf stürmte der Priester ins Haus und schrie fortwährend:

„Adamas, Adamas!" Er packte seine Frau an den Schultern und schüttelte sie, damit sie ja recht verstehe:

„Schicke sogleich jemanden nach Knossos, um Adamas zu holen."

Darauf donnerte er wieder zur Türe hinaus und zurück in den Tempel. Kamaros, der die rasende Gestalt mit Zittern betrachtet hatte, wagte sich nicht mehr aus seiner Ecke hervor. Nach einer Weile, als alles wieder ruhig war und sich die erschreckten Pilger von neuem auf den Vorplatz hinauswagten, schloss die Mutter die Kammertüre auf und zog Adamas aus seinem Versteck hervor.

„Hat er schon oft nach mir gerufen?", fragte er, zitternd vor Angst.

„Nein, bis jetzt hat er allen Vorzeichen zu begegnen vermocht. Jede Botschaft aus Knossos hat er noch mit seinem Können gemeistert. Doch seit heute morgen, als ihm vom Tod des weissen Stieres berichtet wurde, genau im Moment, als Kamaros dich erwählte, ist er vollkommen ausser sich geraten. Er rast und tobt und versetzt alle in Furcht und Schrecken. Die Tempeldiener verstecken sich. Sie kamen zu mir und fragten mich um Rat, denn sie dachten, ein böser Geist sei in ihn gefahren. Das wäre das allerschlimmste Vorzeichen, meinten sie."

„Soll ich denn nicht in den Tempel gehen und mich zeigen?", fragte Adamas, „wenn Zeus wirklich zürnt, dann ist es meine Pflicht, mich ihm zu stellen."

„Niemals", schrie die Mutter und hielt Adamas mit starkem Griff fest, „niemals lasse ich das zu. Du gehst nicht in den Tempel. Zeus kann das unmöglich wollen, Zeus ist kein Mörder.

Zeus liebt junge starke Helden, er will sie nicht tot haben, sondern in die Welt hinausschicken zu seiner Ehre. Hier in Anemospili wollen sie nicht begreifen, dass sie einem Gott dienen, der Stärke, Klugheit, Heldentum liebt, nicht Grausamkeit und Mord. Nie würde Zeus so etwas wollen. Bei uns zu Hause tut man keinem Menschen ein Leid an, um einem Gott zu gefallen, man würde im Gegenteil den Gott gewaltig erzürnen durch ein solches Opfer."

„Meinst du das wirklich, Mutter? Füge ich meinem Land keinen Schaden zu?"

„Das Land braucht etwas ganz anderes, wenn es in Gefahr ist. Ein Gott, der sich mit dem Tod eines jungen Menschen beschwichtigen liesse, wäre kein Gott, dem man das Land anvertrauen könnte. Glaub mir, die Kreter sind auf dem Holzweg mit ihren Opfern."

Dann wandte sie sich an Kamaros um Unterstützung.

„Nicht wahr, bei euch opfert man auch keine Menschen, selbst wenn die ganze Insel in Feuer und Flammen aufginge."

Kamaros beeilte sich, ihr zuzustimmen und zu beteuern, dass auf Kalliste so etwas Grausames undenkbar wäre. Er verschwieg wohlweislich, dass auch sonst der Opferkult auf bescheidenstem Flämmchen gepflegt wurde, von Zeichendeutung ganz zu schweigen. Auf Kalliste galten nicht unerklärliche Todesfälle im Tierreich oder rätselhafte Wolkenformen als Vorzeichen einer Katastrophe, sondern Handfestes wie Spalten, Beben, Steinschlag.

Es brauchte die ganze Überredungskunst beider, um Adamas davon zu überzeugen, dass niemandem gedient wäre, wenn er zu seinem Vater ginge, weder Zeus noch dem Land noch am wenigsten ihm selber. Nur mit schlechtestem Gewissen willigte er ein, unbemerkt wieder zu verschwinden. Es war ihm leid, dass er sich von seinem Vater nicht verabschieden konnte, doch sie kamen am Ende überein, dem Vater zu erzählen, dass Adamas sich sehr rasch habe entschliessen müssen, den ehrenvollen Auftrag anzunehmen und den Ruhm Kretas und damit Zeus' auf eine ferne Insel zu tragen, und sich schon auf dem Schiff nach Kalliste befinde.

Als sich draussen alles beruhigt hatte, machten sich Mutter und Sohn eilig daran, einen Beutel zu füllen mit Kleidern und Schuhen, Malutensilien, Esswaren, Erinnerungsstücken. Sie schlugen Kamaros vor, sich unterdessen umzusehen im Tempel und im Garten. Er würde nicht auffallen unter den zahlreichen Pilgern und Neugierigen, die Tag für Tag in der Anlage promenierten. Er ging in den grossen Garten hinaus. Nie hätte er gedacht, dass es so viele verschiedene Arten von Blumen, Kräutern und Sträuchern gab. Die Pflanzen waren in pedantisch ausgerichteten Reihen angelegt. In den Beeten waren Gärtner beschäftigt, Kräuter zu pflücken, Wurzeln auszugraben, Pflanzen zu begiessen. Ein alter gichtbrüchiger Gärtner gesellte sich zu ihm und beantwortete bereitwillig alle seine Fragen. Sein Rücken schmerzte vom ständigen Bücken, so war er froh, seine Arbeit kurz unterbrechen zu können, um einen Gast aus einer weit entfernten Insel herumzuführen. Einige Kräuter waren aus Afrika eingeführt und bedurften besonderer Pflege, erklärte er, sie wurden gezogen für bestimmte Säfte und Körner, giftige und wohltuende, und für Gerüche und Essenzen, die beim Verbrennen von Opfern benötigt wurden. Nur die Gärtner von Anemospili wussten genau, welche Wirkung die einzelnen Pflanzen hatten, ein Wissen, das geheim gehalten und nur an diesem Ort weitergegeben wurde. Kamaros staunte. Nichts von alledem wurde auf Kalliste angepflanzt, kein Mensch dort wusste etwas von solchen Dingen. Auf Kalliste sammelte man, neben handfesten Delikatessen, die den Speiseplan bereicherten, vor allem Pflanzen wie Krokusse oder Wurzeln, aus denen Farbe gewonnen werden konnte zum Färben von Stoffen. Allzu gerne hätte er einige Pflanzen mit nach Hause genommen, doch er wagte nicht zu fragen.

Durch den Kräutergarten hindurch führte ihn der krumme Gärtner zu den Gehegen, in denen grössere und kleinere Tiere, Geflügel, Ziegen und Schafe, gehalten wurden. Unter der grossen Zahl von normal gewachsenen Tieren fanden sich einige ganz spezielle, solche von absonderlicher Farbe, ungewöhnlich gross gewachsene, oder solche mit äusserlichen Abnormitäten. Jedes Tier, das irgendwie auffällig war, wurde nach Anemospili gebracht, wo es vielleicht zu einem speziellen Opfer Verwendung finden würde.

Als Kamaros sich über die vielen Ziegen und Schafe entzückte, die genügend Fleisch für die ganze Stadt Akrotiri liefern würden, lachte der Gärtner, das seien nur die gewöhnlichen täglichen Opfer- und Speisetiere. Für die grossen Opferfeste brauche es noch ganz andere Tiere. Diese, etwa die grossen Stiere, würden unten in Knossos gehalten, gepflegt, aufgezogen und an bestimmten Festen geopfert. Für Opfer ausserhalb des Jahreskreises, etwa bei ausserordentlichen Gefahren, seien allerdings auch ausserordentliche Opfer vorgeschrieben, murmelte er geheimnisvoll. Kamaros ging ein Schaudern den Rücken hinunter, als der freundlich aussehende Mann die ausserordentlichen Opfer erwähnte. Kamaros hatte ihn verstanden. Der Ort wurde ihm nachgerade unheimlich, er konnte es kaum erwarten, mit Adamas wieder wegzukommen.

Als er zum Haus zurückkehren wollte, sah er, dass der hünenhafte Priester mit den langen wirren Haaren wieder aus dem Tempel auf den Vorplatz herausgetreten war. Er schien ruhiger zu sein. Er stand vorne auf der Terrasse und reckte eine riesige Doppelaxt gegen den Himmel hinauf. Die Sonne war gerade von einer dunklen Wolke verdeckt, die einer fliegenden Ente glich. Der Priester starrte unbeweglich auf die Wolke. Plötzlich schwenkte er die Axt heftig über seinem Kopf. Da kam die Sonne hinter der Wolke hervor, der Priester stiess dumpfe tierische Laute aus, dann warf er sich auf den Boden und blieb lange

Zeit reglos liegen. Endlich erhob er sich und schlurfte gebückt zurück in den Tempel.

Kamaros hatte die Szene von einem Busch aus beobachtet. Noch nie hatte er einen so furchterregenden Menschen gesehen. Das sollte der Vater des milden, bleichen Adamas sein? Er wartete noch eine geraume Zeit, denn er wollte dem Priester um nichts in der Welt über den Weg laufen.

Adamas hatte aus dem Fenster gespäht und winkte ungeduldig.

„Gut, dass du zurück bist, wir gehen gleich weg", sagte er aufgeregt, packte seine Bündel, und vorsichtig nach links und rechts blickend schlüpften sie aus der Haustüre und eilten in das nahe Gehölz. Der Weg duckte sich gleich hinter einen Hügel, der Tempel war bald ausser Sicht.

In der zweiten Kurve, die verdeckt war durch einige Pinien, blieb er stehen und schien auf etwas zu warten. Es ging nicht lange, da trat unverhofft seine Mutter hinter einem Felsen hervor. Sie setzten sich zu dritt auf einen Stein. Die Mutter umarmte Adamas nochmals und küsste ihn lange unter Tränen. Mit leiser tiefer Stimme sprach sie einen Segen über ihn, dann küsste und segnete sie auch Kamaros und legte ihm ihren Sohn eindringlich ans Herz.

Unvermutet zog sie aus ihrem Kleid einen Beutel hervor, öffnete ihn und entnahm ihm eine Kette. Kamaros stockte der Atem. Die ganze Kette war aus Bergkristall, aus genau den Steinen, die ihn auf dem Markt in Amnissos so fasziniert hatten und von denen der Vater einen einzelnen gekauft hatte. Die Mutter hielt die Kette gegen die Sonne, und das Strahlenspiel, das ihn schon in dem einen Stein begeistert hatte, blitzte hier zwanzig- oder dreissigfach auf. Die Strahlen bündelten sich in den Perlen und schossen in allen Farben wieder heraus; ein ganzer Sternenhimmel blitzte und leuchtete. Sie drückte die Kette Adamas in die Hand.

„Nimm diese Kette mit. Sie ist Zeus geweiht, sie bringt Glück. Es sind Steine aus den Bergen des Zeus. Wenn du je in der Fremde ein Mädchen triffst, mit dem du dein Leben teilen möchtest, schenke sie ihm. Es wird dir treu bleiben, und beide werdet ihr Glück und Kraft aus der Kette ziehen."

Entsetzt stiess Adamas ihre Hand zurück.

„Du hast die Kette aus dem Tempelschatz gestohlen, Mutter!"

„Nicht gestohlen, bloss genommen, um ihr endlich einen Sinn zu geben, eine Verwendung, zu der sie bestimmt ist. Im Tempelschatz ist sie verloren, da hat es unzählige Kostbarkeiten. Dort kann sie niemandem Glück und Freude bringen. Bei dir ist sie besser aufgehoben, bei dir kann sie ihre wahre Kraft entfalten. Bewahr sie gut auf und denk an mich."

Nach diesen Worten legte sie die Kette Adamas in den Schoss und verschwand hinter dem Felsen, so geräuschlos und geheimnisvoll, wie sie gekommen war. Adamas hielt die Kette lange in der Hand und betrachtete sie regungslos. Unvermittelt richtete er sich auf, steckte die Kette in den Beutel und verbarg ihn sorgfältig unter seinem Kleid. Er erhob sich und schritt wortlos voran talabwärts.

Als Adamas bei der fünften Kurve nochmals zurückblickte, stand die Mutter in ihrem gelben Gewand weit oben auf einem Felsvorsprung und reckte ihre Arme hoch in die Luft. Die Sonne brachte ihr dunkelrotes Haar gespenstisch zum Leuchten. Sie sah unwirklich aus, wie eine Himmelserscheinung. Adamas blieb lange stehen, winkte zurück.

Kamaros schien es, als drückten Mutter und Sohn durch vereinbarte Bewegungen und Stellungen der Arme und Hände Dinge aus, die nur sie beide verstanden, als sandten sie sich noch letzte Zeichen. Nach einer Weile stieg die Mutter vom Stein herunter und war nicht mehr zu sehen. Adamas drehte sich entschlossen um, und in langen Schritten strebte er Archanes zu, ohne noch ein einziges Mal zurückzublicken. Sie sprachen nicht mehr über Anemospili.

Ein Träger mit einem Esel, der das Gepäck nach Amnissos brachte, war im Dorf bald gefunden. Adamas schien dort hohes Ansehen zu geniessen. Als sie durch die steilen Gassen gingen, kamen die Leute aus den niedrigen weissen Häusern und grüssten ihn wie einen lange nicht mehr gesehenen Freund. Mit manchen wechselte er einige Worte und erzählte von seinem Glück, vom ehrenvollen Auftrag, von der bevorstehenden Reise nach Kalliste, und alle freuten sich mit ihm und wünschten ihm viel Erfolg. Es schien, als ob alle wüssten, was für eine Erleichterung es für ihn war, von Kreta wegzukommen. Doch keiner sprach davon. Tempel, Opfer, Götter – das waren ernste Dinge, über die man in Kreta nicht so leichthin redete.

Die Kette trug Adamas immer im Beutel unter seinem Hemd, bis er auf Kalliste landete.

7

Es war Brauch, vor einer Reise, die von Kreta wegführte, sich dem besondern Schutz des Zeus zu unterstellen; das wollte auch Adamas so halten und dazu den Tempel auf dem Juchtas aufsuchen. Für Kamaros bedeutete es sozusagen einen neuen Rekord, übertraf doch der Juchtas den Pelias bei weitem an Höhe.

So machten sie sich gegen Abend auf den Weg den steilen Osthang des Juchtas hinauf. Als sie mühelos den breiten sorgfältig angelegten Pfad hinaufschritten, dachte Kamaros belustigt an seinen Dornendurchgang am Pelias. Wie weit weg Kalliste doch lag mit dem verbotenen Gipfel, dem Gestrüpp, mit der kindischen Geheimnistuerei! Irgendwann einmal musste er das alles Adamas erklären. Besser nicht daran denken!

Sie hielten häufig an, staunten über Pflanzen, über seltsame, farbige Steine, Echsen und Sommervögel, und grüssten Pilger, die sich auf dem Rückweg talabwärts befanden.

Von oben entpuppte sich der Juchtas als ein langgezogener Grat mit zwei etwas breiteren Enden. Auf dem nördlichen Gipfel, hoch über Anemospili, war eine Tempelanlage errichtet. Kaum zu glauben, was für ein grosses Gebäude auf dem engen Raum Platz gefunden hatte, ein Tempel grösser als das Stadthaus in Akrotiri. Allerdings war da einiges an technischen Tricken nötig gewesen, um die steilsten und schmalsten Stellen des Gipfelplateaus mit kunstvollen Unterbauten zu verbreitern.

Es waren nur noch wenige Pilger oben, die den beiden einen schönen Abend wünschten, bevor sie sich an den Abstieg machten. Dann waren sie allein.

Adamas machte sich sogleich daran, seine kultischen Pflichten zu erfüllen. Er wandte sich dem Altar vor dem Tempel zu, einem imposanten rechteckigen klotzartigen Steingebilde, aus sorgfältig behauenen Quadern aufgeschichtet und reich verziert. Er zog ein weisses Tuch aus seinem Bündel, in welches er alles Notwendige wohl durchdacht eingewickelt hatte. Kunstvoll baute er aus dünnen wohlriechenden Holzstäbchen einen winzigen Scheiterhaufen, legte Kräuter dazu, goss Öl darüber, und mit Hilfe von Feuersteinen setzte er das Holz in Brand. Gespannt beobachtete er den entstehenden Rauch und verfolgte ihn lange mit den Blicken. War es Zeus genehm, dass er die Insel verliess? Wenn er ihm doch gnädig ein Zeichen schicken würde, ob er seine Flucht billige! Nachdem der letzte Funken verglommen war und kein Rauch mehr aufstieg, warf er sich auf den Boden. Er blieb lange wie leblos liegen, den Kopf in den Armen.

Kamaros schaute dem ihm unbegreiflichen Treiben von ferne zu. Da hatte man es auf Kalliste leichter. Bevor man die Insel verliess, waren nicht solch nutzlose theatralische Pflichten zu erfüllen. Man kümmerte sich noch um weltliche Dinge, beauftragte etwa jemanden, seine Tiere zu versorgen und sein Gemüse genügend zu wässern, man bemühte sich, sein Gold tief genug zu vergraben, man schärfte den Kindern ein, der Mutter zu gehorchen. In Kalliste interessierte man sich vor einer Reise für Schiffe, für das Wetter, für Handelsgüter. Eine glücklichere und schönere Insel mit einem lebensfroheren Völkchen als auf Kalliste gab es bestimmt nirgends. Alles deutete doch darauf hin, dass Götter, sollten sie existieren, mit Kalliste besonders zufrieden waren.

Die Luft war glasklar, beinah unnatürlich durchsichtig. Direkt unterhalb des Gipfels lag Anemospili. Kamaros konnte das grün überwachsene Wohnhaus mit dem rauchenden Kamin in allen Einzelheiten erkennen, die weissen Tempelgebäude, die riesigen Gartenanlagen. Nichts deutete darauf hin, dass dort unten Furcht und Schrecken herrschten. Hatte er nur geträumt?

Am Fusse des breiten Ostabhangs lag das Dorf Archanes, weiter im Norden Knossos mit dem Palast, und dort hinten im Dunst lag Amnissos am Meer. Sogar die Schiffe meinte er zu erkennen. Doch wie sehr er auch seine Phantasie bemühte, Kalliste im Norden war nicht zu erspähen.

Noch mehr als das Meer faszinierten ihn die Berge, Berge links und rechts, in einer unfassbaren Menge und Grösse, zackige, runde, abgeflachte, zerklüftete, gar schneebedeckte, und wenn man ganz genau hinschaute, schien sich hinter jedem noch ein entfernterer zu verstecken. Kannte sich da jemand aus, fand jemand den Weg von einem Ende Kretas zum andern?

Als Adamas endlich seine Begegnung mit den Göttern als erfolgreich abgeschlossen betrachtete, gesellte er sich zu Kamaros. Er war belustigt über die Fragen, die Kamaros stellte. Geduldig erklärte er seinem Freund die verschiedenen Teile der Insel, nannte die Namen der Berge und die Höhlen, die sich dort fanden, wusste zu jeder eine Geschichte. Er deutete mit der Hand in die Richtungen, wo die andern Städte und Paläste zu denken waren und die andern Heiligtümer für Zeus. Ein riesengrosses Land, das zu erforschen man ein ganzes Leben brauchte.

Die Sonne senkte sich langsam gegen Westen; die Täler tief unten lagen schon im Schatten, nur die Gipfel stachen noch heraus im Abendlicht. Die beiden achteten nicht darauf, dass sich im Süden Wolken auftürmten und bald weite Teile des Himmels bedrohlich schwarz überdeckten. Ein Gewitter zog auf. Ein Gewitter? Was war das? Wusste das Kamaros nicht? Adamas lachte; er würde es bald kennen lernen.

Schon fuhr der erste Blitz aus der schwärzesten Wolke nieder, und gleich darauf krachte ein Donner im Himmel über ihnen. Kamaros schrie auf. Das Weltende war gekommen. Er klammerte sich so fest an Adamas, dass beide zu Boden stürzten. Adamas rappelte sich auf und schleppte den zitternden und schreienden Kamaros in den steinernen Tempel hinein. Warme trockene Luft voller Gerüche von verbrannten Essenzen und Fleisch umfing sie. Hier fühlten sie sich mehr oder weniger in Sicherheit und hockten eng umschlungen beieinander auf dem kühlen Steinboden, hinter einem Altar.

Kamaros schrie jedes Mal von neuem auf, wenn ein Donner aus den Wolken hervorpolterte. Adamas hielt ihn fest, tröstete ihn wie ein Kind und erklärte mit leiser ruhiger Stimme – immer wieder unterbrochen durch Blitz und Donner –, dass Zeus nun die Erde besuche.

„Zeus zeigt sich den Menschen am liebsten im Wetter. Er kommt von Zeit zu Zeit, damit die Menschen sich an ihn erinnern. Das Gewitter ist seine ihm eigene Art, zu zeigen, dass er der Herr ist, dass wir winzig klein und schutzlos sind ohne ihn."

Wieder krachte in der Nähe ein Donner nieder.

„Zeus schlägt seine Blitze gern nahe bei den Häusern und Tempeln in die Erde. Nur ganz vereinzelt trifft ein Blitz einen Menschen, der den Tod verdient hat, sei es wegen Missetaten, Spötterei oder Hybris. Mein Vater wird nun für alle Inselbewohner die erforderlichen Gebete sprechen und zwölf dreiwöchige gefleckte Lämmchen opfern, um Zeus zu beschwichtigen und ihm zu zeigen, dass die Menschen nicht vergessen haben, wer Herr über Himmel und Erde ist."

Adamas wurde erregter und flüsterte Kamaros ins Ohr:

„Vielleicht lässt Zeus dieses Gewitter hier oben auf dem Gipfel des Juchtas speziell für mich niedergehen. Vielleicht will er mit mir sprechen. Wir wollen ganz still sein und genau zuhören, ob er mir ein Zeichen gibt."

Er erhob sich und sprach mit flüsternder Stimme:

„Zeus, sprich zu mir, ich bin bereit."

In diesem Augenblick krachte es ungeheuerlich, so als ob der ganze Tempel zusammenbrechen würde. Gefässe und Lampen wackelten und klirrten, doch das Gebäude blieb stehen.

„Das war mein Zeichen!“, rief Adamas aus und strahlte. „Zeus ist ganz nahe hier oben vorbeigekommen und hat mir angezeigt, dass er mit meinem Weggehen einverstanden ist.“

Kamaros staunte, mit welcher Sicherheit Adamas Naturerscheinungen erklärte und für sich in Anspruch nahm. Auf jenen letzten Schlag folgte eine grosse Ruhe. Lange hockten die beiden hinter dem Altar und lauschten gespannt, doch kein weiteres Donnergrollen liess sich hören.

Allerdings beunruhigte Kamaros sehr bald ein neuer Ton, ein Rauschen, ein Prasseln. Er schlich zögernd zum Ausgang, um nachzuschauen. Entsetzt fuhr er zurück – eine Wand aus Wasser versperrte den Weg. Verzweifelt rannte er zurück zu Adamas.

„Wir sind verloren, wir ertrinken zuoberst auf einem Berg!“

Adamas lachte.

„Mit dem Regenguss nach dem Gewitter zeigt Zeus an, dass er genug gepoltert hat, dass er dem Land nun wieder Segen spendet und es für die Menschen fruchtbar machen will. Wenn der Regen kommt, ist alle Gefahr und alles Gepolter von Zeus vorüber.“

Regen! So viel Wasser, und einfach auf den Boden geschüttet, verschwendet! Kamaros hätte am liebsten gleich all die tönernen und kupfernen Gefässe aus dem Tempel ins Freie geschleppt, um möglichst viel davon zu retten. Auf Kalliste gab es am Morgen nur Tau, der sich zart vom Himmel herab auf die spriessenden Pflanzen legte. Nur in der kalten Jahreszeit regnete es manchmal unhörbar, dann wurde das spärliche Wasser sorgsam in Zisternen gesammelt und für die trockene Zeit aufbewahrt.

Als Kamaros sich vergewissert hatte, dass der Regen gefahrlos sei, trat er mutig hinaus in die Flut. Auf seinem Körper spürte er die Schläge der niederprasselnden Strahlen, ein unbekanntes, aufregendes Gefühl. Er wagte sich weiter hinaus, breitete die Arme aus und hielt sein Gesicht dem Wasser entgegen. Er öffnete den Mund und versuchte, vom göttlichen Nass etwas einzufangen und zu schlucken. Wenigstens möglichst viel davon trinken!

Wie berauscht hopste und tanzte er vor dem Tempel herum und jauchzte vor Freude. Adamas lachte und schaute von der Türe aus zu, wie sein Freund verzückt den Wassersegen genoss.

So schnell, wie er gekommen war, war der Spuk vorbei. Genüsslich setzten sie sich draussen auf die Steine, um zu spüren, wie warmer Dampf von der Erde aufstieg, und schauten zu, wie die Wolken wild am Himmel dahinflogen. Plötzlich tat sich ein Loch am Himmel auf, und die letzten Sonnenstrahlen berührten ihre nassen Kleider.

Da – ein riesengrosser farbiger Bogen spannte sich über den Himmel. Ein Wunder, eine Erscheinung, die Kamaros von neuem in Begeisterungsstürme versetzte. Adamas strahlte vor Freude.

„Ein Regenbogen", jubelte er, „ein Zeichen, das selbst ein Kind deuten kann. Es bedeutet Frieden, es bedeutet eine Abmachung, einen Bund. Auf diese Weise zeigt Zeus sein Einverständnis an mit demjenigen, der ihn im Gewitter um ein Zeichen gebeten hat. Nun weiss ich ganz bestimmt, dass Zeus meine Reise billigt."

Ergriffen sank er auf den Boden und dankte für das neue Leben, das der Gott ihm zu schenken bereit war.

Unterdessen war es dunkel geworden. Der Weg den Berg hinunter war recht steil, und es war beinahe unmöglich, ohne Laternen die glitschigen Stufen und den Wegrand zu sehen. Es blieb ihnen nichts anderes übrig, als die Nacht im Tempel zu verbringen. Konnten sie es wagen, so nahe bei Zeus zu nächtigen? Adamas war nach dem nahen Blitzeinschlag und dem Regenbogen in Hochstimmung. Er war überzeugt, dass nichts Unwürdiges dabei sei, und so betteten sie sich möglichst bequem in eine Ecke im Innern des Tempels.

An Schlaf war allerdings nicht zu denken; das Erlebnis des Gewitters beschäftigte die beiden ungeheuer. Kamaros konnte sich nicht satt hören an Schilderungen von Gewittern in verschiedenen Gestalten, alle von Zeus persönlich mit seinem Donnerkeil inszeniert, und wie sie sich stets anders abspielten, je nachdem, ob man dem Gott am Meer oder in der Stadt, draussen im offenen Feld oder auf einem Berggipfel, ob mit gutem oder mit schlechtem Gewissen begegnete.

Was Adamas alles wusste über diesen Zeus, den man in Kalliste nur am Rand erwähnte! War ihm Kamaros vielleicht schon einmal begegnet, ohne es gemerkt zu haben? Wahrscheinlich nicht, so etwas Entscheidendes hätte er bestimmt irgendwie gespürt.

Die folgenden Tage gingen wie in einem Traum vorüber. Jetzt waren sie aller Pflichten ledig für einige Tage, und staunend wanderten sie bergauf, bergab, über Hügel und durch Täler, oft stundenlang, ohne einen Menschen zu treffen. Adamas erzählte vom Leben auf Kreta, von den Pflanzen und Tieren, von der Nahrung, vor allem aber von Zeus und den andern Göttern, die das ganze Leben und Denken der Kreter zu beherrschen schienen.

Mit leisem Bangen erwartete Adamas seine neue Heimat. Die beiden Völker sprachen zwar die gleiche Sprache, benützten die gleiche Schrift, und doch waren sie grundverschieden. Was ihm Kamaros erzählte, liess ihn ahnen, dass das Leben auf Kalliste einiges an Überraschungen bringen würde, genauso wie das Leben auf Kreta für Kamaros mehr als genug an Rätselhaftem und Unverständlichem bot.

Auf einer Hochebene weitab von Städten und Dörfern besichtigten sie die Grotte, in der Zeus als kleines Kind gelebt hatte, versteckt vor seinem Vater Kronos, und wenige Stunden weiter eine Höhle, in welcher Priester mit einem ausgeklügelten Kult beschäftigt waren. Von hier ging der Blick nach Süden, bis ans libysche Meer. Es war eine außergewöhnliche Wanderung vom Meer im Norden zum Meer im Süden. Wie viel weiter erst musste die Reise von Westen nach Osten sein! Sie nahmen sich fest vor, einmal im Leben zusammen die ganze Insel in ihrer Länge zu durchwandern.

8

Am Morgen des vereinbarten Tages trafen die beiden am Ufer des Meeres ein. Noch ganz erfüllt von der Stille der Berge und der einsamen trockenen Täler stürzten sie sich zuallererst in die Wellen und schwammen um die Wette. Dann machten sie sich auf zum letzten Stück des Weges, dem Strand entlang, Amnissos entgegen.

Je näher sie der Stadt kamen, desto trister wurde die Gegend, und desto niedergeschlagener wurden sie. Die Stadt streckte ihre schmuddeligen Arme in allen Richtungen in die Ebene aus, wie eine Kröte, die grundlos grösser und grösser wird und sich am Boden festklammert. Die hektische Stimmung am Hafen traf sie besonders hart. Barsche Befehle rissen Kamaros aus seinem Sinnieren, als sie sich dem Schiff seines Vaters näherten. Hier wurde geschuftet. Kräftige stumpfe Männer mit schwitzenden Oberkörpern schoben und zerrten Krüge und Ballen herbei, andere hoben sie auf das Schiff, und weitere verstauten sie im Schiffsbauch, und mitten im Trubel stand Petrassios und überschaute kühl, ruhig, überlegen die Szene mit einem scharfen Auge, dem nichts entging. Wenn man den klein gewachsenen drahtigen Mann mit dem Spitzbart, den lebhaft blitzenden Augen und der lustigen Stupsnase an Land sah, würde man nie den grossen Kapitän in ihm vermuten; wenn er jedoch vom Deck seines imposanten Schiffes herab seine Befehle gab, schien er um einen Kopf zu wachsen. Da gab es keine Zweifel an seiner Führerschaft. Kamaros wurde gleich angesteckt von der Geschäftigkeit; schon war die einsame Landschaft und die Stille der letzten Tage weit hinter ihm. Er legte Hand an und machte sich nützlich.

Doch wo war denn Adamas? Kamaros legte den Krug nieder, den er eben trug, und ging ihn suchen. Er fand ihn in der Nähe, am Wasser. Verloren, in sich zusammengesunken sass er auf einem Stein und starrte mit blinden Augen in das schmutzige Wasser. Seine Heiterkeit und seine Gelassenheit waren wie weggeblasen. Bald schnellte Adamas hoch und blickte verstört zurück auf die Berge, dann studierte er mit scharfem Blick den Lauf der Wolken, dann schaute er wieder abwesend über das Wasser. Er antwortete kurz und zerstreut, als der Vater ihn ansprach. Dreimal erhob er sich und ging zu den Priesterinnen der Eileithyia hinein, schien dort aber keine befriedigende Antwort zu erhalten.

Kamaros war ratlos, er hatte alle Mühe, überhaupt wahrgenommen zu werden. Sein Freund litt offensichtlich, brütete über seinen Problemen. Wie konnte er ihm bloss helfen? Wie konnte er ihm nur klarmachen, dass sein Entschluss, Kreta zu verlassen, das Vernünftigste war, das er tun konnte, das Beste für alle? Wie sollte er ihn aufmuntern? Hilflos rang er nach Worten.

„Freust du dich auf die Meeresfahrt?“ Ein plumper Satz, der den niedergeschlagenen Freund nicht tröstete.

„Hoffentlich gefällt dir Kalliste“, klang ungewollt höhnisch.

„Bist du nicht froh, dass du nicht mehr in Knossos bist?“

Plötzlich fuhr Adamas auf und stiess hervor:

„Wie kann ich sicher sein, dass ich das Richtige tue, wenn ich jetzt von Kreta fliehe?“

„Zeus hat dir doch persönlich sein Einverständnis gegeben, dort im Gewitter auf dem Juchtas.“

Doch Adamas schüttelte den Kopf.

„Nur wir beide haben den Blitzschlag und den Regenbogen erlebt, vielleicht war alles eine Täuschung. Kein Priester hat meine Deutung abgesegnet.“

Wieder schwieg er lange. Dann brach es aus ihm heraus:

„Wie stehe ich je wieder vor meinem Vater, nachdem ich feige geflohen bin? Werde ich ihn überhaupt je wiedersehen?" Ein Weinkrampf schüttelte ihn, er schluchzte hemmungslos.

Ein alarmierender Gedanke durchzuckte Kamaros. Könnte Adamas im letzten Augenblick, sozusagen auf der Schwelle zu ihrer beider Glück, umkehren? Würde er den neuen liebgewonnenen Freund so schnell wieder verlieren?

„Du hast ja die Kette! Denk an deine Mutter, die sie dir anvertraut hat."

Die Kette! Das Zauberwort! Wie hatte Adamas die Kette und damit die Worte der Mutter vergessen können! Er nahm sie aus seinem Brustbeutel hervor und schloss die Augen. Seine Finger betasteten liebevoll jede einzelne der glatten heiligen Formen, Stein um Stein liess er langsam durch seine Finger gleiten, und siehe da, die kühle Kraft der Steine des Zeus tat ihre Wirkung, Adamas wurde ruhiger, ja heiter, seine besorgt gerunzelte Stirn glättete sich, und am Ende sagte er:

„Meine Mutter hat recht. Zeus will Taten, nicht Opfer. Los, lass mich helfen, damit wir möglichst schnell auf deine Insel kommen."

Der unverkennbare keck gewölbte Bug stach kräftig durch die Wellen, als Kalliste näher kam, Gischt spritzte hoch auf und besprühte die farbige Seejungfrau samt den beiden Gestalten, die zuvorderst im Bug links und rechts von ihr standen. Doch sie achteten nicht auf die Spritzer. Ihr Blick war fest auf die Insel gerichtet, die langsam aus der unendlichen Fläche auftauchte.

Kamaros wurde von Minute zu Minute unsicherer. Wie ungeschickt war es doch von ihm gewesen, seinem neuen Freund die kleine bescheidene Insel Kalliste als das schönste Stück Erde zu preisen. Da hatte er wohl den Mund zu voll genommen. Wie konnte die Insel je bestehen vor jemandem, der sein ganzes Leben auf dem unvergleichlich grösseren, reichhaltigeren, interessanteren Kreta verbracht hatte? Verstohlen schaute er Adamas von der Seite an. War er enttäuscht? War er spöttisch? Würde er die winzige Insel belächeln?

Adamas stand wie angenagelt im Bug. Die Sonne brachte sein nasses schwarzes Haar zum Glänzen. Er schaute und lauschte mit erhobenem Haupt und sog wie im Traum das farbige Bild ein, das sich vor seinem Blick aufbaute.

Plötzlich ging hinter ihnen ein chaotischer durch Mark und Bein dringender Lärm los, wie wenn sich das Schiff in grösster Gefahr befände. Entsetzt wachte Adamas aus seinem Sinnieren auf und klammerte sich an Kamaros. War das Schiff am Sinken? Auch Kamaros war gewaltig erschrocken, doch gleich lachte er. Vor Aufregung hatte er vergessen, Adamas aufzuklären über das Rückkunftsritual, das seit undenklichen Zeiten die Heimkehr eines einheimischen Schiffes begleitete. Auch für Kamaros war das Erlebnis neu, da er das Ritual zum ersten Mal von der Meerseite aus erlebte.

Es begann auf dem Land damit, dass der Hafenwärter, der das Meer und die Bewegungen der Schiffe im Auge und im Kopf hatte, die alte blau-gelbe Fahne am Mast auf der Hafenmole hochzog. Wer dieses Signal übersah, überhörte bestimmt nicht den Ausrufer, der durch die widerhallenden Gassen eilte und die baldige Ankunft eines einheimischen Schiffes verkündete. Kinder und Hunde liefen neben ihm her und schrien und bellten wacker mit. Jeder, der sich irgendwie entbehrlich machen konnte, rappelte sich auf, zu welcher Tageszeit auch immer. Mütter, Geschwister und Gattinnen der Rückkehrer stiegen in den hintersten Winkel der kühlen Vorratskammern, zogen Leckerbissen, die sie sorgsam für diesen Augenblick gehütet hatten, ans Tageslicht und schleppten sie an den Hafen hinunter. Auf rasch aufgestellten Tischen wurde eine üppige Tafel gedeckt und wachsam gegen den Ansturm von gierigen Kindern und Hunden verteidigt.

Wer nicht mit dem Herrichten der bunten Schüsseln beschäftigt war, beobachtete sachverständig das sich nähernde Schiff. Es wurden Wetten abgeschlossen, wie lange es wohl noch dauern würde, bis es landete, wenn man den gegebenen Seegang, den Wind, die Grösse der Segel, die Zahl von Ruderern, die Fähigkeit des Kapitäns in Rechnung stellte.

War das Schiff endlich nahe genug, gab der Hafenwärter ein Zeichen, und alle verstummten und lauschten, sogar die kleinsten Kinder wussten, was von ihnen erwartet wurde und wagten kaum zu atmen vor Erregung.

Von weit weg kam der Freudenlärm der Seeleute über die Wellen, himmlische Klänge in den Ohren der Gattinnen und Mütter, die ersehnte Bestätigung einer erfolgreichen Fahrt.

Sobald die vom Schiff aufhörten, durfte man, auf ein Signal hin, selber loslegen. Man gab sich alle Mühe, so laut zu schreien, wie es die Kehle vertrug. Das Jubelgeschrei wurde kräftig unterstützt durch allerlei Lärminstrumente wie Trommeln, Pfeifen, Pauken, welche die Kinder stets bereithielten.

Wieder Stille, und wieder die Antwort vom Schiff, jetzt schon viel lauter und näher. Schon stellten sich die Jungen vor, wie sie es noch viel besser machen würden, wenn sie selber einmal auf einem Schiff zurückkehrten. Sobald der Bug über der Mole auftauchte, trat Stille auf beiden Seiten ein, und im Augenblick, wo die Spitze des Schiffes den Fahnenmast passierte, brachen Rückkehrer und Wartende in ein nun vereintes recht irdisch klingendes Jubeln aus.

Adamas fand keine Worte. Hier wurde man erwartet und empfangen. Man betrat Kalliste nicht durch einen schmutzigen Seiteneingang, sondern durch das Hauptportal. Festlich geschmückte Leute standen am Ufer und jauchzten einem entgegen, und hohe glückliche Stimmen und Lachen übertönten all die andern weniger harmonischen Geräusche. Unvorstellbar, dass ganze Familien zum Empfang am Hafen von Amnissos standen. Die Städte lagen in Kreta landeinwärts, die Hafenorte waren unansehnlich oder gar hässlich. Bei einer Ankunft in

Kreta wurde man von ruppigen Hafenarbeitern, Händlern, Trägern empfangen, es gab unwirsche Rufe und Schreie, Gepolter, Lärmen und Fluchen. In Kalliste lag das Herz der Insel, die Stadt mit all ihren freundlichen Bewohnern, gleich am Wasser. Das war ein Willkommen!

Die Mutter mit den drei jüngeren Geschwistern stand zuvorderst, Minea mit ihren grossen runden Ohrringen und der spitzen Nase etwas abseits. Ihr gelber Schal leuchtete wie eine Sonnenblume. Ihre hellen lachenden Augen suchten ihren Bruder.

„Siehst du jenes schöne Wesen mit den grossen Ohrringen?", brach Adamas endlich sein Schweigen, „das möchte ich gern malen."

„Das ist meine Schwester Minea."

Nun legte das Schiff an, und los ging es: Bretter herbei, Sturm auf das feste Land, Begrüssungen, Umarmungen, Bewirtung am Hafen – kurz, ein würdiger Abschluss jeder Seefahrt, ein Fest, wie es keine andere Insel bot.

Kamaros war allen andern vorangestürmt über die Planken, um seine Mutter und die Geschwister zu begrüssen und gleich jedem aus der Tasche seines weiten Hemdes eine unbekannte Süssigkeit hervorzuklauben. Dann wandte er sich Minea zu und umarmte sie besonders lang und innig, hatte sie ihm doch auf seiner ersten Reise am allermeisten gefehlt. Adamas stand am Geländer und schaute seinem ungestümen Freund gedankenvoll nach. Dann folgte er Kamaros zögernd und wartete einige Schritte von den andern weg. Kamaros hatte ihn in seiner Wiedersehensorgie nicht vergessen, im Gegenteil, war der Maler doch das spektakulärste Mitbringsel. Er packte ihn energisch am Arm und stellte ihn vor seine Familie hin.

„Adamas, mein neuer Freund aus Kreta, ein grosser Künstler. Er bleibt einige Zeit bei uns und malt unser Haus aus, doch zuallererst will er Minea malen."

Minea errötete, Adamas noch mehr. Schweigend blickten sie

einander an. Sich von diesem ernsten Jüngling aus der fernen Insel malen lassen? Warum nicht?

„Aber bitte im Profil“, brach sie lachend das Schweigen, „dass meine Ohrringe und meine spitze Nase recht zur Geltung kommen.“

Darauf gaben sie sich die Hände und drückten sie lange und fest, und beide lächelten.

Am ersten Morgen nach seiner Ankunft auf Kalliste wurde Adamas gleich in das Geheimnis des Pelias eingeweiht. Kamaros zeigte ihm die besten Tritte den Berg hinauf, den entscheidenden geheimen Gang durch die Dornen, den rutschigen Zwischenfelsen, den Endtunnel.

Adamas war gebührend beeindruckt von der Konstruktion und den Sicherheitsvorkehrungen. Doch oben angekommen, war er merkwürdig uninteressiert. Er stiess nicht den erwarteten Schrei des Entzückens aus, vergass nicht zu atmen, sank vor Bewunderung nicht auf den Boden. Er nahm den umwerfenden Rundblick vorerst überhaupt nicht wahr, denn er hatte Wichtigeres zu tun.

„Wo wollen wir denn den Altar für die Götter bauen?“ Er schaute sich auf dem Gipfelplateau um.

War es denn zu glauben, dass auf diesem einzigen Berg der Insel nicht das Geringste auf die Gegenwart eines wenn auch nur unbedeutenden Gipfelgottes hinwies, der Verehrung verdiente? Und da der Pelias der herausragende Berg auf Kalliste war, war es durchaus denkbar, ja sogar wahrscheinlich, dass Zeus selber hier manchmal Wohnung nahm. Wer masste sich an, anzunehmen, dass der Göttervater über diese fröhliche Gemeinschaft von tüchtigen Handwerkern und Händlern hinwegsehen könnte? Adamas klang beunruhigt. Mit Zeus liess sich nicht spassen. Berggipfel gehörten ihm.

Er verlor keine Zeit. Schweigend machte er sich an die Arbeit, sammelte Brocken, grössere und kleinere, und legte sorgfältig

Stein auf Stein. Die Sonne brannte schon recht tüchtig, doch Adamas liess nicht nach, er bückte sich noch und noch und trug die schweren Brocken auf seiner Schulter zum Altar. Kamaros schaute ihm erst verständnislos zu, doch schnell begriff er, dass sein Freund mit etwas Todernstem beschäftigt war, und half gutmütig mit, Steine herbeizuschleppen. Nach einer Stunde war das Werk vollendet; erschöpft betrachteten sie das recht ansehnliche, wenn auch nicht gerade formvollendete Gebilde, das da entstanden war. Und jetzt? Kamaros staunte nicht wenig, als Adamas sich mit erhobenen Armen davorstellte und Gebete murmelte. Adamas bedauerte, dass er die Zutaten für ein Feuer nicht mitgebracht hatte. Das Brandopfer zur Vervollständigung des Ritus würden sie später nachholen müssen.

Jetzt erst hatte Adamas Zeit, sich dem Rundblick zu widmen, zu staunen, auszurufen. Er war beeindruckt, dass man vom Gipfel eines Berges hinab mehr Wasser als Land sah und dass man eine ganze Insel mit einem Blick erfassen konnte. Ein Ort wie geschaffen für Zeus, sich hier von Zeit zu Zeit einzufinden, meinte er.

Auch in der Höhle unterhalb des höchsten Punktes, der Taverne, schaute Adamas erst in alle Winkel. Wieder kein Altar! Höhlen gehörten ebenso Göttern wie Berggipfel. Für einen Kreter war es eine heilige Pflicht, Grotten, auf die man in den Bergen stiess, sogleich ehrfurchtsvoll einem Gott zu weihen. Wie war es gekommen, dass eine so fortschrittliche Gemeinschaft keine Ahnung hatte, was man den Göttern schuldig war? Hatte sie ihr Wohlstand die Pflichten vergessen lassen? Die Götter wollten gesucht und gefunden werden, erklärte er, dann würden sie den Menschen ihren Schutz angedeihen lassen.

Rasch wurde auch dieser gefährliche Mangel wenigstens notdürftig behoben. Auch da müsste später noch einiges nachgeholt werden. Nachgerade fand Kamaros die Obsession mit Zeus etwas übertrieben. Er lächelte, doch er schwieg, denn er wollte

Adamas die Freude nicht verderben und half willig mit. Sollte er doch Altäre bauen, so viele er wollte, wenn es ihn glücklich machte. Er, Kamaros, kam auch ohne Götter glänzend über die Runden, fand er.

„Schau das viele Wasser im Topf! Es ist schon einiges auf den Boden geflossen."

Der Topf, der das Tropfwasser auffing, war übervoll. Adamas wurde neugierig. Das überschüssige Wasser verschwand rasch in den kühlen Spalten des Höhlenbodens.

„Irgendwo muss es da eine Quelle geben. Die wollen wir einmal suchen. Etwas Grünes müsste dort wachsen."

Daran hatte Kamaros noch nie gedacht. Es wäre die einzige Quelle auf der Insel.

Wieder drunten in der Stadt wurde Adamas gleich in das geschäftige Alltagsleben in den engen Gassen eingeführt. Aus den Werkstätten im Erdgeschoss riefen die dort Arbeitenden den Vorübergehenden zu, und durch die grossen Öffnungen hindurch wurde verhandelt, gekauft, getauscht, geklatscht. Kamaros kannte alle Handwerker. Er blieb immer wieder stehen, um von seiner ersten Reise zu berichten und Adamas vorzustellen.

„Kamaros!", rief Larios, der dicke Töpfer mit den rötlichen Backenbärtchen durchs Fenster, währenddem er ratlos an einem etwas krummen Topf herumknetete, „bist du zurück aus Kreta? Du Glückskind darfst die Welt kennen lernen, während ich auf dieser Insel versauere. Nun, wie war's? Hast du mir gute Ideen oder gar gute Töpfe zurückgebracht?"

„Etwas noch viel Besseres, einen guten Künstler in Person. Er wird bei uns bleiben und uns alle das Fürchten lehren, was Kunst betrifft. Hier ist er gleich, Adamas."

Larios kam zum Fenster, um sich den Kreter anzusehen, der ihnen Furcht einflössen sollte. Als er den schüchternen bleichen Adamas erblickte, schüttelte er ihm erleichtert die Hand.

„Schau bald einmal bei mir herein. Ich lechze nach neuen Ideen. Wir Töpfer hier haben eine Blutauffrischung dringend nötig. Hast du gleich Zeit?“

„Später!“, winkte Kamaros ab, „ich muss unserm Gast doch zuerst die Perle von Akrotiri, das Stadthaus, zeigen! Auf Wiedersehen!“

Kamaros hatte kaum warten können, Adamas sein Lieblingsbild, das lange Fresko über den Fenstern, zu zeigen. Doch auf dem Weg dorthin wurde er mit jedem Schritt unsicherer. Was würde Adamas dazu sagen? Gewöhnt an die riesigen Prunkbilder in den Sälen und Korridoren von Knossos, würde ein Kreter wohl die winzigen Darstellungen lächerlich finden?

Doch Adamas lächelte nicht. Er war zutiefst beeindruckt von den minutiös gearbeiteten Szenen, Städten, Landschaften, Menschen, Pflanzen und Tieren auf kleinstem Raum. Das Bild passte ideal nach Akrotiri, fand er, so munter, unkonventionell, originell, genau wie die Insel und die Leute darauf. Ein monumentales Bild wie in Knossos hätte das Stadthaus gesprengt, es hätte sich wie ein ägyptisches Nilpferd in einem Blumengärtchen ausgenommen. Hier war ein Meister am Werk gewesen.

„Könnten doch die Mallehrer in Knossos das sehen! Die müssten ihre Ansichten, was ‚wahre Kunst‘ sei, gründlich revidieren.“

Noch nie war Kamaros so stolz auf seine Stadt gewesen. Adamas nahm sich vor, die Malereien fleissig zu studieren und sie sich zum Vorbild zu nehmen. Er wünschte, er selber werde den Mut aufbringen, so selbständig und frei von allen Vorschriften und Vorurteilen zu malen. Wer sollte ihn denn hindern? Die kretischen Lehrer waren ja weit weg, jenseits des Wassers.

9

Wie gut, einen echten Künstler auf der Insel zu haben", begrüsste ihn Takis, der Lehrer, „Kunst war nie meine Stärke."

Adamas nahm die Aufgabe gerne wahr, dem Kunstunterricht auf Kalliste auf die Beine zu helfen. Takis hatte die dürftigsten Kenntnisse von Malerei und Töpferei, sein Interesse galt der Natur, und doch schätzten es die Eltern, wenn ihre Kinder wenigstens die Grundbegriffe des Handwerks erlernen konnten.

Mit Adamas kam ein frischer Wind in die Malstube. Das Wort Malstube war wohl zu hoch gegriffen für den schäbigen engen Raum, einem ehemaligen Ziegenstall, in welchem die Schüler auf wackeligen Hockern mitten in einem unüberschaubaren Wirrwarr von Werkzeugen und Geräten, angefangenen und schon wieder zerbrochenen Gefässen und Figuren versuchten, gleichzeitig Ton zu kneten, Töpfe zu formen, Farben zu mischen, die im Ofen gehärteten Stücke künstlerisch zu bemalen und dazu noch das Mittagessen zu verzehren.

Was die Malschule von der in Knossos angenehm unterschied, war die entspannte heitere Stimmung. In Knossos war Lachen während des Unterrichts ein Frevel; den zukünftigen Künstlern wurde eingebläut, Kunst sei keine Spielerei, sondern etwas Todernstes, das Disziplin und unbedingten Einsatz erfordere, während hier das Fach betont kurzweilig und laut, daher auch recht beliebt war.

Nur allzu willig überliessen ihm Schüler und Lehrer ihre Kreationen, die irgendwo auf dem Weg zur Vollendung stecken geblieben waren. Adamas entwarf Motive, zauberte unbekannte

Sujets hin, Papyrus und Schilfgräser, Vögel, Seetiere, Tintenfische, Delphine. Gierig nahmen die Jungen die Ideen auf und versuchten sofort, es Adamas gleichzutun.

Die Schüler arbeiteten lustvoll und ohne Hemmungen. Die Werke, die entstanden, waren oft so kühn oder übermütig, dass den Kretern die Haare zu Berge gestanden wären. So viel Originalität hätten sie nicht ertragen. Als Adamas ihnen die elegante Form der Schnabelkannen beibrachte, mit schlanken Hälsen, die aussahen wie Menschen, die den Kopf in den Nacken warfen, da dauerte es nicht allzu lange, bis ein witziger Schüler einer solchen Menschenform auch gleich noch Ohren ansetzte, ein weiterer Ohrringe auf die Kreation malte und ein ganz Verwegener ihr sogar busenähnliche Hügelchen verpasste, auf die dann ein Spassvogel prompt als Krönung kräftige Brustwarzen malte. Das schlug ein, die Idee wurde sogleich von den weniger kreativen Schülern nachgeahmt, und selbstverständlich wurden alle für ihre Arbeiten gelobt.

„Adamas, bevor du in unserm Haus mit Malen beginnst, schau dir die Insel an. Du wirst wohl nicht schlecht staunen, wie verschieden sie ist von Kreta“, schlug Petrassios in den ersten Tagen vor. Es konnte seiner Malerei nur zugutekommen, wenn er möglichst viel von der Insel kennen lernte, Leute, Häuser, Gebräuche, Blumen, Tiere, Hügel, Küsten. Für das Ausmalen des neuen Hauses war mehr als genügend Zeit vorhanden, fand doch die Initiationsfeier für Minea erst in drei Jahren statt.

„Darf ich mitkommen, wenn du Adamas die Insel zeigst?“, fragte Minea am nächsten Morgen. „Das ist nicht als Frage gemeint, sondern als Mitteilung“, fügte sie hinzu.

„Nur wenn du Adamas nicht in die Caldera stösst.“

„Ich kann nicht versprechen, euch beiden nicht von hinten einen Stups zu geben, wenn ihr wieder so wichtigtuerisch redet, als ob ihr die Weisheit mit Löffeln gefressen hättet.“

„Dann ist es wohl sicherer, wir gehen auf den Mesavouno.“

„Kommt darauf an, ob ihr lieber über Klippen ins Meer fliegt oder in die Caldera."

Die Luft war voller Lachen und Heiterkeit, die Geschwister übertrumpften sich gegenseitig mit Spässen. Adamas hörte sich die freundschaftliche Neckerei bewundernd an und stapfte wortlos hinter den beiden her. Er freute sich schon auf den nächsten Ausflug zu dritt.

Adamas war noch nicht einen Monat auf Kalliste, als er derb mit einer unheimlichen Eigenart der Insel bekannt wurde: mit Erdbeben. Er sass in seinem Zimmer und mischte Farben. Das leuchtende Gelb, das der Safran hier hergab, begeisterte ihn, doch die Farbe in gleicher Leuchtkraft auf die weissen Gipswände aufzutragen war ihm noch nicht ganz gelungen. Vorläufig musste er sich mit Ocker-Erde zufrieden geben, die auch einen recht brauchbaren Gelbton lieferte. Es waren ihm schon verschiedene interessante Mischungen gelungen.

Bald würde Kamaros vorbeikommen, wenn er mit seiner Arbeit fertig war. Sie hatten sich vorgenommen, in den Norden der Insel zu wandern. Sie wollten dort den Onkel, den Bruder von Petrassios, besuchen, der mit seiner Frau zusammen in einem verträumten Haus wohnte, dem Nordhof, weit weg vom Gedränge und Lärm der Stadt, und Herr über eine stattliche Herde von Schafen und Ziegen war. Es war ungewöhnlich schwül, höchste Zeit, an die frische Luft zu kommen.

Plötzlich riss jemand den Boden unter ihm weg. Drei Töpfe fielen vom Gestell, einer zerschellte beim Aufprall, und hellgelbe Farbe ergoss sich über die Fliesen. Erschreckt hob Adamas die andern Gefässe mit den kostbaren Mischungen vom wackelnden Gestell herunter und legte sie in den Korb, den Kamaros vorsorglich bereitgestellt hatte. Damals hatte er nicht verstanden, was der Korb sollte, jetzt wusste er es.

Sobald die Farbtöpfe gesichert waren, eilte er aus dem Haus, zitternd vor Schrecken. Auf der Strasse draussen lachten die

Leute fröhlich wie immer und gingen unbeschwert ihren Geschäften nach, als ob gar nichts geschehen wäre. Hatten sie denn nichts gespürt? Unmöglich, dass er es sich bloss eingebildet hatte, immerhin war der eine zerbrochene Topf Zeuge, dass der Boden gewackelt hatte.

„Du bist doch nicht etwa erschrocken?“, fragte ihn Kamaros, der eben daherkam, „das war bloss ein bescheidenes Beben, nicht der Rede wert. Wie gut unsere Insel standhält! Schau nur, kein Riss in den Häusern. Unsere Bauleute sind wirklich erstklassig.“

Waren es denn die Bauleute, nicht ein Gott, der sie vor grösserem Unheil bewahrt hatte? Adamas liess sich nicht so leicht beruhigen. Nichts hielt ihn zurück, gleich zu den Altären auf den Hügeln hinter der Stadt zu gehen, um dabei zu sein, wenn den Göttern für die Bewahrung gedankt wurde.

Atemlos kam er auf dem Opferplatz an. Buben spielten Ball um die Altäre herum. Die Altäre waren kalt, kein Brandopfer war dargebracht worden, keines wurde vorbereitet, kein Priester war zu sehen, der versuchte, weitere Beben abzuwenden, kein Priester, der den Göttern dankte, dass das Beben so glimpflich abgelaufen war. Adamas schwieg. Wie anders würden die Kreter auf ein Erdbeben wie das soeben erlebte reagieren!

Auf ihrer Wanderung in den Norden trafen sie immer wieder auf neue Risse und Spalten im Boden. Kamaros war neugierig, aber keineswegs beunruhigt.

„Diese Risse sind neu“, stellte er gelassen fest, „hier war nichts zu sehen, bevor ich nach Kreta ging. Interessant, diese breiten Spalten. Die müssen von dem kleinen Beben von vorher herrühren, sie scheinen ganz frisch entstanden zu sein.“

Sie legten sich auf den Boden, um die Spalten zu begutachten, sie horchten in die Tiefe, sie griffen mit den Händen in die Risse hinunter und tasteten die Wände ab. Tatsächlich waren die Seiten noch feucht, so als ob die Risse vor ganz kurzer Zeit erst entstanden wären.

Als Erstes, sozusagen zur Einstimmung, malte Adamas sein eigenes Zimmer aus. Es war ein kleineres Zimmer neben vielen andern in einem grösseren Block in der Nähe des Stadthauses.

„Das ist vorläufig dein Zimmer, Adamas, später wird Kamaros hier wohnen. Ihr könnt es gestalten, wie ihr wollt“, hatte der Vater am ersten Tag gesagt.

Erst jetzt verstand Adamas, was Kamaros gemeint hatte, als er sagte, sie wollten dann gemeinsam ein Zimmer schmücken ganz nach ihren Wünschen. So etwas wäre undenkbar in Kreta. Jede Wand, die dort bemalt wurde, sollte sich auf die Funktion des Raumes beziehen oder aber ein ernstes wichtiges Thema behandeln, etwa eine Prozession, ein Opfer, oder Spiele zu Ehren der Götter. Hier nun sollte er ein Zimmer ohne jede Vorschrift ausmalen dürfen, ganz einfach mit einem Thema, das Spass machte.

Für Kamaros war von Anfang an klar, was dargestellt werden sollte: Affen. Nicht nur ein Affe, nein, so viele denn Platz fanden. Alle vier Wände des Zimmers sollten mit Affen übermalt werden, doch nicht mit Figuren in Reih und Glied, sondern mit einem Rudel wild herumkletternder

Tiere in allen erdenklichen Stellungen und Bewegungen, so farbig, lustig, lebendig, dass man sich nie satt sehen konnte. „Darf ich dir helfen beim Malen?“, fragte er nach einigen Abenden des Zuschauens.

„Aber gewiss, versuch's nur.“

Der Affe, den Kamaros entwarf, war nicht als solcher zu erkennen, er glich eher einer getrockneten Birne. Ernüchtert half er dann wenigstens beim Gestalten der farbigen Felsen, die als Untergrund für die Kletterkünste der Tiere dienten.

Adamas' Hauptaufgabe war, die Kulträume im Haus am Westrand auszumalen. Er musste daher zuerst eingeführt werden in die konkreten Vorgänge, die sich während der Initiationsfeier abspielten. Der Ritus der Initiation wurde auf Kalliste äusserst wichtig genommen. Er war im Frühling das Hauptgesprächsthema. Für Jünglinge fand eine gemeinsame Feier im Rathaus statt, und im Anschluss an die Weihe durften sie zum ersten Mal zusammen mit den erwachsenen Männern vom köstlichen süssen Inselwein trinken. Damit waren sie den Männern gleichgestellt.

Für Mädchen war der Schritt ins Erwachsenenleben unvergleichlich bedeutender und folgenschwerer, denn sobald ein Mädchen die Reife erlangt hatte, konnte es einem Mann anvertraut werden, welchem es folgen musste, wohin es ihn trieb. Die Mädchen verliessen also ihre Familie und damit oft auch die Insel, während die Männer erst meist in der Sippe auf Kalliste blieben.

Die Feier für die Mädchen fand innerhalb der Sippe statt. Es war für Petrassios Ehrensache, dass, wenn seine älteste Tochter Minea sechzehn wurde, ein Kultraum oder besser zwei zur Verfügung standen, die alle Kulträume in andern Häusern in den Schatten stellten. Die Ausmalung der beiden übereinanderliegenden Räume sollte der Ernsthaftigkeit und der Würde des Anlasses entsprechen und gleichzeitig die gehobene Stellung der

Sippe des Petrassios in der Stadt dokumentieren. Dafür wollte er keinen Aufwand scheuen, und dazu hatte er schon drei Jahre vor der Initiation der ersten Tochter einen würdigen Maler nach Akrotiri geholt.

Petrassios nahm es sehr genau mit den Vorgaben zu den Inhalten; da liess er nicht mit sich spassen. Er übertrug es der Mutter, Adamas genau zu instruieren, welche Szenen darzustellen waren und wo noch Raum blieb für Ausschmückung nach eigener Phantasie.

Das jährliche göttliche Frühlingsfest der Wiedergeburt als Thema im obern lichtdurchfluteten Raum bot reichlich Gelegenheit für freie Gestaltung. Die Göttin der Fruchtbarkeit auf einem Thron, umgeben von Dienern, dazu die üblichen Geschenke des Frühlings wie Tiere, Pflanzen, Blumen, das alles in viel Licht und Sonne – das waren die einzigen Vorgaben. Die Wände sollten für die jungen Mädchen, die aus dem untern dunklen Raum hochstiegen, Freude und Hoffnung ausdrücken.

„Der untere Raum ist bis zur Initiationsfeier nur durch die enge innere Treppe vom obern Kultraum aus zugänglich“, erklärte die Mutter.

„Einige Stufen führen im Winkel noch tiefer in den Boden hinein, zu einem versenkten Becken. Dort hinunter müssen die Mädchen steigen, um so die Verbindung mit dem Dunkel der Erde zu erleben und dem Tod zu begegnen.“

Adamas sollte also Schmerz, Tod, Begegnung mit dem Dunkel gestalten. Wie war das wohl gemeint?

„Auf der Wand, die sich zuerst den Blicken bietet, sollen junge Mädchen oder Frauen zu sehen sein, wie sie Gaben zum Altar tragen. Durch diese Geschenke erlangen sie von der Gottheit Reife und Kraft, das Leben als Frau zu meistern. Es soll deutlich werden, dass die Mädchen dafür alles opfern, daher bringen sie als Gaben das Schönste, was sie besitzen, Dinge wie Schmuckstücke, Kleider, Gefässe, Schleier."

Das schien einigermassen machbar.

„Die wichtigste Opfergabe ist Blut", fuhr die Mutter unbekümmert fort. „Jedes Mädchen muss Blut zum Altar bringen. Blut bedeutet Tod, nur durch Blut erlangt es die Wiedergeburt."

Ein Blutopfer? Etwas zog sich in Adamas zusammen, er musste sich an der Wand festhalten. Auch hier? Auch im sonnigen leichtlebigen Akrotiri? Wie beiläufig die Mutter davon sprach, so wie wenn es um die Farbe eines Gewandes ginge! Ihn machte der Gedanke im Innersten erschauern; aus der Tiefe seiner Seele stieg das Bild vom Blutopfer in Kreta auf, das er so gern vergessen wollte. Hätte er sich doch nie auf diese Aufgabe eingelassen!

Plötzlich durchzuckte es ihn. Das war die gerechte Strafe, die Zeus sich für ihn ausgeheckt hatte, weil er vor dem Blutopfer geflohen war. Er musste sich dieser Aufgabe stellen, um auf diese Art Abbitte zu tun, auch wenn es ihn die grösste Überwindung kosten würde.

„Jedem Mädchen wird an einem Finger oder Fuss eine winzige Wunde zugefügt", fuhr die Mutter unbeirrt weiter, „ein Tröpfchen Blut genügt. An der Wand, welche die Mädchen ganz am Schluss erblicken, wenn sie die letzte Drehung gemacht haben und zuunterst angekommen sind, soll ein Altar zu sehen sein, von dem reichlich Blut heruntertropft. Da kannst du dann deinen ganzen Vorrat an roter Farbe aufbrauchen", fügte sie lachend bei.

Echtes Blut wurde also nur in winzigster Menge, symbolisch, vergossen. Blut wurde vor allem gemalt, war bloss rote Farbe, so üppig, wie es den Maler gelüstete. Adamas atmete erleichtert auf. Danke, Zeus! Das Thema mit der winzigen Wunde an Hand oder Fuss machte ihm dann allerdings doch einiges

Kopfzerbrechen. Immer wieder schob er es hinaus, sich an diese Szene zu wagen. Lange grübelte er, bis er endlich auf das Nächstliegende fiel. Hatte nicht Minea kürzlich beim Krokuspflücken ihren nackten Fuss an einem spitzen Stein verletzt, so dass etwas Blut floss? Adamas vergass das Bild nicht so schnell. Weinend war das zarte bemitleidenswerte Geschöpf auf einem Felsen gesessen und hatte ihren linken verletzten Fuss mit der rechten Hand hochgehalten.

„Das ist ja lächerlich, nicht einmal ein Säugling würde eine solche Szene vollführen. Weibergetue!", hatte Kamaros gescholten, doch dann hatte er die Wunde mit einem Stück Tuch verbunden, und das Krokuspflücken wurde nach dem kleinen Zwischenfall bald wieder rege fortgesetzt.

Das war es dann, was er darstellte: ein Mädchen, das sich zufällig beim Krokuspflücken verletzte, und das mit der Hand schmerzverzerrt seinen verwundeten Fuss hielt. Doch malte er in einer derart misslichen Lage nicht Minea selber, sondern eine ihrer weniger beliebten Freundinnen.

10

Warst du schon einmal auf dem Monolithos?“, fragte Adamas einmal nach einem Ausflug auf den Pelias. Wieder eine dieser unerwarteten Ideen, mit denen Adamas manchmal überraschte.

Der Monolithos war ein Inselchen vor der Ostküste von Kalliste, das aus einem einzigen Felsklotz bestand, wie der Name sagte, etwa dreimal so gross wie ein stattliches Haus, steil, kahl und glatt, für einen Ruderer in bequemem Abstand von der Küste, für einen Schwimmer beinah zu weit. Abweisend ragte er aus der meist bewegten Wasserfläche, senkrecht stiegen seine Seiten auf. Die Jungen waren sich einig, dass es sich nicht lohne, dort hinauszurudern, da keine Stelle zu finden war, wo man sein Schiff sicher hätte anbinden können. Da gab es für ein genüssliches Sonnenbad andere leichter erreichbare Klötze näher beim Strand auf der ruhigeren Südseite.

Am Nordfuss des Mesavouno, dort wo die Felsen steil ins Meer fielen und eine Art Unterstand für Schiffe boten, war das Ruderboot festgemacht, das Kamaros ganz allein gehörte. Das schmucke rote Boot lag neben einigen andern auf dem schwarzen Sand. Der Hafen hinter der Sellada dämmerte fernab vom Treiben an der Südküste vor sich hin und wurde wenig benützt.

An einem Herbstnachmittag deckten die beiden sich mit Werkzeugen ein, und als weit und breit kein Zuschauer in Sicht war, ruderten sie los, um den Monolithos zu bezwingen.

Sie hämmerten und meisselten so lange an der der Küste abgewandten Seite, bis ein Felsvorsprung in ein hakenartiges Gebilde umgeformt war, an welchem das Schiff festgemacht werden konnte. Auszusteigen und in die Höhe zu klettern war das nächste Problem. Einige Stufen einmeisseln, ein Seil hochwerfen, und schon waren sie oben.

Die Mühe lohnte sich. Adamas fand sich bestätigt in seiner Vermutung, dass sich auf dem Monolithos ebenfalls eine Grotte fände. Tatsächlich gab es oben einen schmalen Eingang, und Adamas war wieder einmal begeistert, war die Höhle doch derjenigen bei Amnissos ähnlich, wenn auch unendlich viel kleiner und er war überzeugt, hier eine weitere geheime Wohnstätte der Muttergöttin entdeckt zu haben.

Kamaros hatte schon geahnt, was auf ihn zukommen würde. So half er willig mit, aus den wenigen lockeren Steinen, die zu finden waren, auch hier notdürftig einen winzigen Altar zu bauen, der seinem Freund an einer solchen Stelle nun einmal unverzichtbar schien. Kamaros interessierte sich mehr für die weltlichen Belange. Er sorgte dafür, dass der Unterschlupf gemütlich eingerichtet war, und dazu hielt er ein stets gut bestücktes Lager von hartem Gebäck, gedörrten Früchten und Wasser aufrecht. Adamas schlug vor, eine Angelrute mit auf den Monolithos zu nehmen, um Fische zu fangen, auch etwas Holz und Zunder, um sie gleich zu braten. Fische, die auf diese abenteuerliche Weise bereitet wurden, mundeten selbst Kamaros, der sie sonst nicht besonders mochte.

Der Monolithos bescherte Kamaros einmal ein unangenehmes Erlebnis, als er allein hinausrudern wollte. Kamaros hatte eine ganze Nacht lang am Hafen geschuftet, da eine Ladung nass geworden war, weshalb er einen freien Tag geschenkt bekommen hatte. An jenem Morgen band er sein Schiff unterhalb der Steilküste los, stiess es ins Wasser und begann zu rudern. Als er schon ein gutes Stück draussen war, unbemerkt, wie er meinte, sah er plötzlich, dass ein anderes Boot ebenfalls vom Ufer losgebunden wurde und ihm folgte. Wer konnte das sein? Das Boot schwankte; der Ruderer, wer immer es war, wirkte unbeholfen, schlug ungeschickt mit den Rudern ins Wasser und konnte keinen geraden Kurs halten. Wer in aller Welt war das?

Da erkannte er ihn. Kekrops! Was hatte Kekrops in dieser Gegend verloren? Er sollte doch in der Mühle an der Arbeit sein! Er hatte ihm nicht etwa wieder nachspioniert und war ihm über den steilen Pass der Sellada gefolgt?

Mit dem kleinen widerlichen Kerl hatte er sich stets schlecht vertragen. Die Abneigung war gegenseitig. Der Junge mit der flachgedrückten Nase wirkte auf den ersten Blick unbeholfen und harmlos, doch er war recht wendig und listig. Er neidete Kamaros so ziemlich alles, seinen schönen Wuchs, seine bessere Abstammung und vor allem seine Aussichten für die Zukunft. Für Kekrops kam nach der Schule nur eine Arbeit in der Mühle in Frage, denn Kekrops war schlicht nicht zu gebrauchen für etwas Anspruchsvolleres.

Ihre gegenseitige Abneigung hatte noch einen tieferen Grund: Kekrops' heimliche Liebe zu Minea. Sie blieb unerwidert, und wenn sie ihren Verehrer von weitem sah, schlug sie einen andern Weg ein, wahrscheinlich auf Einflüstern von Kamaros. Ein einziges Mal war es ihm gelungen, sie zu überraschen, als sie sich beim Baden zufällig allein hinter einer Klippe befand. Doch das Abenteuer hatte schnell und ruhmlos geendet, denn kaum hatte er Minea gepackt, begann sie ihn so tierisch zu kratzen und zu beissen und entwischte ihm so gewandt, dass er ihr lange nicht mehr in die Augen schauen konnte. Es war anzunehmen, dass sie ihren Bruder noch in derselben Stunde von diesem unrühmlichen Abenteuer erzählt hatte.

Kamaros liess sich nicht anmerken, dass er Kekrops im Ruderboot erkannt hatte. Unmerklich änderte er seinen Kurs und drehte leicht gegen Süden, so als ob er um das Kap herumrudern wollte. Siehe da, auch Kekrops wendete sein Schiffchen. Doch er kannte die Tücken der Ostseite nicht. Am Kap des Mesavouno war das Meer meist unruhig, Wellen kreuzten und überschlugen sich. So kämpfte Kekrops verzweifelt, um vorwärtszukommen. Der Abstand zu Kamaros wurde immer grösser.

Plötzlich geschah es – ein Ruder entglitt ihm und schwamm davon. Mit nur einem Ruder war Kekrops völlig ausgeliefert, sein Boot begann bedenklich zu schwanken. Unmöglich konnte er aus eigener Kraft das Ufer wieder erreichen.

Kamaros erkannte sogleich die Lage – Schiff in Not! Jeder Seemann hilft einem andern, der in Not geraten ist, Freund oder Feind, war einer der ersten Leitsätze, die man ihnen eingebläut hatte. Er zögerte also nicht, ruderte mit raschen Schlägen zurück auf das Boot zu, das richtungs- und lenkungslos in den hohen Wellen trieb, und warf dem verzweifelten arg geschüttelten Kekrops ein Seil zu, dazu einen Blick, den er so verächtlich wie möglich machte. Kein Wort wurde gewechselt, stumm band Kekrops das Seil an seinem Boot fest, und ebenso stumm ruderte Kamaros zum Ufer zurück mit dem hilflosen Kahn im Schlepptau. Die Wellen waren unterdessen noch angewachsen, doch mit verbissener Kraft hielt Kamaros sein Schiff auf Kurs. Elle um Elle kämpften sich die beiden Boote dem Ufer entgegen, immer wieder zurückgeworfen durch unberechenbare Strömungen, doch endlich, nach langen bedrohlichen Momenten, erreichten sie den Hafen. Immer noch ohne ein Wort zu wechseln, stiegen beide an Land. Kekrops nahm sich nicht einmal die Mühe, sein entliehenes Boot anzubinden; in grossen Sprüngen rannte er davon.

Kopfschüttelnd befestigte Kamaros die beiden Boote am Ufer, dann warf er sich erschöpft in den Sand. Ihm war die Lust vergangen, auf den Monolithos hinauszurudern.

Seit jenem Morgen verband die beiden ungleichen Kameraden ein lästiges Geheimnis. Kekrops wusste nun, dass Kamaros irgendetwas am Monolithos zu verbergen hatte, und zugleich stand er tief in Kamaros' Schuld. Jetzt würde er von ihm erst recht verachtet. Einmal würde er sich hoffentlich rächen können.

11

Mehr als zwei Jahre war Adamas schon auf Kalliste – Jahre reich an aufregenden Erlebnissen, aber auch an stillem Glück bei seinen Malereien.

Die Wandbilder im Haus, die unter der Hand des beharrlichen Künstlers entstanden, übertrafen alle Erwartungen des Petrassios. Auch Kamaros, der Kenner, war überzeugt, dass sie denjenigen im Westhaus mehr als ebenbürtig würden. Er nahm lebhaften Anteil an den neuen Schöpfungen, wartete täglich mit Ideen und Vorschlägen auf und fühlte sich beinahe wie ein Vater, der die Entwicklung seiner eigenen Kinder eifrig verfolgt und sich über jeden Fortschritt freut.

Kamaros war schon mehrere Male mit seinem Vater wieder in Kreta gewesen, hatte aber nie genügend Zeit gefunden, sich im Land umzusehen. Doch wenn er im Palast zu tun hatte, schlich er sich jedes Mal davon und betrachtete die Fresken an den Wänden und in den Korridoren. Bald kannte er sich in den Bildern von Knossos beinahe so gut aus wie in denen im Stadthaus von Kalliste, doch er konnte sich nicht mit allen Fresken anfreunden. Die kleineren, die Sport und Spiele darstellten, hatten es ihm angetan, während ihm die riesigen Paraden protzig, übertrieben, allzu pompös erschienen. Kam er dann nach Hause, war sein erster Gang stets zu Adamas und seinen Bildern.

Adamas war am Malen im obern Ritualzimmer. Er kauerte am Boden und malte an einem Felsen, aus welchem Krokusse wuchsen. Er war so versunken in seine Arbeit, dass er Kamaros nicht eintreten hörte.

„Das ist ja Minea! Die ist dir prächtig gelungen, sie ist noch hübscher als in Wirklichkeit."

Tatsächlich war da an der Wand, mitten in einem grossen erst skizzierten Bild, ein Mädchen im Profil fertig gemalt. Es stach mit seiner Schönheit, Munterkeit, Keckheit hervor und lenkte sogleich den Blick auf sich. Die Ähnlichkeit war erstaunlich gut getroffen.

„Adamas, du bist wirklich ein Meister. Deine Kreter würden tot umfallen, wenn sie das sähen."

„Nun, gefällt sie dir? Ich bin zufrieden, Minea auch. Sie ist völlig versöhnt damit, dass ich sie mit kahlem, also blauem Haupt malen musste."

Da das Wandgemälde für ihre Initiationsfeier bestimmt war, hatte der Vater nämlich gewünscht, dass Minea mit geschorenem Hinterkopf dargestellt würde, wie es für den Tag der Initiation Vorschrift war. Sie hatte sich erst heftig gewehrt, da sie sich mit ihren schwarzen Locken sehr viel hübscher fand als kahl geschoren, doch der Vater liess nicht mit sich reden.

Es war Adamas verblüffend gut gelungen, aus der Kahlheit etwas besonders Persönliches zu gestalten. Er hatte sie im Profil mit der kleinen spitzen Nase dargestellt und dabei dem blauen Hinterkopf eine anmutige runde Form gegeben. Auf der Stirne war eine zierliche Locke stehen geblieben, den Nacken schmückte ein längerer kunstvoll geflochtener Zopf. Sie trug ihre Lieblingsohrringe, die grossen runden, die sie getragen hatte, als sie Adamas zum ersten Mal sah – damals vor mehr als zwei Jahren auf der Hafenmauer.

In den letzten Jahren war aus dem kecken, stets zu Spässen bereiten Mädchen Minea eine besonnene Frau geworden, die durchaus auch einmal an einem ernsteren Gespräch interessiert war. Und jetzt, wo ihre Initiation nahe bevorstand, veränderte sich auch ihr Verhältnis zum Freund ihres Bruders, zum Maler in ihrem Haus. Wenn er sie mit den durchdringenden analysierenden Augen des Portrait-Künstlers anblickte, hielt sie dem Blick nicht mehr keck stand, sondern sie errötete. Sie meinte zu spüren, er blicke bis in ihr Innerstes. Doch bald machte sie es ihm nach und versuchte, ihm auch mit vielsagenden Blicken bis in die Seele zu gucken, was ihr immer besser gelang, und wie zu erwarten, fand sie dort etwas mehr als nur die Bewunderung eines Malers für ein hübsches Modell. Es brauchte jedoch noch die tatkräftige Mithilfe von Kamaros.

„Was schaust du meine Schwester immer so eindringlich an und läufst stumm zwei Schritte hinter ihr her? Worauf wartest du eigentlich? Hoffst du, noch etwas Besseres zu finden?"

Noch nie hatte das bleiche Gesicht von Adamas einen solch dunklen Ton erreicht.

„Wie kannst du so reden! Du weißt doch selber, dass sie das wunderbarste Wesen auf der Welt ist. Aber für mich ist sie unerreichbar, denn wie dürfte ich es wagen, die Tochter meines Wohltäters und Gönners zu begehren?"

Kamaros brach in lautes Lachen aus. „Hast du noch immer nicht begriffen, dass du nicht in Kreta bist, wo ihr die Welt in Stufen und Ränge eingeteilt habt und jeder vor lauter Unterwürfigkeit an seinem Glück vorbeilebt? Hier sind wir doch auf Kalliste. Magst du sie, dann sag es ihr, und frag sie doch gleich, ob sie deine Frau werden wolle."

Es verstrich noch eine geraume Zeit, bis Adamas die Gelegenheit zu dieser immens schwierigen Frage fand. Als er endlich den ihm richtig erscheinenden Augenblick gekommen sah, sie zu wagen – während einer Wanderung zu zweit, im Anblick wilder Wogen, auf einer windigen Klippe, als schwarze und weisse Wolkenfetzen über den Himmel rasten – warf sich Minea ihm stürmisch um den Hals und beantwortete die Frage mit ihrem hellen Lachen:

„Hab ich je etwas anderes von dir erwartet? Passen wir zwei nicht vorzüglich zusammen? Wir sind so verschieden, dass wir uns ein Leben lang raufen werden."

Und mit einem unsäglich langen innigen Kuss besiegelten sie ihre Liebe.

Zwei Tage später wanderte Adamas allein an jene schicksalsträchtige Stelle zurück und errichtete Zeus einen kleinen Dankaltar. So war es nun die selbstverständlichste Sache der Welt geworden, dass Minea und Adamas einander gehörten und ewig zusammen bleiben würden. Wie freuten sie sich, nach der Initiation gleich auch noch die Hochzeit zu feiern.

Die ständig wiederkehrenden Beben störten Kamaros und Minea nicht besonders, beunruhigten Adamas jedoch umso mehr. Es war nicht zu leugnen, dass die Beben sich in den letzten zwei Jahren auf Kalliste beträchtlich gehäuft hatten, doch das schien niemanden zu kümmern.

Auf ihren Streifzügen durch die Insel stellten sie noch und noch alarmierende Veränderungen fest, wie damals im Norden, doch hatten sie sich immer gehütet, ihre Beobachtungen zu melden.

„Es ist völlig sinnlos, jemandem zu erzählen, dass sich der Spalt hier vergrössert hat und dass ein Felsbrocken heruntergerollt ist, denn kein Mensch weiss, was mit diesen Berichten anzufangen ist."

„Aber Takis notiert doch alle Meldungen. Takis wäre sicher interessiert. Und ist es nicht Bürgerpflicht?"

„Bah", lachte Kamaros, „Takis würde nur in sein grosses

Lamento von einem Weltuntergang ausbrechen, den er, wie mir bald scheint, sehnlichst herbeiwünscht, damit er sagen kann: Seht, habe ich es nicht immer gesagt? Aber du siehst ja, bis jetzt ist noch gar nichts geschehen mit unserer Insel, und warum soll sich das ändern?"

Niemand sprach über die Beben. Die Leute schienen sie einfach nicht wahrhaben zu wollen. Oder meinten sie, die Gefahr bannen zu können, indem sie sie totschwiegen? „Das gehört zu unserer Insel", war die einzige Antwort.

Während Kamaros wieder einmal unterwegs war, wanderte Adamas mit Minea zu einem der höheren Hügel im Norden, wo sich besonders leuchtkräftige rote Erde fand, die er für seine Farben benötigte. Als sie ihre Körbe gefüllt hatten, setzten sie sich noch etwas ins Gras in den Schatten einer Felswand und assen die Feigen, die sie mitgebracht hatten. Langsam dunkelte es, es war Zeit, an den Heimweg zu denken.

Kaum waren sie einige Schritte gegangen, polterte es gewaltig hinter ihnen und sie wurden heftig geschüttelt. Als sie sich umwandten, sahen sie, wie sich vom Felsen, unter dem sie eben gegessen hatten, Brocken losgelöst hatten und die Wiese darunter übersäten.

Adamas war fassungslos. „Niemand hätte uns unter diesen Steinen gesucht. Was hätten die Leute gedacht, wenn wir nicht mehr zurückgekehrt wären?"

Minea lachte. „Die hätten sicher gemeint, wir hätten uns auf und davon gemacht, da wir nicht warten könnten bis zur Hochzeit. Die hätten uns nicht hier gesucht, sondern auf Anafe."

„Sollten wir das nicht in der Stadt melden? Ein solcher Felssturz ist doch bestimmt noch nicht in Takis' Kartei verzeichnet!"

„Adamas, wie kannst du so etwas sagen! Denk an Kamaros, er würde schweigen, da kannst du Gift drauf nehmen, er würde nie seine Insel verraten."

Kamaros war – neben Zeus – ein Zauberwort, dem Adamas

jedes Mal prompt erlag. Also schweigen. Immerhin errichtete er noch rasch aus den Trümmern eine Dankessäule für Zeus. Gutwillig half Minea mit, wenn sie sich auch nicht vorstellen konnte, was das bewirken sollte. Wenn Adamas eine solche Aktion für nötig befand, dann wusste er wohl selber, warum. Später, wenn sie dann ganz zusammen gehörten, würde sie ihn wohl besser verstehen.

Wie gut, dass Kamaros bald von seiner Reise zurückkam, dann würden sie wieder zu dritt ausziehen.

„Beeilen wir uns, dass wir in die Stadt zurückkommen, die Perea lässt bestimmt nicht mehr lange auf sich warten. Wie schrecklich, wenn wir ihre Rückkunft verpassen würden!"

Die Perea näherte sich von Süden her rasch der Insel. In regelmässigen Schlägen trieben die Ruder das Schiff durch die Wellen vorwärts. Zwar packte der Wind die blauen Segel kräftig, trotzdem hatte Petrassios für die letzte halbe Stunde, so wie er es jedes Mal tat, noch zusätzlich acht Ruderer eingesetzt. Die gaben ihr Bestes, waren es doch die tüchtigsten Ruderer von Kalliste, eigentliche Sportler, gut bezahlte Leute, nicht etwa widerwillige Sträflinge. Es war nämlich sein Ehrgeiz, frisch und schneidig in jeden Hafen einzufahren, besonders in den Heimathafen, so als ob das Schiff siegreich aus einer Schlacht käme. Die Perea war immerhin das grösste Schiff von Akrotiri; sie kehrte nicht von einer Spazierfahrt, sondern von einer einträglichen Handelsreise zurück. Da durfte man sich keine Blösse geben.

Kamaros stand wie immer an seiner Lieblingsstelle, zuvorderst im Bug. In wenigen Monaten war seine Ausbildung abgeschlossen, dann würde er selber Herr über ein Schiff sein. Mit der Hand auf dem Haupt der farbigen Seejungfrau fühlte er sich jetzt schon als Kapitän, während er scharf den Horizont beobachtete.

Warum wirkte der Pelias heute Abend so bedrohlich? Er hockte nicht fürsorglich schützend neben der Stadt, sondern dunkel und schwer wie ein Untier, das auf der Lauer war, um sich auf die Stadt zu stürzen. Der Gipfel schien in fahles Licht getaucht. Täuschten ihn seine Augen, oder war die Luft heute besonders glasig? Jedenfalls konnte er die Schwalben ungewohnt deutlich sehen, wie sie aufgescheucht um die Bergkuppe kreisten.

Plötzlich zuckte er zusammen. Ein dumpfes, unheimliches Grollen schien vom Berg her zu kommen – war das ein Donner gewesen, das Zeichen des Zeus? Unmöglich, Gewitter solcher Art kannte man nicht auf Kalliste. Er drehte sich um und blickte auf seine Männer. Keiner schien etwas Aussergewöhnliches vernommen zu haben. Gespannt richteten sie ihre Augen auf ihn und warteten freudig erregt auf das Signal für den Einsatz zum Willkommenskonzert. Er musste sich getäuscht haben.

Kamaros verscheuchte den Gedanken an Zeus, riss sich zusammen und wandte sich seiner Aufgabe zu, das Signal zu geben. Er wusste genau, welches der richtige Augenblick war: sobald die letzte Kuppe der dunklen Höhen im Norden hinter die grüne Linie der Stadthügel versank. Er gab das Zeichen.

Die Seeleute hatten ihre Puste angehalten und legten sich nun mit aller Kraft ins Zeug. Der Koch blies in seine Trompete, die beiden Jüngsten in eigens präparierte Röhren, zwei ältere Schiffer schlugen mit aller Kraft auf leere Fässer, und wer kein Instrument in den Händen hatte, hielt sich die Ohren zu, um noch gellender, höher, durchdringender schreien zu können. Kamaros war zufrieden, und mit einem Handzeichen stoppte er sie. Und nun lauschten alle auf die Antwort vom Land. Jetzt waren die dort Wartenden an der Reihe.

Stille. Es kam keine Antwort.

Unverständlich. War man noch zu weit weg? Kamaros hatte sich wohl verrechnet. Dass ihm das heute passieren musste! Fragend blickten sie ihn an. Jetzt nur keine Unsicherheit zeigen! Er biss sich auf die Lippen, zählte dreissig Ruderschläge, gab wieder das Zeichen, und wieder ging der Lärm über das Wasser, diesmal noch lauter, noch gellender. Abwinken, wieder lauschen.

Und immer noch Stille. Seltsam. Keiner rührte sich, kaum wagten sie zu atmen. Warum kam keine Antwort zurück? Immer deutlicher hob sich die Stadt aus dem Meer, greifbar nahe schmiegte sie sich in die welligen grünen Hügel, immer plastischer waren die Würfel der Häuser zu erkennen, ägäisch weiss mit einigen Farbtupfen, genau wie die Häuser im Fries im Stadthaus. Kamaros stand im Bug, hoch aufgerichtet, seine Züge starr, die Augen zugekniffen, so unbeweglich wie die Seejungfrau neben ihm. Doch in seinem Innern brodelte es. Er achtete nicht darauf, wie die Gischt ihn durchnässte, wie der Schweiss seine braunen Locken an der Stirn festklebte. Eine rätselhafte Angst hatte ihn gepackt, etwas stimmte nicht. Mechanisch zählten seine Lippen nochmals dreissig Ruderschläge.

„– neunundzwanzig, dreissig, los!", keuchte er. Sein Mund war trocken, kaum brachte er einen Laut hervor.

Nach dem Lärm wieder Stille. Seine Augen suchten die ganze Insel ab, doch nichts Auffälliges war zu bemerken, abgesehen davon, dass der Pelias, immer noch fremd und massig, nun im Schatten einer Wolke lag. Die Stadt wirkte so friedlich und einladend wie immer, so frisch und farbig wie eh und je. Doch sie antwortete nicht, sie war stumm, wie wenn der Geist aus ihr herausgefahren wäre. Kamaros drehte sich hilfesuchend um nach seinem Vater, dem Kapitän. Der sass weiter hinten in seiner bunt bemalten Kajüte mit den roten Zotten. Es machte nicht den Anschein, als ob er etwas Aussergewöhnliches bemerkt hätte. Die närrische Lärmerei war ja auch seine Sache nicht, das war eine Spielerei der niedrigeren Ränge. Er konzentrierte sich voll auf das Manövrieren des Schiffes; ihn interessierte jetzt nur, dass die Perea wirklich schnittig einfahre.

Nun war man schon so nahe, dass man eigentlich die blau-gelbe Flagge hätte sehen müssen, die den Eingang zum

Hafenbecken markierte. Doch da war nichts. Auch der Hafenwärter war nicht auf seinem Posten!

War es denn möglich, dass man das Schiff irgendwie übersehen, es noch nicht zurück erwartet, es schlicht vergessen hatte? Ausgeschlossen. Das Wetter war perfekt, die Zeit der Ankunft nahezu die vereinbarte. Es musste irgendetwas Unvorstellbares geschehen sein, das die Leute von der gewohnten Begrüssung abhielt.

Die Ruderer gaben ihr Letztes, die Seeleute mit ihren Instrumenten sprachen kein Wort und rührten sich nicht; sie vermieden es, einander anzuschauen und starrten aufs Meer hinaus.

Als sie sich der Hafeneinfahrt näherten, sahen sie, dass der Mast mit der Fahne abgebrochen war und auf den Wellen schaukelte. Von der Hafenmauer war ein rechtes Stück ins Meer gesunken. Das Wärterhäuschen auf der Mole war in sich zusammengefallen.

Sie fuhren ein in den Hafen. Der sonst so einladend herausgeputzte Platz war in heilloser Unordnung. Kisten, Planken, zerbrochene Gefässe lagen wirr herum. Und wo waren die Leute?

Dort, ganz hinten, in sicherem Abstand von der Kante, möglichst weit weg vom Wasser, standen sie, ein verängstigter, sich eng zusammendrängender, eingeschüchterter Haufen. Keiner winkte, keiner schrie, keiner rannte dem Schiff entgegen. Stumm warfen die Seeleute ihre Seile, schauten auf ihre Hände und wagten nicht, die Augen zu heben. Sie legten Bretter als Brücke hin, dann schritten die ersten hinüber, langsam, unsicher. Nun endlich lösten sich einige aus dem Knäuel der Wartenden, weinende Kinder kamen zögernd nach vorne, tröstende Mütter folgten, Alte blieben leise diskutierend im Hintergrund.

Als die zwei Gruppen aufeinandertrafen, löste sich die Spannung, und alle sprachen wild durcheinander. Für die zurückgekehrten Männer und Väter war es unmöglich, aus den aufgeregten abgehackten und geschluchzten Sätzen etwas Klares zu verstehen. Nur das eine Wort war unüberhörbar: Erdbeben.

Kamaros und Petrassios waren als Letzte ausgestiegen, wie es sich für den Kapitän gehörte. Kamaros umarmte Mutter und Geschwister hastig und wandte sich dann an Adamas und Minea, die Hand in Hand etwas abseits standen.

„Sagt mir doch, was in aller Welt los ist!"

Adamas war starr, ernst und bleich wie immer. Minea stand blühend neben ihm, ihre Stupsnase stolz emporgestreckt, das Ebenbild des Vaters. Mit ihren grossen runden Ohrringen stand sie so lebensfroh und unbeschwert am Ufer wie damals, als Kamaros als junger Seemann von seiner allerersten Reise zurückkehrte und ihr Adamas aus Kreta mitbrachte. Sie strahlte über das ganze Gesicht und lachte als Einzige. Sie raunte ihm zu:

„Sorge dich nicht. Ein kleines Beben, was ist schon dabei!" Sie hatte sich so sehr auf ihren Bruder gefreut; nun war er da, warum sollte sie nicht heiter sein und lachen?

Jetzt griff auch Adamas ein, und die beiden klärten Kamaros rasch auf über das Geschehene. Vor ganz kurzer Zeit erst hatte sich das Beben ereignet, mitten in die Vorfreude und die Vorbereitungen für das Fest der Rückkehr hinein. Ein gewaltsamer Ruck hatte alles so schön Aufgebaute jählings durcheinandergeworfen. Der Bretteraufbau mit all den köstlichen Getränken und Speisen zum Willkomm war in sich zusammengesunken, die Gefässe zerbrochen, die Tranksame verschüttet. Ein Junge war ins Meer gefallen, als er ganz zuvorderst auf der Mole nach dem Schiff Ausschau hielt, und war dank eines kühnen Sprunges seines Vaters aus dem Wasser herausgezogen worden. Der Hafenwärter musste mit einer blutenden Wunde am Kopf aus dem zusammengestürzten Wärterhäuschen befreit werden. Und alle hatten zuschauen müssen, wie sich der Fahnenmast neigte und die blau-gelbe Flagge ins Meer stürzte. Ausgerechnet die Fahne!

Ein Beben in dieser Stärke war nun wirklich nicht als normal und alltäglich abzutun. Minea war die Einzige, die es beharrlich als ein völlig belangloses Beben darstellte und überzeugt war, dass die Leute bloss besonders empfindlich getroffen worden waren, weil sie in ausnehmend übermütiger erwartungsvoller Stimmung gewesen waren und weil die liebevoll aufgebaute Festtafel, exponiert und anfällig für jede Erschütterung, vor ihren Augen schlapp gemacht hatte.

Doch das Erlebte war nicht wegzureden, es lag wie eine schwere Decke auf allen, auf Heimkehrern wie auf Empfangenden, wie eine unbestimmte Vorahnung, dass sich etwas Neues, etwas Unheimliches anbahnte. Adamas wagte kaum, es auszusprechen, aber diesmal konnte er nicht zurückhalten mit seinem Kommentar: „Kamaros, meinst du nicht, es wäre denkbar, dass sich Zeus selber gemeldet hat mit einem warnenden Hammerschlag?"

„Die Ältesten sitzen schon im Stadthaus und erwarten dich", wurde Petrassios gemeldet.

Petrassios war einer der Räte, auf den man hörte. Kamaros fragte nicht erst, ob er mitgehen dürfe. Er war zwar noch zu jung, um im Rat mitzureden, doch er benützte liebend gern jede Gelegenheit, sich im Stadthaus aufzuhalten, wegen der Wandbilder. So eilte er dem Vater nach durch die schmalen Gassen.

Unterwegs war wenig, eigentlich gar nichts zu bemerken von einem Erdbeben. Die Mauern schienen alle intakt, die soliden Häuser hielten vielem stand. Da und dort ein umgefallener Stuhl, ein heruntergepurzelter Topf, ein zusammengestürzter Stapel; doch so etwas musste beileibe nicht durch ein Beben hervorgerufen sein, da gab es auch andere Erklärungen – ein Windstoss, spielende Kinder, eine verirrte Ziege.

„Gut, dass du kommst! Wir brauchen deinen Rat", sagte der Vorsteher der Ältesten erleichtert, als Petrassios eintrat.

12

Die Häupter der Sippen und die wichtigeren Funktionäre wie der Hafenvorsteher und Takis, der Lehrer, sassen alle im Ratszimmer, zwölf Originale, teils jugendlich wendig, teils von schwerfälligerem runzeligem Mittelalter, jedoch allesamt mit den dunklen Augen und dem lebenslustigen Blick der Bewohner der südlichen Ägäis, allesamt ausser Takis seit ihrer Geburt auf der Insel wohnend, die sie jeweils nur ungern und nur für kürzere Reisen verliessen. Sie sassen zusammen und berieten über das Geschick ihres Landes, als Petrassios und Kamaros eintraten.

Dass Kalliste von Zeit zu Zeit von Stössen erschüttert wurde, von kleineren und grösseren, war wahrhaftig nichts Neues. Manchmal klirrten Glasgefässe, ein andermal wurde man unbestimmt geschüttelt im Schlaf, vielleicht fiel auch einmal etwas von einem Gestell herunter, aber meistens achtete niemand besonders darauf. Daran hatte man sich gewöhnt; man hatte sich eingerichtet und die heikleren Gegenstände an sicheren Orten untergebracht.

Einzig Takis, der Lehrer, verlor bei jedem Beben die Fassung und rannte wild gestikulierend durch die Gassen. Noch und noch schrie er jedem in die Ohren, der ihm zuhören wollte, dass sich ein Riesenbeben oder gar ein Vulkanausbruch wie in grauen Vorzeiten anbahne und vielleicht sehr bald unvermutet über sie hereinbreche, was unweigerlich das Ende für alles und jedes bedeuten würde.

Doch seine Unkenrufe wurden von Schülern wie von Erwachsenen herablassend belächelt. Die Obrigkeit hatte alles unter Kontrolle. Aber nun? War doch etwas dran an den Orakeln des Lehrers? Das Beben von vorhin war wahrhaftig nicht eine jener gewohnten Vibrationen gewesen, sondern etwas Neuartiges, ein eindeutiger, grober, bösartiger, zerstörerischer Stoss. Wäre sonst das Wärterhäuschen zusammengekracht? Wäre sonst der Fahnenmast, der schon manches Jahrzehnt aufrecht gedient hatte, abgebrochen?

„Hat man auf Kreta nichts von einem Beben gespürt?", hörte Kamaros, in die Fresken vertieft, einen Ratsherrn fragen und darauf die Antwort seines Vaters, dass nichts zu melden sei über Beben auf andern Inseln.

„Wir sollten wenigstens Frauen und Kinder auf eine andere Insel schicken", rief ein ängstlicher Ratsherr mit hoher spitzer Stimme.

„Warum nicht gleich alle weggehen? Was sollen wir hier ohne Frauen und Kinder?"

„Wir können doch die Insel nicht einfach sich selbst überlassen und wie aufgescheuchte Enten davonschwimmen", übertönte ein tiefer bedächtiger Bass das Stimmengewirr.

„Hysterisches Getue! Völlig lächerlich, ein normales Beben, nur etwas unerwartet", donnerte der Bäcker, „wer will auch gleich den Kopf verlieren!"

Die Meinungen gingen wild auseinander, gereizte Stimmen schwirrten hin und her. Die Gefahr wurde grundverschieden eingeschätzt.

„Es geht um unser aller Leben", wimmerte Takis immer wieder dazwischen. „So nehmt doch endlich Vernunft an! Es dient niemandem, wenn wir morgen alle mausetot sind. Wenn wir leben wollen, müssen wir die Insel verlassen, alle miteinander, besser heute als morgen."

Die Insel zu verlassen galt als die allerletzte Massnahme bei einer realen grossen Gefahr.

Kamaros fuhr zusammen, als er die Worte „die Insel verlassen" hörte. Wegfahren auf unbestimmte Zeit? Alles aufgeben?

Und wenn doch nichts geschah, die Insel einfach andern überlassen, Piraten, herumziehenden Horden? War das nicht Feigheit, Verrat? Und das jetzt, wo sich sein Leben so erfreulich entfaltete, wo er schon so nahe daran war, endlich selbständig ein Schiff befehlen zu dürfen? Was würde aus dem neuen Haus am Stadtrand? Man konnte doch die fabelhaften Bilder, die im Entstehen begriffen waren, nicht einfach preisgeben. Er nahm sich feierlich vor – und in Gedanken an Adamas versprach er Zeus gleich noch, ihm ein Huhn zu opfern –, die Insel nicht zu verlassen, was auch immer geschehe.

Der Vorgesetzte war verzweifelt bemüht, sich mit seiner schwächlichen Stimme Gehör zu verschaffen, ohne viel Erfolg.

Ein Tumult auf dem Platz unter dem grossen Fenster liess die Ratsherren aufhorchen. Und schon stürzte ein Hirte durch die Türe, atemlos, aufgelöst, und stiess seine Botschaft in abgehackten Sätzen hervor: Als er in der Nähe des Nordhofes seine Tiere weidete, musste er zusehen, wie sich im Boden ein breiter Spalt öffnete und das solide Gebäude zum Einstürzen brachte. Der Nordhofbauer und seine Frau waren beide von den Trümmern erschlagen worden.

Erste Opfer eines Bebens! Plötzlich erübrigten sich alle weiteren Diskussionen.

Sogleich wurde fiebrig geplant, was alles vorzukehren war, die Insel in kürzester Zeit zu verlassen, sollte die Gefahr anwachsen. Nun gab es etwas Handfestes zu tun. Planer und Rechner waren gefragt. In den nächsten Tagen und Wochen wollten alle Möglichkeiten überdacht, alles bis in jede Einzelheit vorbereitet werden. Drei Ausschlüsse wurden gebildet und die Fähigsten mit deren Leitung betraut.

Die eine Gruppe sollte alles vorkehren für eine rasche Evakuation der gesamten Bevölkerung. Jedes Schiff auf der Insel, vom kleinsten Ruderboot bis zum grossen Handelsschiff, war für einen Einsatz zu prüfen. Für jeden Einwohner musste ein persönliches Plätzchen bereitstehen. Ausgiebige Vorräte mussten bereitgestellt werden zur raschen Verladung auf die Schiffe, denn warum sollte man hungern auf der Seefahrt? Selbstverständlich sollten die Bewohner ihre Habe beim Verlassen der Insel mit sich nehmen, da konnte man nicht kleinlich sein.

Zum Führer dieser Gruppe wurde Petrassios bestimmt. Eine Mannschaft unter der Leitung von Thassios, dem tüchtigsten Handwerker, wurde beauftragt, sich um aufgetretene Schäden zu kümmern, sie gleich auszubessern und zu versuchen, weitere zu vermeiden. Schliesslich wollte man nicht in Ruinen leben, und die Bewohner sollten nicht ständig an die Gefahr erinnert werden. Gebäude, Mauern, Brücken und Wege waren alle auf ihre Festigkeit zu prüfen und nötigenfalls zu verstärken.

Einer dritten Gruppe endlich fiel die Aufgabe zu, sämtliche auffällige Zeichen, die auf irgendeine Veränderung, eine ungewohnte Bewegung deuteten, zu notieren, zu koordinieren und zu interpretieren, also sich sozusagen der wissenschaftlichen Seite anzunehmen. Selbstredend stand Takis der Lehrer, die Kassandra der Insel, dieser Gruppe vor, da er sich schon immer mit diesen Fragen herumgeschlagen hatte. Kamaros meldete sich für diese Gruppe.

Eine äusserst heikle Entscheidung musste noch etwas aufgeschoben werden: Etwa zwei Dutzend geeignete junge Leute sollten bei einer allfälligen Evakuation der gesamten Bevölkerung auf der Insel zurückbleiben als Wächter. Die Aufgabe erforderte neben handwerklichem Können diverse hehre Eigenschaften wie Mut und Hingabe, Durchhaltewillen, Selbständigkeit, Anpassungsfähigkeit, die Bereitschaft, sich von den Seinigen zu trennen, dem Tod ins Auge zu sehen – und wer erfüllte schon all diese Bedingungen?

Kamaros war sich sogleich klar, dass er für eine solche Aufgabe der ideale Bewerber wäre. Er, der starke tapfere, fühlte sich verantwortlich für das wunderschöne neue Haus, für die Stadt Akrotiri, für ganz Kalliste, und er würde mit allen Listen heroisch gegen sämtliche Unbill kämpfen bis zum letzten Atemzug. Doch er wusste ebenso gut, dass es seine Familie niemals zulassen würde, dass er zurückbliebe. Ein weiteres stilles Gelübde an Zeus war angebracht – irgendwie würden sie es gemeinsam schaffen, der Göttervater und er.

Kaum war am nächsten Morgen die Sonne über Anafe aufgestiegen und erwärmte die einsame Ostseite der Insel, da stand Kamaros schon zuoberst auf dem Pelias. Nach der verunglückten Ankunft vom letzten Abend drängte es ihn, seinen geheimen Gipfel zu besuchen, um wieder einmal festzustellen, dass „Kalliste", die Schönste, ihren Namen zu Recht trug. Genüsslich liess er den Wind durch sein Haar streichen. Allzu lange wollte er nicht säumen. Er hatte Adamas ja noch gar nicht recht begrüsst und sich nach den Fortschritten erkundigt. In grossen Sprüngen eilte er die Abhänge hinunter der Stadt zu. Es war die Zeit, wo die Stadt erwachte, wo Hausfrauen die Morgenfrische ausnützten, um ihre Besorgungen unter Dach zu bringen, wo die Schüler lärmend unterwegs zur Schule waren. Da würde er einige Bekannte treffen und den neuesten Klatsch erfahren.

Doch heute war kein Lärmen zu hören, als er in den Schatten der Häuser eintauchte, kein Schwatzen und Lachen. Kamaros schaute durch die Fenster in die Werkstätten zu ebener Erde. Die Telchinen sassen wie gewohnt an ihren Arbeiten, hämmerten, schnitzten, kneteten, gerbten, buken wie jeden Tag. Es roch wie es sich gehörte nach Leder, nach Rauch, nach frischem Brot. Doch niemand sang, niemand lachte mit ihnen, die Hausfrauen in ihren bunten Kopftüchern huschten gehetzt wie Mäuse, die aus ihren Löchern gescheucht worden waren und raschestens neuen Unterschlupf suchten, von Tür zu Tür, von Laden zu Laden, ohne stillzustehen, mit Bekannten zu plaudern und zu lachen. Was war denn los? Kamaros ging zu Larios, dem Töpfer, hinein, der bekümmert zwischen seinen Gefässen herumsuchte, was noch zu finden war.

„Kamaros, gut dass du vorbeikommst. Könntest du deinem Vater ausrichten, dass wir die Töpfe, die wir ihm jeden Monat liefern, erst in einigen Tagen bereit haben, da wir zuerst neuen Ton beschaffen müssen? Heute morgen habe ich schon so viele Bestellungen bekommen wie sonst in einem ganzen Monat; weiss der Himmel, wo all den Ton und die Zeit hernehmen."

„Werde ich gern tun. Doch sag mir, wozu brauchen denn die Leute plötzlich so viele Töpfe?"

Beim Bäcker drängten sich fünf oder sechs Hausfrauen um den Backofen.

„Ich kann unmöglich jeder von euch sieben Brote geben, sonst habe ich den ganzen Morgen nichts mehr im Laden. Aber kommt doch gegen Abend nochmals vorbei, ich will mein Möglichstes tun."

Der Ledergerber hatte alle Mühe, sich einiger Frauen zu erwehren, die ihn bedrängten. Sie verlangten unverzüglich Beutel, da sie einiges zu verpacken vorhatten. Er kratzte sich mit seinen gelben Fingern ratlos am Kopf, denn so viel Leder hatte er im Augenblick nicht.

„Ich habe den Jungen schon zum Schlächter geschickt, um nachzufragen, ob er noch etwas an Vorräten habe. Nur zu hoffen, dass er genügend zurückbringt. Mir soll's recht sein, wenn das Geschäft plötzlich so blendend läuft."

Kamaros schaute dem hektischen Treiben kopfschüttelnd zu. Wie konnte man auch gleich die Nerven verlieren. Hasenfüsse waren sie alle. Doch dann erinnerte er sich an das Schicksal seines Onkels im Nordhof und dass er ja eine Aufgabe übernommen hatte. Es war wohl am besten, wenn er bald zu Takis ging, um sich mit ihm zu besprechen. Zuerst wollte er jedoch bei Adamas vorbeischauen.

Adamas ging ruhelos im untern Raum auf und ab. Er war in einer Sackgasse, er wusste nicht mehr weiter.

„Gut, dass du kommst, ich dachte schon, du hättest keine Zeit heute nach der Aufregung von gestern. Ich habe die ganze Nacht nicht schlafen können, und zu guter Letzt bin ich aufgestanden und zu den Altären hinter der Stadt gegangen."

Kamaros schwieg. Er wusste nur zu gut, dass gestern im Stadthaus kein Wort von einem Einsatz von Priestern die Rede gewesen war, sondern ausschliesslich von praktischen Dingen, von Aufgaben, welche die Evakuation der Insel betrafen.

Kamaros begutachtete eingehend die Malereien, die seit seiner Wegfahrt entstanden waren. Das Mädchen mit dem blutenden Fuss war sozusagen fertig. Echt schmerzvoll leidend hielt es seinen verletzten Fuss mit der Hand. Auch die beiden andern Figuren links und rechts des sitzenden Mädchens waren schon weit über den ersten Entwurf hinaus gediehen, wirkten aber noch nicht ganz fertig.

Kamaros war begeistert wie immer und sparte nicht mit bewundernden Ausrufen, doch Adamas winkte bekümmert ab.

„Bis jetzt war das alles Kinderspiel, verglichen mit dem, was noch kommen soll. Ich bin am Ende, ich habe keine Ahnung, wie weitermachen. Die Mädchen sollen doch ihnen liebe Opfergaben zum Altar bringen, und was sind das für Dinge? Ich habe schon versucht, ihnen die verschiedensten Kleider zu applizieren, und gerne würde ich die eine mit einem Schleier versehen, wenn mir das nur gelingt."

„Du bist viel zu bescheiden. Warum sollte dir das nicht gelingen? Frag nur nicht mich, wie man das anpacken soll!"

„Vielleicht gelingt mir ja der Schleier, aber die grösste Schwierigkeit ist damit noch nicht behoben. Die junge Dame links streckt doch den Arm aus, um das Allerschönste, das sie besitzt, zum Altar zu tragen. Sag mir, was ist das Schönste, das ein Mädchen besitzt? Was soll ich ihr in die Hand geben?"

„Keine Ahnung. Hast du die Mutter schon gefragt?"

„Natürlich. Sie hat mir empfohlen, ein Schmuckstück zu malen, und hat mir ihre ganze Sammlung gezeigt. Aber irgendwie gibt keine der Broschen oder Ringe ein genügend kräftiges Bild her. Ich habe schon alles Erdenkliche ausprobiert, aber alles hat zu nichtssagend gewirkt, zu niedlich, und leuchtete nicht genug. Nichts hat mich befriedigt. Sieht man nicht, wie manchmal ich die Wand schon wieder übertünchen musste?"

„Mir fallen nur die grossen Ohrringe von Minea ein, aber die hast du ja schon oben verewigt, und die wirken wohl auch nicht, wenn sie in der Hand getragen werden."

Schweigend und ohne Begeisterung begann Adamas an den Haaren der einen Figur etwas auszubessern. Kamaros ertrug die Niedergeschlagenheit seines Freundes schwer, fühlte er sich doch wie zu Anfang als Beschützer des Fremden auf der Insel und mitverantwortlich für seine Sorgen. Er legte seine Stirn in Falten und schaute sich das Bild aus allen möglichen Winkeln an. Das untere Zimmer war tatsächlich recht dunkel. Der Altar mit dem Blut liess den Raum schon düster genug erscheinen, das Mädchen mit dem verletzten Fuss ebenfalls. Irgendwie sollte doch auch noch Licht hereingebracht werden. Was fehlte noch? Etwas Helles, etwas Strahlendes, Licht im Dunkeln.

„Ich hab's!", rief Kamaros plötzlich, „die Kette aus Bergkristall!"

Die Kette aus Bergkristall, die Adamas von seiner Mutter beim Abschied erhalten hatte!

Nie mehr hatten die beiden über jene ersten Stunden gesprochen, die sie zusammen in Kreta verbracht hatten, nie mehr hatten sie den Abschied von den Eltern in Anemospili erwähnt.

„Natürlich, die Kette aus Bergkristall. Warum bloss bin ich nicht selber auf die Idee gekommen? Das kommt davon, dass ich sie zuallerunterst in meiner Truhe versteckt habe."

Kamaros erschrak, als er Takis in seiner grossen Behausung etwas oberhalb der Stadt traf. Auch wenn der Lehrer sonst nicht viel auf sein Äußeres gab, an jenem Morgen wirkte der schmächtige Mann wie ein zerzauster Hund nach einer Niederlage in einem Kampf. Verstört blickten seine unruhigen Augen aus dunklen Augenringen auf das Meer hinaus.

„Kamaros, gut dass du da bist. Nach dem gestrigen Schreck hatte ich in der Nacht den grässlichsten Traum, den ich je geträumt habe. Die ganze Insel flog auf wie damals, als die Caldera entstand, genau so, wie ich es den Schülern immer schildere. Kein Mensch, kein Tier, keine Pflanze, kein Haus überlebte das Desaster. Nur ich, ich war mitten im Schlund, der sich öffnete, und wurde von der herausquellenden Masse immer wieder nach oben getrieben und gleichzeitig zermalmt und versengt. Es war grauenvoll."

Kamaros kam sich vor wie eine Mutter, die ihr Kind trösten muss, das mitten in der Nacht aufgeschreckt ist. Er suchte nach passenden Worten, doch ihm fiel wenig ein. Der Traum könne auch ganz anders gedeutet werden: Takis habe auf diese Weise wohl einen Wink erhalten, dass er besonders wachsam sein solle, da er eine verantwortungsvolle Aufgabe übernommen habe, eine Aufgabe, zu der er als Einziger fähig sei, nämlich die Beobachtung der Phänomene.

Nicht so sehr die hilflosen Tröstversuche beruhigten Takis etwas, sondern eher die Tatsache, dass Kamaros bei ihm war. Arbeit war schon immer ein probates Heilmittel gegen Verzweiflung, also machten sie sich gemeinsam auf und gingen in den Schuppen neben dem Haus, der immerhin noch aufrecht stand nach dem grossen Beben, wie Kamaros hervorhob.

Schon lange hatte Kamaros den Schuppen nicht mehr betreten. Es war jeweils eine Auszeichnung besonderer Art gewesen, wenn er als Schüler in den unheimlichen Raum voller Staub und Spinnweben mitgenommen worden war, um Takis bei einer schwierigeren Operation zu helfen. Es lagen, standen und hingen viele seltsame und ausgefallene Dinge herum, Muscheln, Wurzeln, Knochen, getrocknete Tierleichen, aber auch Werkzeuge und Geräte, geheimnisvolle Konstruktionen und Instrumente, teils geordnet auf Gestellen, das meiste jedoch in chaotischen Haufen am Boden, genau wie früher bei seinem letztem Besuch vor drei Jahren, nur hatten sich die Berge mindestens verdoppelt seither.

Gemeinsam begannen sie nun, aus den wirren Materialhaufen die Gerätschaften zum Studium von Beben hervorzuziehen, zu sichten und zusammenzustellen, die Takis selber ersonnen und gebastelt hatte.

Takis war unschlagbar mit seinen Erfindungen. Da waren Sätze von Messstäben, mit denen die Tiefe und Breite von entstandenen Spalten festgehalten werden konnte. Dann waren da die Töpfe voller flacher Steinchen von sorgsam ausgewählter Form und Grösse, aus denen er kleine Türmchen aufbaute, welche je nach Erdbewegung auf bestimmte Weise umfielen oder in sich zusammensackten. Ferner waren da die Geräte, die wie Schaukeln funktionierten und die man irgendwo an einer Decke oder an einem Ast aufhängte und von denen dann Kieselsteine herunterfielen, die Aufschlüsse erlaubten über die Art, Richtung und Stärke der Beben. Fein abgestufte Farbskalen aus bunten Steinen hatte er zusammengestellt, mit Hilfe derer der Grün-, Schwarz- oder Blauton der Caldera an bestimmten Stunden des Tages genau festgehalten werden konnte.

Wie eine welkende Pflanze sich allmählich wieder aufrichtet, sobald ihr Wasser gegeben wird, so wurde Takis zusehends munterer, als Kamaros ihm half, die Instrumente zu prüfen, in Stand zu stellen und zu ordnen. Bald war er so in seine Arbeit vertieft, dass Kamaros sich verabschieden konnte, wohlverstanden mit dem Versprechen, ja recht bald wiederzukommen.

13

Im Sommer nach dem grösseren Beben, als möglichst unauffällig Vorbereitungen zu einer eventuellen Flucht getroffen wurden und die meisten sich etwas ernsthafter gaben, verbrachten die beiden Freunde ihre freie Zeit desto unbeschwerter und heiterer, so wie wenn sie geahnt hätten, dass es ihr letzter Sommer auf der Insel war, dass diese Knabenspiele auf dem Gipfel, in verborgenen Höhlen, mit versteckten Booten und geheimen Opfern auf selbst konstruierten Altären bald einmal in Ernst umschlagen würden, in ein Spiel auf Leben und Tod.

Es gab noch manches zu verbessern auf dem Monolithos und dem Pelias. Adamas formte zierliche Figuren aus Ton, Tiere, Menschen, Idole, Spielzeughäuschen, die er bunt bemalte und mit denen er die Altäre schmückte. Adamas war durch nichts zu bewegen, auch nur im Geringsten von den vorgeschriebenen Ritualen abzuweichen, die man den Göttern schuldete. Die korrekte Anzahl Hühner, dazwischen einmal ein Lämmchen wurden geopfert, und anschliessend wurden die Teile, die nicht dem Gott geweiht waren, verzehrt, Grund genug für Kamaros, bei den Brandopfern mitzuhalten.

Bald war der Pelias bequemer und üppiger ausstaffiert als es ihre Kammern unten in der Stadt waren, so dass es durchaus möglich wurde, einmal mehrere Tage dort zu verbringen. Vorläufig blieb es bei einzelnen Nächten auf dem Gipfel – jedes Mal ein erhebendes Erlebnis.

Zusammen standen sie dann unter dem Sternenzelt und schauten staunend an den Himmel hinauf. Hier war er noch leuchtender als drunten in der Stadt, und nur von hier aus konnte er in seiner vollen Ausdehnung betrachtet werden. Eine Halbkugel – sogar etwas mehr, wenn man es genau nahm – voller leuchtender Punkte war über ihnen, und die Mitte der Kugel, das waren sie beide. Während Adamas in einem solchen Moment sich nahe bei einem Gott fühlte, kam sich Kamaros selber wie ein Gott vor.

Unter den Inselbewohnern waren die Heiterkeit, der Übermut, die Lebensfreude nach dem Schrecken des grossen Bebens merklich gedämpfter als vorher. Die Stadt Akrotiri war nicht mehr ganz sie selbst. Wie ein allzu lautes Kind, das zurechtgewiesen worden war für sein Lärmen und dann betreten verstummte, war Akrotiri stiller geworden. Die Leute hielten sich etwas länger als gewöhnlich in ihren Häusern auf und beschäftigten sich geheimnisvoll in ihren Mauern. Sie sichteten ihre Schätze, überlegten sich, was ihnen besonders lieb war und was sie allenfalls zurücklassen könnten. Sie besprachen sich mit niemandem, jede Familie traf ihre eigenen persönlichen Vorkehren.

Irgendwie bemühten sich plötzlich alle, ihre Geschäfte zu einem gewissen Abschluss zu bringen. Die Bauern ernteten ihre Kürbisse und Melonen etwas früher als in andern Jahren, als sie erst knapp reif waren, und verkauften sie günstig. Der Hühnerzüchter am Hang oben hatte noch nie so viele Hühner auf einmal zum Kaufe feilgeboten. Darauf angesprochen, murmelte er etwas von einer Verkleinerung seines Hofes und nahm erleichtert die Goldstücke entgegen, die ihm die Städter für seine Tiere ablieferten. Der Töpfer beharrte plötzlich auf sofortiger Bezahlung für die bezogenen Gefässe und wollte keinen Kredit mehr geben. Weil er sonst sein Rohmaterial nicht mehr beziehen könne, gab er als Grund an.

Doch das Unbehagen, das sich breitgemacht hatte, verebbte mehr und mehr. Die Beben wiederholten sich zwar immer häufiger, manchmal stärker, manchmal schwächer. Die kleineren und grösseren Stösse, erst wöchentlich, dann beinahe täglich, ignorierte man so gut es ging.

Was konnte man schon dagegen tun? Hatte es nicht schon immer etwas gebebt auf Kalliste? war der verzweifelte Trost, an den man sich fester denn je klammerte. Immer nur eine besorgte Miene zur Schau stellen – das konnte nicht beliebig lang aufrechterhalten werden, das widersprach der innersten Natur der Inselbewohner, und allmählich wurde die Stadt wieder heiterer. Der Tau auf den Wiesen und Feldern brachte schöneres Blühen hervor denn je, die Früchte reiften wie jedes Jahr, vielleicht dieses Jahr noch grösser und saftiger. Warum also trübsinnig sein? Warum nicht singen, nicht lachen, nicht klatschen und tratschen auf Strassen und Gassen? Mit Schweigen und todernsten Mienen war gewiss kein Unglück zu verhindern, sollte es wirklich vom Schicksal beschlossen sein.

Die gepackten Ballen nahe der Eingangstüre erinnerten die Leute zwar stets daran, dass etwas in der Luft lag, doch man gewöhnte sich daran. So wirkten die Häuser eben etwas kahler, da die besten Stücke verstaut waren und man nur noch das Prosaische zur Hand hatte. Man hatte die wertvollen Dinge sorgfältig eingepackt und sie seit Wochen nicht mehr zur Hand, doch man hatte erstaunlich schnell gelernt, zu leben ohne den Tand. Auch im Haus des Petrassios stapelten sich Kisten mit Goldschmuck, Siegeln, beschrifteten Plättchen, bronzenen Figuren und uralten steinernen Götterbildern. So vergingen Tage und Wochen. Den Schmuck wieder auszupacken, dazu hatte man den Mut dann doch nicht. Kaum wollte man sich nämlich dazu entschliessen, sorgte ein kleineres Beben dafür, dass man den Gedanken rasch wieder fahren liess.

Die eingesetzten Arbeitsgruppen waren unentwegt daran, ihre Aufgaben gründlich, doch möglichst ohne viel Aufhebens zu erledigen. Für Petrassios erwies es sich in diesen Wochen plötzlich nicht als dringlich, längere Handelsreisen zu unternehmen. Warum nicht wieder einmal die Handelspartner auf den Nachbarinseln besuchen? Vielleicht konnten nützliche Beziehungen geknüpft werden. Er besichtigte und beurteilte die grösseren und seetüchtigeren Boote und stellte Listen von sämtlichen Schiffen auf der Insel zusammen. Tontäfelchen wurden angefertigt, welche säuberlich Standort, Pritschenzahlen, Längenmasse, Namen enthielten. An den Schiffen, die geeignet waren, Passagiere einige Tage angenehm aufzunehmen, wurden entsprechende Anpassungen vorgenommen. Unbequemere Frachtschiffe wurden für die Aufnahme von Gütern und Esswaren vorgesehen. Am Hafen stapelten sich Fässer mit Wasser, Öl und Wein und anderem Nützlichem wie Trockennahrungsmitteln, Tierfutter, Decken, Lampen, Spielzeug. Die Vorbereitungen wurden alle möglichst diskret vorgenommen, um niemanden unnötig zu ängstigen. In Bälde war man so weit, dass der Verlad auf die Schiffe innerhalb kürzester Zeit durchgeführt werde könnte, sollte es sich als notwendig erweisen. Man glaubte ja wirklich nicht an ein grösseres Unglück, beileibe nicht, doch es war bestimmt besser, gewappnet zu sein.

Thassios, verantwortlich für die Reparaturen, hatte sich eine Gruppe von kräftigen jungen Handwerkern und Arbeitern zusammengestellt, unter ihnen auch den geschickten Kekrops, die ihm nach ihrer Tagesarbeit zur Verfügung standen. Zuerst brachten sie den Fahnenmast wieder in Ordnung, auch das Wärterhäuschen stand bald wieder aufrecht an seinem Ort, diesmal etwas solider gebaut und frisch bemalt. Keine Ruine sollte mehr an jenen schrecklichen Abend erinnern. An Wegen, Brücken und Treppen gab es unablässig Ausbesserungen auszuführen; denn nach jedem Beben wurden wieder einige Schäden gemeldet.

Nur Takis, der Lehrer, liess niemanden in Zweifel, dass jeden Augenblick das grosse finale Unglück über die Insel hereinbrechen werde. Wann immer er unter die Leute ging, packte er jeden, der in seine Nähe kam, am Ärmel, schüttelte ihn und brach in ein lautes Gejammer aus:

„Siehst du denn nicht, dass das Ende schon vor der Türe steht? Aber niemand hört auf mich."

„Takis, hör auf zu jammern, sag uns lieber, wann genau dieses Ende kommt, wenn du es doch so bestimmt weisst."

Doch Takis musste die Antwort auf diese Fragen schuldig bleiben. Hektisch arbeitete er mit seinen Helfern. Er schickte sie über die ganze Insel, um Risse oder abgestürzte Felsen zu orten und zu melden. Immer ausgeklügelter und feinmaschiger wurde sein System, um Bewegungen auch geringster Art wahrzunehmen und genau zu lokalisieren. Auch der Wellengang wurde studiert, die Wolken, der Tau, der Wind, der Flug der Vögel, der Bienen, das Abendrot. So fanden sie heraus, dass der Pelias und der Mesavouno erstaunlich solide waren und kaum bebten, auch wenn das Land rundherum kräftig geschüttelt wurde.

Sonst war da wenig, eigentlich gar nichts, was eine klare Auslegung erlaubte. Das einzig Auffällige war die trübe Farbe, die der meist so lieblich blaue Binnensee angenommen hatte. Er war ungewohnt bewegt und oft bedenklich schwarz und trübe, so wie wenn jemand mit einem riesigen Stecken in einem Tümpel herumgestochert und den Bodensatz aufgewühlt hätte. Was das wohl bedeutete? Takis wusste keine Antwort auf diese Frage.

Wie Petrassios benutzten auch Takis und seine Helfer Täfelchen, um jede Veränderung in Schriftzeichen festzuhalten. Während jedoch bei Petrassios wenige übersichtliche Tafeln jederzeit ein klares Bild lieferten, häuften sich bei Takis durch die Tage und Wochen hindurch unzählige kleine kryptisch vollgekritzelte Plättchen zu unbewältigbaren Bergen. Takis' von Zeit zu Zeit halbherzig unternommene Versuche, sie nach irgendeinem Prinzip zu ordnen, scheiterten alle kläglich, denn im Grunde hatte er keine Ahnung, was mit all den Daten anzufangen war. Ein System, einen Zusammenhang, eine Entwicklung festzustellen, wollte ihm nicht gelingen, noch viel weniger eine Vorhersage zu machen, das Einzige, das die Leute interessiert hätte.

Wenigstens gab Takis mit seiner Geschäftigkeit den Leuten das beruhigende Gefühl, dass jemand die Sache im Griff habe. Die heikelste Aufgabe musste nun auch endlich angegangen werden, nämlich einige Junge zu finden, welche als Wächter auf der Insel zurückbleiben sollten, um sie zu verteidigen, zu bewahren, bereit zu halten für eine Rückkunft der Bevölkerung. Selbstverständlich waren Thassios und Takis, die Gruppenleiter, dabei.

Um die Jungen anzuspornen, sich für diesen Dienst zu melden, versprach man den erfolgreichen Verteidigern der Insel bei einer – mit Bestimmtheit zu erwartenden – Wiederkehr der ganzen Bevölkerung eine stattliche Summe von Goldstücken, die ihnen erlauben würde, eine eigene Werkstatt zu eröffnen.

Es meldeten sich genügend Junge, vor allem solche ohne Zukunftsaussichten wie Kekrops, und solche mit geringen Familienbanden. Als Kamaros in der Familie die geringste Andeutung machte, er würde auch gerne zurückbleiben, wurde er gleich von allen Seiten überfallen: Unmöglich, auf Kamaros zu verzichten, bestimmte sein Vater, seine Seemanns-Fähigkeiten seien vonnöten; unmöglich, den ältesten Sohn zu entbehren, wenn eine ganze Anzahl jüngerer Geschwister von ihm abhängen könnten, bat die Mutter; unmöglich, sich vom Lieblingsbruder zu trennen, erklärte Minea resolut. Kamaros schwieg und erwähnte die Wächter nie mehr. Er dachte sich seine Sache.

Als Adamas all die Aktivitäten zur Bewältigung der bedrohlichen Situation wahrnahm, war er erst verwundert, dann beunruhigt und am Ende entsetzt. Wie blind die Leute waren! Sah denn niemand, dass die Zeichen auf einen Kampf mit übernatürlichen Kräften hintrieben, gegen die der Mensch vollkommen machtlos war? Verstanden sie denn nicht, dass sie mit menschlichen Mitteln nicht ein einziges winziges Beben verhindern oder herbeizaubern konnten? Solches lag völlig in der Hand der

Götter. Die zeigten ihren Unmut, ihre Unzufriedenheit mit den Menschen auf ihre eigene Weise. Sie wollten die Menschen zur Besinnung bringen.

Das Wichtigste war vergessen worden: Kein Priester war ernannt worden, um die Bedürfnisse der Götter zu studieren und sich um die richtigen Opfer zu kümmern. Nicht Beobachter, nicht eine Zentrale, nicht Tontäfelchen und Listen waren nötig im Fall von Erdbeben, sondern eine demütigere Hinwendung zu den Göttern, eine Umkehr, vor allem eine Unterwerfung unter den obersten Gott Zeus. Altäre müssten aufgestellt werden – hier baute man Schiffe um; Opfer müssten dargebracht werden – hier legte man Vorräte an; Prozessionen müssten durchgeführt werden – hier sandte man Spähertruppen aus. Kalliste war auf dem falschen Weg, Kalliste würde schrecklich büssen.

Jetzt verstand Adamas seine Kreter viel besser. Ihr religiöser Eifer schien andern Völkern vielleicht lächerlich, ihre Opfer fand man übertrieben, ihre Prozessionen und Stierspiele zu Ehren der Götter wirkten allzu pompös; der Gedanke, sogar mit Menschenopfern die Götter umzustimmen, erschien unverhältnismässig grausam. Doch die Kreter sahen klar, dass nur ein einziger Weg zur Rettung blieb, nämlich die Götter mit allen Mitteln gnädig zu stimmen. Sie hatten wohl so unrecht nicht.

Doch wenn Adamas solchen Gedanken nachhing, meldeten sich gleich Gewissensqualen und Selbstvorwürfe. War es nicht überheblich von ihm, ausgerechnet von ihm, sich besser zu dünken als die Leute von Kalliste? Hatte er nicht sein eigenes Land schmählich im Stich gelassen, verraten, dem Unglück preisgegeben, indem er davongelaufen war?

Adamas malte und malte, nur so konnte er seine quälenden Gedanken etwas vergessen. Und er wollte ja die Ritualzimmer rechtzeitig vollenden, geschehe, was wolle. Das war sein Auftrag. An das Malen der Bergkristallkette hatte er sich noch kaum gewagt. Die Umrisse des Mädchens, das die Kette zum Altar trug, waren schon länger fertig, die Ausarbeitung der Kleider und des Gesichts beanspruchten nur noch wenige Tage. Darauf machte er sich nochmals an die Figur, die auf dem Felsen sass und sich beim Krokuspflücken den Fuss verwundet hatte. Stehende und gehende Körper hatte er schon einige Male ausgeführt, das gehörte zur Standardausbildung in Kreta, doch Frauen in andern Stellungen waren dort undenkbar als Sujets für repräsentative Wandbilder. Es war schon schwierig genug, Hände, die etwas festhielten oder etwas ausführten, zu malen, geschweige denn einen Frauenkörper, der auf einem Stein sass, sich wand und drehte und mit einer Hand einen Fuss festhielt. Schwierig war auch ein Busen. Zwar trugen die Mädchen hier Blusen, die vorne weit offen waren, so dass es selbst einem zurückhaltenden verschämten Jüngling nicht an der lebendigen Anschauung fehlte, das zeichnerische Umsetzen hingegen erwies sich tückischer als erwartet.

Doch die Schwierigkeiten der Anatomie waren ein Pappenstiel verglichen mit dem Problem, einen Bergkristall mit der Durchsichtigkeit der klaren Bergluft Kretas zum Leuchten zu bringen. Es war das Schwierigste, aber auch das Dankbarste, was Adamas je in Angriff genommen hatte.

Könnte es eine Prüfung sein, die ihm Zeus auferlegte? Wenn es ihm gelingen würde, die Kette so zu malen, dass sie Zeus zur Ehre gereichte, würde er ihm vielleicht vergeben?

„Wenn ich es schaffe, die Kette zum Leuchten zu bringen, dann hat mir Zeus ein Zeichen gegeben, dass ich mit Minea glücklich sein werde."

Kamaros lachte. „Du mit deinen Zeichen! Wenn es dir gelingt, die Kette zum Leuchten zu bringen, dann ist das ein Zeichen, dass du ein vorzüglicher Maler bist. Dass du mit Minea glücklich sein wirst, versteht sich von selbst, wenn ihr beide nur wollt."

Und ob sie das wollten! Sie konnten den Tag der Initiation kaum erwarten, denn gleich darauf würde das Hochzeitsfest stattfinden. Und dass Adamas vorläufig auf Kalliste bleiben sollte, war für beide Glück genug.

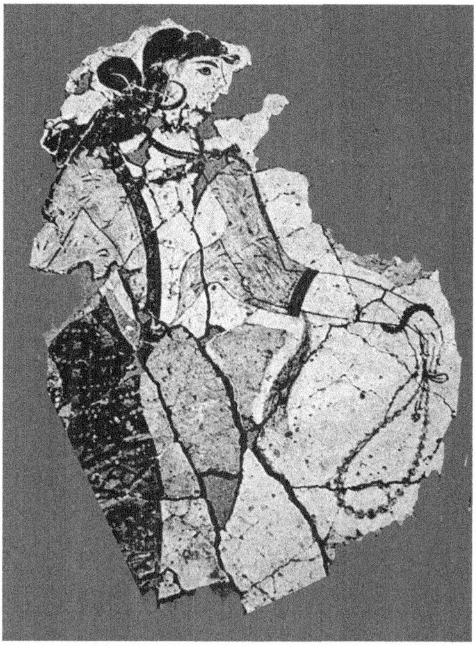

Den kostbaren Schmuck bewahrte er in einem Tongefäss auf, das er in eine Nische unter der Treppe legte, die ins untere Ritualzimmer führte. Niemand ausser Kamaros kannte die kleine Öffnung. Dort holte er die Kette hervor für die Zeit, die er brauchte, um daran zu malen, und über Nacht versorgte er sie wieder am selben Ort.

An den Abenden, die er allein verbrachte, malte er besonders fleissig, um den Vater mit neuen Bildern zu überraschen. So arbeitete er jeweils bis in die Nacht hinein.

Wieder einmal war Kamaros weggefahren, diesmal nach Melos, wo der Vater in Philakopi einige besondere Töpfe abholen wollte. Die Reise würde wenige Tage beanspruchen.

Am ersten Abend, als es langsam dunkel wurde, war Adamas so versunken in seine Arbeit, dass er nicht hörte, wie jemand oben an die Treppe getreten war.

Adamas erschrak, als Kekrops wie eine neugierige Katze in das Ritualzimmer hinunter äugte. Warum hatten die Diener den kleinen Kerl nicht angehalten, als er das Haus unerlaubterweise betrat? Die Mutter und die Geschwister hatten anscheinend auch nichts gehört. Er musste sehr leise eingeschlichen sein. Adamas malte nicht an der Kette, sondern war damit beschäftigt, dem Schleier noch etwas mehr Luft zu geben.

„Du arbeitest zu viel, wenn Kamaros weg ist“, sagte Kekrops gewinnend. Er hatte seine Locken mit Öl gezähmt, um sich einen männlicheren Anstrich zu geben.

„Ich bin gekommen, dich abzuholen zu einem Spaziergang zu den Klippen. Ihr geht ja sonst auch jeden Abend aus.“

Woher wusste Kekrops das so genau? Hatte er ihnen nachspioniert? Nun liess sich der Eindringling auf der Treppe nieder. Er lächelte süss und liess sich nicht wegschicken; er plauderte mit Adamas wie mit einem alten Freund.

„Du hast etwas frische Luft nötig. Komm doch mit!“

Adamas war verlegen und antwortete unbeholfen: „Wenn du meinst. Wie bist du ins Haus gekommen?“

„Ich rief, doch niemand hörte mich. So bin ich eingetreten. Ich wusste ja, dass du noch hier arbeitest.“

Und schon stand er unten im Ritualraum. Klein und wendig wie er war, steckte er seine Nase in jeden Topf und jeden Winkel. Er interessierte sich für alles und stellte Fragen nach den Entwürfen, den Farben, den Pinseln, wollte Auskunft über die Techniken und die schon ausgeführten Teile der Malerei. Wie zu erwarten stach ihm die Halskette aus Bergkristall in die Augen, die nun schon kräftig aus dem Bild hervorleuchtete.

„Was ist das für eine Kette, die du da gemalt hast?“, fragte er unvermittelt. Adamas antwortete nicht. Er fühlte sich bedrängt von dem unverfrorenen Eindringling im heiligen Raum.

Kekrops beharrte nicht auf einer Antwort, er lobte die Meisterschaft, bewunderte die Leuchtkraft, fragte aber nicht, ob er auch das Original sehen dürfe.

„Geh du nur schon voran und warte mir vor der Türe im Freien, ich komme gleich nach", sagte Adamas endlich mutig, „ich muss erst noch meine Sachen wegräumen."

Unterwegs zum Leuchtturm war Kekrops auffällig gesprächig. Kamaros hatte nicht viel von ihm erzählt, und wenn schon, dann hatte er abschätzig von ihm gesprochen. Adamas hatte wohl bemerkt, dass Kamaros es stets zu vermeiden wusste, mit Kekrops zusammenzutreffen.

Oft war er, ohne eine Begründung zu geben, mitten auf einem Spaziergang umgekehrt oder hatte einen andern Weg eingeschlagen, wenn Kekrops irgendwo von weitem aufgetaucht war. Adamas hatte geglaubt, es sei wohl Eifersucht, Kamaros wolle seinen Kreter mit niemandem teilen. Er hatte es stillschweigend hingenommen, dass sie nur zu zweit oder dann mit Minea auszogen. Es lag ja auch an der Art ihrer Geheimnisse, die keine weitere Gesellschaft duldeten.

Adamas musste Kekrops recht geben – er arbeitete zu viel im Dunklen, und ein Marsch dem Ufer entlang in der salzigen Meeresluft tat ihm wohl. Kekrops schwänzelte um ihn herum wie ein anhängliches Hündchen und plauderte über alles Mögliche, lobte Adamas und seine Kunst über die Massen, wie beglückt Akrotiri sei, ihn hier zu haben, wie wunderbar es sei, dass durch fremden kretischen Geist die Malerei frische Impulse empfange – Floskeln, die er von den Erwachsenen aufgeschnappt hatte und nun nachplapperte, wohl ohne sie recht zu verstehen.

Adamas liess ihn schwatzen und warf nur von Zeit zu Zeit ein gemurmeltes „Ach so?", „Meinst du?", „Stimmt!" ein. Er war sich wohl bewusst, dass er über die zwei Themen Pelias und Monolithos kein Wort verlauten lassen dürfe. Nie hätte er das ihm geschenkte Vertrauen missbraucht.

Unvermittelt unterbrach Kekrops sein lockeres Geplätscher und kam wieder auf die Kette zu sprechen. Noch nie habe er derartige Steine gesehen. Er wollte genau wissen, was für

Steine Adamas da malte, wo sie zu finden seien, ob es viele davon gebe, was für eine Kraft sie besässen. Da sah Adamas keine Gefahr, im Gegenteil. Bergkristall war ein Thema, dem er nicht widerstehen konnte, noch viel weniger dem Stichwort Zeus. Er wurde gesprächig und erzählte eifrig, dass der Stein auf den hohen Bergen Kretas vor allem in tiefen Höhlen gefunden werde und dass Zeus ihm seinen besonderen Schutz gewähre. Der Träger und seine Geliebte hätten kein Unglück zu befürchten.

Doch plötzlich biss er sich auf die Lippen – hatte er schon zu viel gesagt? Er hatte das bestimmte Gefühl, dass Kamaros selber nie und nimmer etwas von der Kette erzählt, geschweige denn sie so gepriesen hätte.

Rasch versuchte er, auf einen andern Gesprächsstoff umzuschwenken; allerdings war es gar nicht leicht, Kekrops dazu zu bringen, etwas über sich selber zu erzählen. Es fiel ihm nichts anderes ein, als ihn nach seiner Arbeit in der Mühle zu fragen, doch da war wenig Erfreuliches zu berichten. Da wurden die Jungen vor allem gebraucht, schwere Lasten zu heben, Säcke zu füllen, Mühlsteine zu bewegen, und das alles in der staubigen erstickenden Luft eines engen Raumes. Kekrops ereiferte sich beim blossen Gedanken daran.

„Für mich gibt es wenig zu lachen", stiess er hervor. „Was kann ich dafür, dass mein Vater nur ein niedriger Arbeiter ist? Kamaros hat es leicht, er gehört zu einem grossen Haus, hat einen berühmten Vater und Diener, die ihm die Arbeit abnehmen. Und dass er jetzt bald Kapitän ist, das ist ihm bloss in den Schoss gefallen."

Kekrops klang bitter, missgünstig. Die Götter oder das Schicksal oder wer immer bei der Zuweisung Neugeborener zuständig war, hatten Kamaros mit Glück überhäuft – unverdienterweise –, Kekrops jedoch nichts gegönnt. Eine empörende durch nichts begründete Ungerechtigkeit.

Adamas war verlegen, wie er antworten sollte; Kekrops hatte ja im Grunde genommen recht, und er tat ihm leid. Schweigend gingen sie weiter dem Strand entlang, doch bald rappelte sich Kekrops wieder auf. Es war nicht der Moment, mürrisch zu sein, er hatte heute andere Ziele, als sich selber zu bemitleiden. Sie stiegen die Klippen hoch und nahmen den Weg durch die Felder zurück in die Stadt. Auf dem dunklen Himmel zeichneten sich noch dunkler die Umrisse des Pelias ab.

„Ein imposanter Berg", warf Kekrops den Köder aus, „ist wohl je ein Mensch oben gewesen?"

Adamas blieb der Atem stocken. Wusste er etwas? Diesmal wollte er nicht in die Falle tappen. Er hustete umständlich, um Zeit zu gewinnen, bevor er etwas hilflos antwortete:

„Ich glaube, der Gipfel ist unbezwingbar. Schön wäre es, wenn man von dort oben die ganze Insel überblicken könnte. Aber das scheint unmöglich." Diese Klippe war glücklich umschifft.

Was würde noch folgen? Wie ging das penetrante Verhör weiter? Adamas war froh, als sie sich der Stadt näherten und er sich in sein Zimmer zurückziehen konnte.

Am nächsten Abend stand Kekrops ganz unerwartet wieder im Raum neben ihm, diesmal noch früher. Wieder war er unbemerkt eingedrungen, wieder hatte Adamas ihn nicht kommen hören. Nun stand er da, als Adamas ebendie Bergkristallkette in der Hand hielt, sie drehte und wendete, um das Licht noch besser zu erfassen. Erschrocken liess er sie ins Gefäss gleiten.

„Geh du nur schon voraus, ich komme gleich nach", sagte Adamas hastig.

Gehorsam ging Kekrops die Stufen hoch, machte einige laute Schritte von der Treppe weg und schlich leise wieder zurück. Er sah gerade noch, wie Adamas das Gefäss mit der Kette an seinen Ort in die Nische unter den Stufen stellte, bevor er die Pinsel wegräumte. Dann wartete er gehorsam draussen vor der Türe.

Auch am dritten Abend erschien er wieder, noch etwas früher. Diesmal war Adamas gewitzigt und hatte sich auf den unvermeidlichen Besuch vorbereitet. Die Kette war schon längst versorgt. Er malte noch an einer harmlosen Lilie, als Kekrops so leise wie die ersten Abende eindrang und plötzlich wieder wie ein Kobold aus einem Winkel neben ihm stand. Kekrops liess sich nicht wegschicken. Er half geschäftig, aufzuräumen und Utensilien zu versorgen. In einem unbeobachteten Moment schaute er schnell nach dem Gefäss unter der Treppe. Es war an seinem Ort.

Wieder gingen die beiden über die Felder und spazierten zusammen dem Meer entlang. Adamas hatte Mitleid mit Kekrops. Vielleicht war er einsam und hatte ganz einfach Freude daran, einen Gefährten gefunden zu haben, solange der eingebildete und herrische Kamaros, der den interessanten Kreter allein für sich in Anspruch nahm, ausser Land war.

Erneut stellte Kekrops Fragen über Fragen. Er schien sich für so vieles zu interessieren. Adamas hatte genug zu erzählen, solange Kreta das Thema war. Es würden noch Jahre vergehen, bis Kekrops in der Mühle so weit aufgestiegen war, dass er im Handel eingesetzt würde und andere Länder und Inseln anfahren durfte. Verständlich, dass er Kamaros sein Glück offen neidete.

Adamas hatte bei diesem dritten Ausgang den Weg dem Meer entlang gewählt, um nach ankommenden Schiffen Ausschau halten zu können.

„Siehst du das Schiff dort draussen? Ich glaube es ist die Perea. Schnell an den Hafen hinunter!“, rief Adamas.

Da besann sich Kekrops urplötzlich, dass er ja einem Kollegen versprochen habe, ihm bei einer Arbeit zu helfen. Er verabschiedete sich hastig und verschwand. Adamas blieb stehen und schaute ihm gedankenvoll nach.

14

Die Sonne war noch ein gutes Stück über dem Horizont, ein langer lauer Abend stand bevor. Adamas wartete mit vielen andern am Hafen.

Der Brauch, einem ankommenden Schiff entgegenzufiebern, begeisterte ihn jedes Mal von neuem; er nahm daran so enthusiastisch teil wie ein Einheimischer, ob er jemanden erwartete oder nicht. Hier war jeder willkommen beim gemeinsamen Fest im Freien. Da könnten die strengen Kreter etwas lernen. Unmöglich sich vorzustellen, dass in Kreta Priester, Staatsbeamte, Steuereintreiber zusammen mit Handwerkern, Hafenarbeitern, Hausfrauen und Kindern aus den gleichen Krügen Wein trinken und von denselben Tontellern getrockneten Fisch, Oliven, Gerstenbrötchen und Feigen essen würden.

Seit jener misslichen Ankunft vor sechs Monaten, die durch ein Beben so gründlich ruiniert worden war, war manch weiteres Ankunftszeremoniell ungetrübt über die Bühne gegangen; man hätte leicht vergessen, was damals geschehen war, wenn nicht die verschnürten Kisten und die versiegelten Gefässe, die in wenig benutzten Ecken des Hafenplatzes vor sich hin dösten, daran erinnert hätten.

Heute war Adamas besonders aufgeregt, denn er konnte es kaum erwarten, Kamaros zu zeigen, wie weit er mit seiner Arbeit gekommen war. Der Schleier war prächtig gelungen. Im obern hellen Zimmer waren die Krokuspflückerinnen fertig, der dienende Affe war keck in Position, und die Göttin auf dem Thron brauchte nur noch wenig.

Dort draussen näherte sich ein Schiff – es war die Perea mit den blauen Segeln. Heute schien sie noch höher und schlanker. Stolz und zügig segelte sie auf das Land zu, wie immer unterstützt durch die tüchtigen Ruderer.

„Sie kommen!" Noch lauter, noch erregter wurde das Lachen, Winken, Rufen rund um ihn herum. Esswaren und Getränke standen in eindrücklichen Mengen bereit; soeben fertig Gebackenes wurde flink herbeigetragen, der köstliche Duft von Sauerteig und Honig überdeckte und verdrängte den Geruch von Fisch und Tang. Kinder und Hunde rannten den Erwachsenen zwischen den Beinen hindurch, kletterten auf Berge von Säcken, spielten und versteckten sich. Dann wie gewohnt das Ritual des Lärmens und Lauschens, hin und her, vom Schiff zum Hafen, vom Hafen zum Schiff. Bereits hatte die Perea den Fahnenmast passiert und fuhr, elegant wie es nur Petrassios gelang, in das Hafenbecken ein. Und schon glaubte man Gesichter am Geländer zu erkennen.

Plötzlich wurde Adamas äusserst unsanft gestossen. Erschrocken schaute er sich um. Das Kind neben ihm war zu Boden gestürzt und schrie, seine Mutter hielt sich mühsam aufrecht; ein Stück der Hafenmauer mit einem Pflock zum Anbinden der Schiffe glitt ins Wasser, einige der bereitstehenden grossen Tongefässe stiessen grob aneinander und zerbrachen, ein Stapel Kisten fiel mit Gepolter zusammen, und nur knapp konnten sich die in der Nähe spielenden Kinder in Sicherheit bringen.

Bevor alle wieder auf den Beinen standen, kam der nächste noch stärkere Stoss. Sämtliche Tische mit den Gefässen und Esswaren krachten zusammen. Ein älteres Haus in der Nähe des Hafens stürzte ein. Der Hafenplatz, eben noch einladend, fröhlich, wohlgeordnet, sah aus, als wäre ein tobender Wirbelsturm darübergefegt, wieder genau im Augenblick, als die Perea heimkehrte. Ein Zufall? Ein Zeichen?

Hastig wie noch nie wurden die Seile geworfen, die Brücken gelegt, und schon rannten die Ankommenden aufs Festland, um ihren Lieben beizustehen. Diesmal hatten sie mit eigenen Augen vom Schiff aus zusehen müssen, was geschah.

Das Gesicht des Petrassios, eben noch stolz und würdig, verfinsterte sich. Das schien ihm des Guten zu viel, da liess sich nicht spassen.

Und wieder trafen sich die Ältesten im Stadthaus, und wieder waren die Stimmen im Rat am lautesten, welche die Gefahr nicht wahrhaben wollten, die sich an die Insel klammerten, die nicht glauben konnten, dass es diesmal ernst sei. Man wollte sich doch nicht kleinkriegen lassen von einem Beben, man konnte sich doch nicht vertreiben lassen und alles aufgeben, was man durch Jahre hindurch mit Fleiss aufgebaut hatte. Standen denn nicht noch – beinah – sämtliche Häuser aufrecht?

Und wieder beschloss der Rat nach hitzigen Wortgefechten, noch einmal zuzuwarten. In der ersten Bereitschaftsstufe hatten sie jetzt manche Woche recht leidlich verbracht, und man hatte sich an das Leben im Provisorium gewöhnt. Äußerlich änderte sich also nichts. Doch in den Familien war man nach diesem zweiten Schrecken nicht mehr so zuversichtlich. Irgendwie war die Grenze der Geduld erreicht, und man musste sich wohl oder übel mit dem Gedanken vertraut machen, auf die Schiffe umzusiedeln. Aber wirklich nur für kurze Zeit, nicht für immer. Man schaffte Ordnung in Küche und Keller, im Garten und im Stall. War dann vielleicht bei der Rückkehr einiges zerstört, würde man es gemeinsam wiederaufbauen. Die Insel war ja reich genug.

Adamas war zutiefst beunruhigt. Den Leuten von der Insel konnte er keine Vorwürfe machen, sie wussten es nicht besser. Doch Kamaros und er?

Kamaros war zum ersten Mal verunsichert und ratlos. Warum hatte Zeus die Erde genau wieder in dem Augenblick beben lassen, als er einfuhr? Ein Fingerzeig, der ihm persönlich galt? War er direkt angesprochen? Hatte Adamas doch recht?

Am Abend der gestörten Rückkehr stiegen sie in aller Eile auf den Pelias, gelobten Zeus, ihm noch viel eifriger und untertäniger zu dienen, wenn er nur Kalliste verschonen würde. Zum ersten Mal, als Adamas umständlich und minuziös die Ritualhandlungen durchführte, lächelte Kamaros nicht.

Drei Tage später war es so weit. Die Inselbewohner sassen arglos bei einem frühen Abendbrot, da schreckte sie ein so heftiges längeres Beben auf, wie sie es noch nie erlebt hatten. Die Häuser zitterten, Töpfe flogen von Gestellen, Stühle fielen um, Lampen lösten sich von der Decke, Türen flogen auf und schlugen wieder zu, die Hunde verkrochen sich unter Bänken, die Kinder klammerten sich an ihre Mütter, und alle schrien, hielten die Hände über ihren Kopf und rannten aus den Häusern hinaus, nur mit dem einen Gedanken: sich und die Lieben zu retten. Das war nun des Guten zu viel.

Von der Mühle am obern Ende der Strasse ertönte lautes Geschrei. Die Herbeieilenden fanden den Müller zerdrückt unter einem Mühlstein, der sich losgelöst hatte. Verzweifelt mühten sich die Lehrlinge, ihn zu befreien, doch jede Hilfe kam zu spät. Das dritte Opfer! Schon klang gellend das Horn vom Stadthaus her. Der Ausrufer lief durch die Gassen und auf die Felder hinaus. Er fand kaum Atem für seine Botschaft. Sein Mund war trocken, seine Stimme überschlug sich, er musste immer wieder neu ansetzen, um etwas Verständliches hervorzubringen. Jedermann solle sich möglichst schnell beim Stadthaus einfinden, um dort die neusten Anweisungen einzuholen.

Seine Anstrengung war unnötig, denn wie eine Herde sich beim Anbruch eines Gewitters rasch in den sichern Stall drängt, so scharten sich alle auf dem Dreiecksplatz eng zusammen, um dort Schutz und Sicherheit zugesprochen zu erhalten. Sie schauten schlotternd vor Angst zum grossen Fenster im ersten Stock hinauf, um die rettenden Entschlüsse des Rates zu vernehmen.

Im Ratsaal drinnen berieten die Ältesten hitzig. Was zu tun sei, war allen klar. Auch die Unbekümmertsten sahen ein, dass nicht mehr an ein Bleiben zu denken war. Das Frage war diesmal bloss, wer zum Volk sprechen solle. Der Ratsälteste traute es sich mit seiner leicht piepsigen Stimme nicht zu. Takis war viel zu aufgeregt und verängstigt, er hätte mit seinem Jammern gleich alle in Panik gestürzt. So wurde Petrassios als der Überlegenste mit der Aufgabe betraut:

„Leute, uns allen sitzt der Schreck noch im Nacken. Wir sind wirklich kräftig geschüttelt worden. Zwar ist kein Haus umgefallen, keine Brücke zusammengebrochen, und es haben sich keine Felsen auf uns niedergestürzt. Doch wer weiss, vielleicht kommt ein nächster Stoss, der nicht mehr ganz so gnädig mit uns umgeht.

Der Rat hat also Folgendes beschlossen: Alle, die nicht den Wächtern der Insel zugeteilt sind, packen ihre Siebensachen, löschen die Feuer, schliessen die Häuser ab, tragen ihre Schätze an den Hafen. In zwei Stunden steigen Frauen und Kinder in die Schiffe, dann wird eine genaue Kontrolle durchgeführt, und in drei Stunden ist Abfahrt. Sämtliche Männer helfen, die Schiffe zu beladen. Wir haben Zeit, alles sorgfältig vorzukehren. Das Wichtigste: besonnen bleiben, den Kopf nicht verlieren!“

Besonnen bleiben, den Kopf nicht verlieren! Leichter gesagt als zu befolgen. Es begann ein hektisches Hin und Her, von der Stadt zu den Schiffen und wieder zurück. Verschnürte Kisten wurden an den Hafen geschleppt und verladen, warme Kleider und Schaffelle herangeführt und frische Esswaren, Aprikosen, Feigen, Oliven und Tomaten, grosse Laibe Käse, Brote, Eier und Süssigkeiten, Hühner und Ziegen verladen. Frisches Trinkwasser aus den Zisternen wurde in Krüge abgefüllt. Glücklicherweise war es noch einige Zeit hell, dann würden Fackeln dienen.

Jeder Einwohner wusste genau, welchem Schiff er zugeteilt war. Nichts war dem Zufall überlassen. Der Stab hatte ganze

Arbeit geleistet. Die Kinder hatten den Schrecken rasch vergessen und jubelten – das würde ein Abenteuer! Sie trugen geschäftig ihre Holztiere und Tonfiguren auf ihr persönliches Schiff und freuten sich auf eine außergewöhnliche Nacht zusammen mit ihren Freunden. Immerhin sollten die Kleinen eine Schiffsreise erleben, die sonst den Grossen vorbehalten war. Die Männer hatten ihre Posten auf den Schiffen eingenommen. Petrassios oblag die Führung des grössten Schiffes und gleichzeitig die Gesamtleitung. Kamaros sollte sein erster Gehilfe sein, Adamas war ausersehen, im Schiff von Petrassios die Verwaltung der gemeinsamen Güter zu übernehmen. Dort stiegen auch die Mutter, die drei jüngeren Geschwister und Minea ein.

Die Zeit, die noch bis zum Aufbruch verblieb, wurde vom Ausrufer immer wieder laut angekündigt. Sie war reichlich bemessen für die letzten Arbeiten. Kein nennenswertes Chaos war bis jetzt ausgebrochen. Pünktlich, eine Stunde vor der Abfahrt, versammelten sich alle wie vereinbart am Hafen. Die Familien standen noch mit ihren Jungen, die zurückbleiben sollten, zusammen und gaben sich gegenseitig letzte Ermahnungen.

Nur ein kleines Mädchen weinte, als es erfuhr, dass sein grosser Bruder nicht mitfahren würde. Es wurde aber rasch zurechtgewiesen. Die allermeisten gaben sich Mühe, sich gelassen, ja heiter zu zeigen, und versuchten, die ganze Aufregung zu überspielen, auch wenn ihnen innerlich nicht so ruhig zumute war. Der Gedanke, dass es ein Abschied für immer sein könnte, wurde mühsam verdrängt.

Als die Frauen und Kinder sich auf die Schiffe begaben, war Adamas ihnen behilflich, ihre persönlichen Sachen gut zu verstauen, damit ja nichts ins Wasser falle. Um sein eigenes Gepäck wollte er sich nachher kümmern.

Geschlossen stand die Gruppe der Inselwächter am Hafen. Doch wo war Takis? Vor kurzem war er noch mit Thassios zusammen gesehen worden.

Man rief nach ihm, er kam nicht. Eine hektische Suche begann, oben in seinem Haus, draussen bei den Säulchen, in den Strassen der Stadt – nirgends eine Spur von ihm. Bis ein Seemann zufällig auf ihn stiess. Sein weisser Haarschopf hatte ihn verraten. Er hatte sich zuunterst im allerkleinsten Schiff hinter Ballen geduckt, um sich möglichst unsichtbar zu machen. Er tobte und schrie, als man ihn hervorzog, er schlug um sich, wehrte sich mit letzter Kraft, seine knochigen Finger umklammerten das Geländer mit eisernem Griff. Er hatte die Nerven verloren und war völlig zusammengebrochen.

Kamaros trat zu ihm, beruhigte ihn und versprach, seine Stelle bei den Inselwächtern einzunehmen.

Plötzlich schrie die Menge auf. Der Boden schwankte wie noch nie. Ein weiteres tüchtiges Stück der Mole versank. Das Wasser im Hafen brodelte, die Schiffe schaukelten bedenklich. Ein lautes Poltern oben am Pelias zeigte an, dass Felsbrocken herunterstürzten.

Ein ohrenbetäubender Hornstoss, dann der Ruf „Sogleich auf die Schiffe!"

Mitten aus dem letzten Lebewohl herausgerissen stürzte alles kopflos hin und her, auf die Schiffe und wieder zurück ans Ufer. In einem heillosen Durcheinander rannte man, stiess sich, küsste, weinte, jammerte, schrie. Kinder suchten im Getümmel ihre Mütter, Männer brüllten sich gegenseitig widersprüchliche Befehle zu, die letzten Gegenstände wurden herumgeschoben und blieben zu guter Letzt auf dem Hafenplatz liegen – und die Erde bebte weiter, schwankte immer heftiger, als wolle sie sich von ihrer Last befreien. Dazwischen die Hornstösse, drängender, gellender, und der Ruf: „Ruhe bewahren, einsteigen, bereit zur Abfahrt!"

Taue wurden losgelöst, die ersten Schiffe bewegten sich schwankend von der Mole weg. Die Beherrschung, die kühle überlegene Haltung, die man in den letzten Stunden vorgetäuscht hatte, zerrann wie Schnee. Herzzerreissend schrien die Mütter nach ihren zurückbleibenden Söhnen, und lange mit Mühe zurückgehaltene Tränen flossen endlich in Strömen. Kamaros eilte zu seinem Vater auf das letzte Schiff:

„Takis ist zusammengebrochen. Ich bleibe auf der Insel an seiner Stelle!"

Petrassios legte seine Hand auf seine Schulter. „Tue, was du für gut findest, ich bin stolz auf dich."

Fieberhaft suchte Kamaros Minea und Adamas, die er beide in den vergangenen Stunden nicht mehr gesehen hatte, doch es war unmöglich, sich mit lautem Rufen Gehör zu verschaffen. Ein letzter Hornstoss, die Taue der Perea wurden losgelöst, das letzte Schiff bewegte sich von der Mole weg. Mit einem gewagten Sprung landete Kamaros auf der Hafenmauer. Nun war es geschehen – er blieb zurück.

Verzweifelt suchten seine Blicke den Freund auf dem wegfahrenden Schiff. Da endlich erspähte er zuhinterst am Geländer Minea und neben ihr Adamas, der sich wie närrisch gebärdete, die Arme wild schwenkte und ihm mit letzter Kraft etwas zuschrie. Endlich verstand Kamaros das Wort: „Die Kette!" Kamaros wusste, was er meinte.

15

Die Schiffe entfernten sich schwankend. Noch eine Zeitlang waren Klagerufe und Weinen zu hören, leiser und leiser, und dann waren die Schiffe nur noch stumme Punkte weit draussen im Meer, losgetrennt von der Insel, weg.

Der Rummel der letzten Stunden war urplötzlich vorüber und hatte einer Grabesstille Platz gemacht, die lähmend über dem Hafen lag. Wie wenn der Boden erleichtert wäre, die Last der vielen Menschen abgeschüttelt zu haben, regte er sich nicht mehr. Kein Wind wehte, schlaff hing die Fahne vom Mast. Wirr und ungeordnet lagen aufgeplatzte Bündel, Tücher, Bretter, Krüge, Tonscherben herum. Und dazwischen eine Handvoll zurückgelassener Jungen, herrenlose Gepäckstücke allesamt, wie im Trubel vergessen. Reglos starrten sie aufs Meer hinaus.

Lange waren die Schiffe weg – schon sah man sie nicht mehr – noch immer rührte sich keiner.

Hatte das Leben noch einen Sinn? Kamaros sass in sich zusammengesunken auf einem Ballen. Sein Kopf war leer, er fühlte sich abgrundtief elend, verlassen, unsäglich allein. Er hatte Minea und Adamas wegfahren sehen – dort waren sie gestanden – und noch starrte er an jene Stelle. Wohin fuhren sie? Warum war er nicht mitgegangen? Was hatte er noch auf der Insel zu suchen, wenn die beiden nicht mehr hier waren? Sie hatten sich nicht einmal richtig verabschieden können.

Würde er sie je wiedersehen? Hatte Adamas doch recht, war Zeus unerbittlich? Wurde Kamaros für seine Überheblichkeit bestraft, war er verdammt dazu, auf einer wackligen Insel zu sitzen und zuzusehen, wie die Hügel und Berge über die winzige

Schar von Mücken herabstürzten, wie die Stadt zusammenbrach, im Meer versank?

Er kniff sich in den Arm, um die zermürbenden Gedanken loszuwerden und schüttelte sich. Was war denn los mit ihm? Er war doch nicht irgendjemand, er war Kamaros, der Sohn des Flottenobersten, bald selber Kapitän, verantwortlich für die wissenschaftlichen Beobachtungen. Niemand hatte ihn gezwungen, auf der Insel zu bleiben, er war einzig darum hier, weil die Aufgabe, die es zu erfüllen gab, ihn packte, und weil kein anderer Mensch imstande war, sie so perfekt zu erfüllen wie er. Es war eine einzigartige Gelegenheit, sich zu bewähren in einer unvorstellbar schwierigen, ja absurden Situation.

Nun waren Besonnenheit, Intelligenz, Erfindergabe, Überlegenheit, Stil gefragt, alles Qualitäten, die reichlich zu besitzen er sich bis jetzt eingebildet hatte.

Er riss sich zusammen und stand auf. Er stellte sich zwischen die Ballen und Kisten und reckte seinen Kopf in die Höhe, um womöglich noch etwas grösser und imposanter zu erscheinen. Nun war es allein an ihm zu zeigen, wer er war. Zeus war willkommen, mitzuhelfen, wenn er es wünschte und es für nötig fand, ansonsten würde Kamaros es ganz allein schaffen.

Thassios, der Anführer, hatte seine Lebensgeister ebenfalls wieder gefunden. Gross und sehnig, war er bekannt für seine unerhörten Körperkräfte, welche die schwersten Lasten heben konnten, aber gleichzeitig auch geschätzt für seinen Sinn für Ordnung, seinen scharfen Blick für das Machbare und sein Talent, etwas rasch und praktisch anzupacken und erfolgreich zu Ende zu führen. Kamaros hatte den zwölf Jahre älteren Freund immer besonders geschätzt und bewundert.

Thassios erhob sich langsam und stellte sich in die Mitte des Platzes. Er spürte, dass es höchste Zeit war, etwas zu unternehmen, eigentlich egal, was. Die entgeistert herumliegenden Jungen mussten belebt werden. Er stellte sich auf eine Beige

Sandsäcke, fasste das kleine Horn, das er um den Hals trug, hob es an die Lippen und blies hinein. Die Jungen zuckten zusammen, erwachten aus ihrer Teilnahmslosigkeit, erhoben sich schwerfällig und scharten sich um ihn. Man sah es Thassios an, dass er verzweifelt nach passenden Worten rang.

„Freunde, Inselwächter, wir sitzen alle im gleichen Boot", war er daran zu sagen, doch im letzten Moment merkte er, dass dieses Bild wahrhaftig nicht das geeignete war. Ihre beiden Boote standen zwar bereit, nichts in der Welt hinderte sie daran, auch einzusteigen, den andern nachzusegeln und die ganze Insel ihrem Schicksal zu überlassen. Hätte er es in diesem Augenblick vorgeschlagen, wer weiss, die meisten wären ihm begeistert gefolgt. Aber nein, sie hatten eine Aufgabe.

„Freunde, Inselwächter", fing er nochmals an, „uns ist die Ehre zugefallen, die Insel zu halten. An uns liegt es, dass unsere Lieben wieder zurückkommen können."

Es bereitete ihm sichtlich Mühe, passende Worte zu finden, die weder pathetisch noch weinerlich klangen.

„Wir wollen die Schäden alle reparieren und unsere Heimat wiederherstellen. Wir werden es nicht zulassen, dass Fremde unsere herrliche Insel an sich reissen, um ein irdisches Paradies zu gewinnen, nein, wir werden Kalliste bis zum letzten Atemzug verteidigen."

Thassios hatte wieder ganz zu sich gefunden. Wie ein Feldherr, der zwar die Schlacht verloren hat, aber nicht im Traum daran denkt, aufzugeben, redete er zu seinen geschlagenen Soldaten, um ihnen Mut zu machen. Kein Wort von Gefahr, kein Wort von Flucht, kein Wort von Untergang. Die Jungen schauten schon etwas munterer in den Abend.

Zum Schluss sagte er nochmals, was allen schon geläufig war:

„Ihr wisst, ich brauche es nicht zu wiederholen, dass ihr absoluten Gehorsam schuldet. Keine Abweichungen von den Regeln können geduldet werden."

Alle verstanden das. Im Grunde war jeder froh, sich an genaue Vorschriften halten zu können.

„Jeder geht zuerst in sein Haus. Niemand betritt das Haus eines andern! Stellt Schäden fest. Stapelt die Möbel, stellt grosse Gefässe in Türrahmen oder in Kellergewölbe. Braucht jemand Hilfe, dann nur über mich. Häuser, die keinem von uns gehören, werden später gemeinsam drangenommen. Niemand bleibt länger als nötig in seinem Haus. Bringt alles, womit wir ein Lager bauen können, auf die Wiese über der Stadt, damit wir es uns gemeinsam angenehm machen können, und schaut euch auch nach Essbarem um für die Lagerküche. Wir wollen nicht darben!"

Thassios wusste, warum er die Nacht über alle beieinander haben wollte – nicht so sehr, weil es in den vom Einsturz bedrohten Häusern gefährlich werden könnte, sondern vielmehr weil er verhindern wollte, dass die Jungen in Mutlosigkeit und Verzweiflung fallen würden. Also, warum nicht Lager spielen mit all den dazugehörigen Ablenkungen und Aktivitäten? Die Jungen zerstreuten sich in alle Richtungen, um ihre Aufträge auszuführen.

Kamaros atmete tief. Er liess sich Zeit. Er war verantwortlich für das grösste und schönste Haus in der Stadt. Es war aus Xesten, aus sorgfältig behauenen Quadersteinen, gefügt und war grösser und schöner als jedes andere in Akrotiri.

Halb stolz, halb bang betrat er das leere Haus mit den vielen Räumen, das sonst ständig von Reden, Lachen und Arbeitsgeräuschen widerhallte. Heute war es totenstill. Im Erdgeschoss hing noch der Geruch von eilends gekochtem Kohlgemüse. Am Boden neben dem Eingang lag ein vergessenes Schaf aus Holz, auf einem Hocker hing ein wollenes Tuch, und dort drüben war die Schachtel liegen geblieben, in der sein Vater den hübschen goldenen Steinbock aufbewahrte, den er im Stadthaus aufstellen wollte.

Zaghaft betrat er einen Raum nach dem andern. Er löschte seine Fackel, denn der Mond erhellte die Räume gespenstisch. Wie gross die leeren Zimmer wirkten, beinah unheimlich! Erst schaute er sich im Erdgeschoss um. In der Küche und den Vorratskammern standen einige schwere Töpfe und Gefässe, teils geleert, teils noch halb voll. Da würde er einiges an die Lagerküche beisteuern können.

Dann stieg er die Treppe hinauf. Behutsam, wie wenn er sich scheute, die Stille zu stören, bewegte er sich auf Zehenspitzen durch die leeren Räume. Es waren nur wenige grosse Stücke in den Zimmern geblieben – hier einige kantige Stühle, dort die Betten, drüben eine leere Truhe. Die verloren herumstehenden Gegenstände warfen lange Schatten. Er prüfte sorgfältig jeden Winkel, jede Nische. Da war eine leere Amphore umgefallen, dort lag ein alter Stuhl zerbrochen am Boden. Eine Schwelle hatte einen Riss. Sonst fand er nichts, was beschädigt war, das Haus hatte den Stössen bestens standgehalten.

Seine Eltern hatten an alles gedacht, nichts war übersehen worden, alles Kostbare und Tragbare war aus dem Haus gerettet und nicht das kleinste Stück von einigem Wert zurückgelassen worden. Plötzlich erinnerte er sich an Adamas' letzten Schrei vom Schiff herunter: Die Kette!

Sie war also noch im Hause. Adamas hatte neben all seinen Aufgaben wohl keine Zeit mehr gefunden, sie aus dem Raum, dessen Wände er bemalte, zu holen. Sie musste noch im Versteck sein, wo er sie nach jedem Maltag zuverlässig versorgt hatte, im untern Stock, im dunklen, geheimnisvollen Kultraum, dessen einziger Zugang im Moment die enge Binnentreppe aus dem ersten Stock war.

Sachte ging er auf die Treppe zu, welche in den untern Kultraum führte. Da vernahm er ein Geräusch – ein Stein war heruntergefallen. Er hielt inne, um zu lauschen. Bebte die Erde von neuem? Er selber hatte keine Bewegung gespürt.

Da! Wieder das Geräusch, diesmal leiser, aber anhaltend. Was war das? War eine Ziege eingedrungen? Suchte eine aufgescheuchte Maus ihr Loch?

Nun hörte er es genau, es kam aus dem untern Stockwerk, aus dem Kultraum! Er hielt den Atem an – es klang, wie wenn jemand Steine und Kies herumschob.

Jetzt galt es klaren Kopf bewahren. Auf den Zehenspitzen schlich er sich oben an die Treppe heran und spähte hinunter. Im Dunkeln sah er wenig, doch irgendetwas bewegte sich. Als sich seine Augen an die Dunkelheit gewöhnt hatten, sah er es deutlicher – die untersten zwei Treppenstufen waren durch das Beben zusammengebrochen, und jemand machte sich im Schutt der zusammengefallenen Tritte zu schaffen. Jemand wühlte emsig in Sand und Steinen, sichtlich bemüht, etwas aus den Trümmern zu bergen. Genau dort lag die Kette! Ein Dieb, der das Versteck der Kette kannte!

Erst wollte Kamaros wegrennen und Hilfe holen. Doch gleich besann er sich anders. Vielleicht wäre es dann zu spät. Der Dieb wäre auf und davon mit dem Schatz, würde ihn irgendwo auf der Insel verstecken, und die Kette würde nie wieder gefunden. Es wäre unmöglich, etwas zu beweisen, da niemand sonst von der Existenz der Kette wusste. Dies war ein Fall nur für ihn allein. Er musste handeln, und zwar rasch.

Am besten schien es ihm, zu warten, bis die Kette gefunden war. Kamaros stellte sich oben an der Treppe in Position. Das Geräusch von Schutt und Steinen, die hastig durchwühlt wurden, übertönte seine Bewegungen.

Mit einem Mal zog der Dieb die Kette aus den Trümmern der zerbrochenen Stufen hervor und hielt sie hoch. Auf diesen Moment hatte Kamaros gewartet. Mit einem Sprung war er im untern Stock und packte ihn an den Schultern – er hatte Kekrops erkannt – und schrie ihn an: „Gib her, lass los!“

Doch Kekrops drehte sich blitzschnell um und schüttelte sich so heftig, dass Kamaros auf den zerbrochenen Stufen ausrutschte und den Halt verlor. Kekrops gab ihm einen kräftigen Tritt in den Unterleib, hob sich über Kamaros weg, der sich vor Schmerz krümmte, stürmte die Treppe hoch mit seiner Beute, durch die Zimmer, die Haupttreppe hinunter und durch die offene Türe hinaus ins Freie.

Noch benommen vom Sturz, rappelte Kamaros sich auf. Nicht an den Schmerz denken, rennen, den Dieb verfolgen! In wenigen Sätzen war er im obern Stock, durch das Haus hindurch und hinter dem Dieb her. Das Haus stand am Westrand der Stadt; gleich dahinter begann das karge Gebiet, das durch und durch mit Runsen und Rinnen durchzogen war, kein Ort, etwas anzupflanzen, bloss Weide für Ziegen und Schafe. Über das durchfurchte Gelände zu kommen war beschwerlich und mühsam, ausser man kannte die Gegend so genau wie die Ziegen, die dort grasten.

Der Mond erhellte die unebene Landschaft. Kamaros spähte in das Halbdunkel und sah einen Schatten gegen die Hügel hinauf davonrennen. Er kannte jede Rinne, jeden Übergang, jede Vertiefung, jeden Busch, doch auch Kekrops schien sich auszukennen. In grossen Sätzen überquerte er die Runsen, dort wo sie am schmalsten waren. Als Kekrops merkte, dass er verfolgt wurde, duckte er sich hinter ein Gebüsch, sprang in einen der Gräben, änderte die Richtung abrupt und versuchte, ungesehen in einer schmalen Rinne gegen das Meer hin zu entkommen. Kamaros hatte seine List erkannt, sah seine Chance, schnitt ihm den Weg ab, und mit einem riesigen Satz sprang er von oben auf ihn hinunter.

Diesmal hatte er besser gezielt. Er landete voll auf dem Fliehenden und drückte ihn auf den Boden. Kekrops wehrte sich verzweifelt, drehte und wand sich, stiess mit Händen und Füssen und versuchte, Kamaros abzuschütteln. Doch er hatte nur eine Hand frei, denn in der andern hielt er verbissen die Kette umklammert. Kamaros presste seine Knie mit aller Kraft auf seinen Brustkasten, und mit eisernem Griff hielt er den Dieb an der Gurgel fest und drückte zu:

„Gib die Kette her, du Lump!"

Kekrops hielt sie immer noch krampfhaft in seiner Faust. Kamaros drückte fester und fester, bis Kekrops nur noch röchelte. Endlich liess er die Kette fallen. Schnell las sie Kamaros mit einer Hand auf und lockerte seinen Griff ein wenig.

„Lass mich los", keuchte Kekrops und schnappte nach Luft, „wenn du mich verrätst, verrate ich, dass du ein Schiff versteckt hast vor dem Monolithos."

Es war nämlich strengster Befehl ergangen, sämtliche Schiffe abzuliefern, um die Rettungsaktionen gründlich planen und ausführen zu können. Kein einziges Boot sollte unregistriert bleiben, wie klein es auch war.

Kamaros schnaubte vor Wut und Erschöpfung, liess los und gab Kekrops einen kräftigen Tritt.

„Gemeiner Hund!", stiess er aus, dann rannte er hinaus ins Dunkel. Er duckte sich hinter einen Felsen und schaute zurück. Nicht lange danach sah er Kekrops aus der Rinne hervorkriechen, sich mühsam aufrichten, seine Kleider zurechtzupfen, seinen geschundenen Ellbogen mustern und gegen die Stadt davonschwanken.

Kamaros holte seinen Überlebensbeutel hervor und legte die Kette sorgfältig zu den andern Schätzen, dem harten Brot, dem Goldstück und dem Messer. Er verschnürte den Beutel kräftig; dann befestigte er ihn wieder unter seinem Hemd. Die Kette war in Sicherheit. Langsam hinkte er zum Haus zurück – erst jetzt fühlte er, wie sein Bein vom Fall über die zerbrochene Treppe schmerzte – und schloss alles sorgfältig ab.

Nun war es höchste Zeit, sich zu den andern zu gesellen. Als er aus den dunkeln Gassen trat, überfiel ihn gleich aufdringlich das laute Lachen und Schwatzen der Gruppe und der Duft von am Spiess gebratenem Ziegenfleisch. Ein kräftig loderndes Lagerfeuer beleuchtete die Gesichter der Jungen, die sich alle bemühten, Angst und Unsicherheit zu überspielen durch überlautes Getue und aufgesetzte Heiterkeit. Einige sassen schon rund um das Feuer, andere waren noch damit beschäftigt, in der Dunkelheit beim Licht von Fackeln notdürftig etwas wie Zelte aufzustellen. Sie überboten sich, aus bunten Tüchern, aus Stangen, Brettern, Zweigen möglichst originelle Unterschlupfe aufzubauen, in denen die Gruppe geschützt vor Tau und vor Tieren nächtigen wollte, wenigstens diese erste Nacht. Auch war eine notdürftige Kochstelle errichtet worden, wo zwei sich bemühten, aus den diversen Dingen, welche die Jungen aus den Häusern herbeigeschleppt hatten, etwas Leckeres zu kochen.

Die Stimmung war ausgelassen wie bei einem Schulausflug. Ein Aussenstehender hätte nicht geahnt, dass hier ein desperater Haufe zusammensass, nicht zum Vergnügen, sondern aus Not, und dass alle am liebsten losgeheult hätten.

Kamaros mischte sich unauffällig unter die Kameraden, so als ob er gerade von seinem Haus käme, an welchem er besonders lang gearbeitet hatte.

Bald waren alle mit dem Gemüseeintopf und dem grillierten Hammel beschäftigt und tranken reichlich vom Inselwein. Etwas später schlich auch Kekrops hinzu. Er gab Kamaros einen Blick halb zornig, halb triumphierend. Sie vermieden es beide, zu nahe beieinander zu sitzen, und sie konnten auch verhindern, dass sie zum Schlafen demselben Zelt zugeteilt wurden.

Um die Arbeit von Takis weiterzuführen, wählte Kamaros sich zwei zuverlässige Jungen als Helfer. Einer von den dreien sollte stets wach bleiben. Man wolle sich nicht unnötig weiterer Gefahr aussetzen, erklärte er, und auf diese Weise konnte er auch gleichzeitig sicherstellen, dass Kekrops nicht noch einmal ausbrechen und eigene Wege gehen würde.

Der nächste Morgen war so strahlend und blau wie jeder Morgen auf Kalliste, die Wachen hatten nichts Erwähnenswertes zu melden, ausser dass einige Ziegen von den Vorräten hatten vertrieben werden müssen. Alle gaben an, ruhig geschlafen zu haben – wer wollte schon gestehen, dass ihn in der Nacht Angstträume geplagt hatten?

Die ersten Tage verliefen ohne Aufregungen. Abwechslungsreiche, die Zeit nützlich ausfüllende Aufgaben gab es für alle genug. Die Männer scharten sich jeweils nach dem Frühstück um Thassios, um die Arbeiten zu besprechen. Einige reparierten Wege und Brücken, andere beschäftigten sich damit, das Lager wohnlich zu gestalten. Material war genügend vorhanden, um eine richtige Küche zu bauen mit allen Finessen für das Küchenpersonal, mit vor Tieren sicheren Speisekammern, mit bequemen Sitzmöbeln. Die Feuerstelle funktionierte tadellos, ein Wassertrog war stets aufgefüllt. In den Gärten spross frisches Gemüse und reiften Früchte, auch an Ziegenmilch und Fleisch mangelte es nicht. Wein war genügend vorhanden, so dass die Köche täglich zu Mahlzeiten einladen konnten, wie sie die wenigsten in dieser Üppigkeit kannten. Die Schlafzelte wurden unermüdlich verbessert, bequem mit Ruhekissen, mit Lampen, mit Trinkgefässen ausgestattet. Das Leben sollte so behaglich und angenehm wie möglich sein. In den ersten Tagen blieb die Insel völlig ruhig. Nichts regte sich, kein Beben war zu spüren. Takis' Instrumente zeigten nicht die geringste Bewegung an. Die Leichtsinnigeren hofften schon, es sei falscher Alarm gegeben worden, der Rat sei allzu ängstlich gewesen.

Kamaros nahm täglich den langen Marsch bis ganz in den Norden der Insel auf sich, um dort persönlich nach auffälligen Veränderungen auszuschauen. Seinen Helfern wies er die weniger anstrengenden Gegenden zu, nämlich die Südküste und den Calderarand. So richtete er es ein, dass er allein über seine Insel streifen durfte, so wie er es liebte, und dass er auf diese Weise den

Pelias besuchen konnte, so oft er wollte. Das Leben im Lager, so nahe bei all den andern, war seine Sache nicht; ständig den oberflächlichen Gesprächen und blöden Witzen ausgesetzt zu sein, hatte er schon nach einem einzigen Lagertag satt. Gleich am ersten Morgen stieg er hinauf. Einmal versprach er sich von dort einen guten Überblick über die Insel, dann wollte er die Vorräte in seinem Versteck, die Trockennahrung und das Wasser, kontrollieren und gleichzeitig die Kette an einem diebessichern Ort verstecken.

Bevor er sich durchs Dornengebüsch wagte, schaute er sich wie immer sorgfältig um. Weit unten sah er die Arbeitsgruppe zur Festigung der Strasse. Auch wenn ihn der eine oder andere zufällig sähe, wie er oben im Gebüsch herumkletterte, würde wohl niemand etwas Ungutes vermuten, hoffte er.

Oben angekommen ging Kamaros gleich in die Höhle hinein. Hier war er zu Hause, hier liess sich gut sein, hier überkam ihn endlich wieder ein Glücksgefühl, wenigstens ansatzweise. Wie ihm Minea und Adamas fehlten!

Er prüfte alles ganz genau – kein Krug war umgefallen und zerbrochen, alle waren eingekeilt und unversehrt.

Feierlich, in Gedanken bei Adamas und Minea weilend, nahm er die Kette aus dem Beutel. Zuerst reinigte er sie und rieb sie kräftig auf Hochglanz – der Gedanke, dass Kekrops sie in seinen schweissigen Händen herumgedrückt hatte, widerte ihn an – und legte sie in ein von Adamas besonders hübsch geformtes ockerfarbiges Tontöpfchen, das noch keinen Verwendungszweck gefunden hatte. Er stellte es in eine Nische zuhinterst in der Höhlenwand. Hier war die Kette wenigstens vor Kekrops sicher.

Der Altar zuoberst auf dem Gipfel, den Adamas für Zeus aufgestellt hatte, war ebenfalls noch völlig intakt. Der Pelias schien aussergewöhnlich standfest, oder aber Zeus hatte es nicht zugelassen, dass sein schöner Altar beschädigt würde.

Lange sass er auf dem Altar und dachte an die beiden. Da kam ihm der Gedanke, dass Adamas jetzt bestimmt Zeus ein Opfer bringen würde – Gründe gab es genug! Dank dafür, dass alle glimpflich von der Insel weggekommen waren, Bitte um gute Fahrt für die, welche irgendwo unterwegs waren, aber ganz besonders dringliche Bitte um Erhalt der Insel, damit sich alle wieder zusammenfinden könnten in ihrer Heimat. Ob der Rauch, der vom Altar aufstieg, als Kamaros sein allererstes selbständiges Opfer darbrachte, von unten als Vulkantätigkeit oder als Wolke oder als etwas ganz anderes gedeutet wurde, wusste er nicht. Beruhigt und zuversichtlich, dass sich alles zum Besten wenden würde, stieg er wieder vom Pelias hinunter und schritt gegen Norden.

16

Zwanzig Tage lang war alles ruhig. Die Jungen hatten Zeit für die Arbeiten, die auszuführen waren, mehr als genügend Zeit. Auch Material, Handwerker, Kenntnisse waren ausgiebig vorhanden. Anfänglich war es direkt ein Hochgenuss, jeden Riss kunstvoll auszubessern, mit aller Präzision Steine für neue Treppenstufen zu behauen, Strassen und Plätze blitzblank zu putzen, alles ohne Hast, alles bis zur Perfektion. Die Tiere wurden so gut gepflegt wie noch nie, hatten die leckersten Futterplätze. Das Zeltlager, obwohl wirklich tadellos, wurde wieder und wieder verbessert und noch komfortabler eingerichtet, die Mahlzeiten noch kunstvoller und üppiger bereitet. Dies alles, damit die hellen Tagesstunden einigermassen sinnvoll ausgefüllt waren.

Doch nach und nach ging die Arbeit schlicht aus. Alles, wirklich alles war in Ordnung gebracht, jeder Riss war dreimal übertüncht, jede Strasse so sauber, dass man darauf hätte essen können, jedes Tier so glänzend gebürstet wie ein kostbares Schosshündchen. Die Häuser waren alle in Ordnung gebracht und die Eingänge verschlossen, die Gassen waren still, kein Ton drang aus den Werkstätten, der Hafen mit den beiden letzten Schiffen döste vor sich hin.

Immer häufiger sassen die Jungen gelangweilt vor ihren Zelten oder auf der Hafenmauer und hatten keine Beschäftigung mehr. Thassios gab sich alle erdenkliche Mühe, seinen Trupp in Schwung zu halten. Er überbot sich selber im Aushecken von Unterhaltungen und Spielen, organisierte Rennen, Schwimm- und Tauchwettkämpfe, ausgeklügelte Hindernisläufe, Steinwurf-

Wettbewerbe, überraschte mit ausgefallenen Kreationen in der Küche, mit Feiern von Festen aus weit hergeholten Anlässen, damit die Männer das Fehlen ihrer Lieben besser ertragen konnten.

Denn immer wieder gingen die Gedanken zu denen, die davongesegelt waren, man wusste nicht, wohin. Noch hatten sie keine Botschaft geschickt, kein Schiff war gekommen, um sich zu erkundigen.

Wo waren sie wohl? Hatten sie auf einer sicheren Insel Unterschlupf gefunden? Oder waren die Inseln in der Nähe von ähnlichen Beben heimgesucht worden? Trieben sie noch auf dem Wasser herum auf der Suche? Waren alle nach wie vor wohlauf? Erst verstohlen, dann immer unverhohlener, suchten ihre Blicke den Horizont ab, ob nicht endlich ein Segel auftauche. Immer öfter sah man einen Jungen auf die Hügel hinter der Stadt schleichen, um noch weiter in die Ferne blicken zu können, erst unauffällig, dann ganz offen. Schliesslich machten sie ein Spiel daraus, nach Schiffen auszuschauen, und versprachen dem, der als Erster das Heimkehrerschiff erspähen würde, einen Preis von einem ganzen Topf Honig. Wie die Männer wirklich fühlten, behielt jeder für sich, denn keiner mochte sich eine Blösse geben, keiner zeigte offen die stille Verzweiflung, die Hoffnungslosigkeit, die alle bis zum letzten Mann gepackt hatte. Jeder versuchte krampfhaft, äusserlich betont locker und unbeschwert, gar übermütig zu erscheinen.

Thassios wusste wohl, auf was für einer Gratwanderung sie sich befanden, wie rasch Verzweiflung in Streik oder Meuterei umschlagen könnte. Bis jetzt war es ihm noch leidlich gelungen, das kümmerliche Flämmchen der Hoffnung auf ein baldiges Wiedersehen am Leben zu erhalten. Wie lange noch?

So waren alle ausgesprochen erleichtert, als die Erde endlich wieder zu reden begann. Nach zwanzig Tagen wurde das Leben wieder interessant.

Es fing recht harmlos an. In der Küche klirrten vor dem Abendessen einige Töpfe, dann war es wieder ruhig. Während des Essens fiel ein schmaler Krug mit Wein urplötzlich von einem Gestell. Die Jungen schauten sich fragend an und schwiegen, die Stille im Rund war beinahe unheimlich. Man legte sich früh nieder.

Die Nacht war unruhig. Der Boden zitterte, Gefässe stiessen aneinander und klirrten, die Ziegen und Schafe gaben angstvolle Laute von sich, Steine rollten mit Gepolter von den Höhen herunter, Wellen schlugen die Schiffe an die Mole. Die Wächter wälzten sich fiebrig im Schlaf. Am Morgen stellte Kamaros fest, dass sein Warnsystem völlig ausser Rand und Band geraten war. Die Beben der Nacht hatten sich sonderbar gebärdet, launisch, regelwidrig, unverständlich. An dem einen Standort waren ein paar Säulchen in sich zusammengefallen, am andern waren die Steinchen weit weg gespickt worden, am dritten Standort, dem exponiertesten, standen sie noch aufrecht wie am Vorabend. An unerwarteten Stellen waren neue Spalten im Boden erschienen, während die unsichersten Brücken an den heiklen Stellen widerstanden. Es zeigten sich sogar beunruhigend grosse Risse an einigen Häusern.

Eine Menge Arbeit fiel an, und Kamaros hatte mit seinen Helfern alle Hände voll zu tun, die undurchschaubaren Erscheinungen aufzulisten und zu ordnen. Er ärgerte sich mehr denn je, dass er ebenso wenig klug wurde aus dem rätselhaften Wirrwarr der Phänomene wie vor ihm Takis. Würde nun wohl endlich eine Entscheidung fallen? Weiter zuwarten, Rückkehr aller oder Aufgabe der Insel?

Die Entscheidung wurde ihnen von der Insel selbst abgenommen, schneller als erwartet. Am fünfundzwanzigsten Tag, während des Frühstücks, barst die Feuerstelle mit einem ohrenbetäubenden Knall, glühende Fetzen flogen in der Luft herum, die bunten Zelte wackelten, loderten auf, und das ganze trockene Gebilde, das ihr Lager gewesen war, war in wenigen Minuten Asche.

Die Jungen, die am Boden liegend oder sitzend eben noch genüsslich ihr Frühstück verzehrt hatten, stoben in allen Richtungen davon, nur weg von den brennenden Trümmern. Aus sicherer Distanz betrachteten sie das Debakel. Dann schauten sie nach oben.

Etwas Weisses fiel vom Himmel herab, langsam, sachte, ohne jedes Geräusch. Die Luft über ihnen war voll von wirbelnden weissen Aschenfetzchen, so dass man die Umrisse der Bäume, der Häuser und Hügel bald nur noch vage wahrnehmen konnte. Sprachlos schauten sie zu, wie die weissen Flocken auf die Erde schwebten und wie sich alles mit einer weissen Schicht überzog, die verbrannten Zelte und die Vorräte, die Häuser der Stadt, die Wiesen und Büsche, die Tiere, die Berge, Hügel und Täler, ihre Haare und das Gerstenbrot in ihren Händen. Bevor sie richtig begriffen hatten, was da geschehen war, war die ganze Insel vollkommen weiss, eingehüllt in eine makellose Decke. Kein grünes Plätzchen war mehr zu sehen. Selbst die Wellen trugen weisse Kappen. Etwas derartiges, das man Schnee nannte, falle auf die höhern Berge in Kreta, hatten sie gehört. Ebenso lautlos hörte der Aschenregen wieder auf. Nach und nach wurde der weisse Himmel wieder lichter.

Fassungslos, geblendet, sassen die Männer auf den angesengten Kisten und schüttelten den Schnee aus ihren Haaren und Kleidern. Kamaros und seine zwei Gefährten machten sich gleich auf, um vom Hügel hinter der Stadt aus einen bessern Überblick zu erhalten. Beschränkte sich die Erscheinung auf das Gebiet der Stadt und die Umgebung? Das war unwahrscheinlich, denn nachdem die Luft wieder etwas klarer war, sah man bloss Weisses, soweit das Auge reichte. Nur das Dornengestrüpp am Berghang hob sich gespenstisch grau ab.

Der Aufstieg war mühsam, das Gehen auf der weissen Masse beschwerlich wie auf Sand; bei jedem Schritt sanken die Sandalen ein und rutschten wieder zurück. Zu dritt schauten sie in die Caldera hinunter. Was sie sahen, genügte ihnen.

Mitten im See war eine Insel entstanden, ein unförmiges Gebilde aus groben schwarzen und rotbraunen Brocken, höher als das höchste Haus in Akrotiri, drei- bis viermal so breit, und mit einem Loch an der Spitze, einem drohenden Schlund, aus dem noch etwas Rauch und Aschenfetzchen quollen. Nun wussten sie wenigstens, woher der Aschenregen gekommen war.

Sie stapften weiter gegen Osten. Die weisse Schicht wurde mit jedem Schritt dicker, bis zwei Fäuste hoch. Der Wind schien aus Westen geweht zu haben, so waren Stadt und Lager vom Allerschlimmsten verschont geblieben und nur mit einer zwei Finger dicken Schicht Asche beglückt worden.

Wieder zurück im Lager erstatteten sie Thassios ausführlichen Bericht. Zum ersten Mal sahen sie ihren Führer erschrocken. Nur mit Mühe konnte er seine Unruhe verbergen. Er machte sich sogleich auf, um sich selber ein Bild zu machen von der neuen Insel mit dem offenen Schlund.

Die Jungen irrten ziellos zwischen den Trümmern ihrer Zelte hin und her, berührten das Weiss erst mit spitzen Fingern, dann betasteten sie es mit der Handfläche, versuchten Bälle zu formen, leckten daran, nur um es rasch wieder auszuspucken, und alle waren sie ratlos, was das alles bedeutete. Und doch waren sie irgendwie erleichtert – endlich tat sich etwas, das zum Handeln zwang. Es gab wieder Arbeit, viel Arbeit.

Kein einziges Stück Grün, keine schwarze Feuerstelle, keine bunten Tücher waren mehr zu sehen, die ganze Insel war vollständig eingepackt in Weiss. Die Zelte und die Kochstelle mussten wiederaufgebaut und alles, was zum Leben nötig war, von dem lästigen Stoff befreit werden. Das Wasser in den offenen Kesseln war ungeniessbar geworden; Trinkwasser musste aus zugedeckten Zisternen geschöpft und in verschlossenen Gefässen bereitgestellt werden. Gemüse und Speisen, die offen unter dem

Himmel gelegen hatten, wollten sorgfältig gereinigt sein, bevor man an Essen denken konnte. Frische Pflanzen wie Kohl und Bohnen aus den Gärten waren unbrauchbar, ausser etwa Gurken und Kürbisse. Um unter solchen neuen Einschränkungen genügend Essbares zu gewinnen, dazu war viel zähe Kleinarbeit und eine Portion Phantasie nötig.

Was war mit den Schafen und Ziegen los? Sie blökten und wimmerten kläglich und schüttelten sich gequält. Sie konnten sich nicht aus eigener Kraft von der ärgerlichen Decke auf ihrem Fell zu befreien. Auch war kein Gras mehr zu finden, denn das Grüne war unter einer soliden pappigen Schicht zusammengedrückt. Auf dem Boden hatte sich die Aschenmasse gleich mit dem Tau vermischt und war zu einem feucht-klebrigen Teig geworden. Man musste den Tieren Plätze frei kratzen, damit sie noch etwas Grünes finden konnten, eine undankbare schmierige Arbeit, aber notwendig.

Die weisse Schicht sah wohl aus wie Schnee, aber würde sie je wie Schnee von selber wegschmelzen? Würde ein Wind die Masse je wegblasen, ein Regen sie wegwaschen? Musste man sie mit Menschenhänden entfernen? Doch wie sollten zwei Dutzend Leute eine ganze Insel säubern? Zudem erwies es sich je länger desto unmöglicher, den Brei zu besiegen, denn die klebrige Mischung aus Asche und Tau trocknete an der heissen Sonne rasch zu einer harten Kruste ein, die kaum mehr zu entfernen war. War die weisse Schicht da, um zu bleiben?

Tapfer kämpften die Männer gegen die Aschendecke und setzten alles ein, was ihnen einfiel. Jede Idee, ob originell, aussichtslos, ausgefallen, hoffnungslos, wurde sogleich ausprobiert. Mit Fingernägeln, mit bronzenen Messern, mit Steinhämmern, mit Holzkeulen versuchte man dem Überzug zu Leibe zu rücken, mit Feuer und Glut, mit kaltem und mit kochendem Wasser, mit scharfem Essig, mit Milch, sogar mit Wein – nichts hatte

Erfolg. Würde die ganze Insel unter der weissen Decke ganz einfach ersticken?

Drei Tage kämpften sie verbissen, winzige Mücken gegen einen Koloss. Doch nach und nach wurde es dem Letzten klar, dass der Kampf hoffnungslos war, dass unter der weissen Kruste nichts, wirklich gar nichts mehr wachsen konnte. Den Pflanzen fehlte der Atem, sie erstickten allesamt. Nur die Gestrüppe, die Dornenbüsche würden überleben, auf denen die weisse Asche nicht recht haften konnte. Die Äcker, die Wiesen und die Gärten mit all dem Grün waren dem Tode geweiht, und damit die Tiere und die Menschen, die davon lebten.

Wie lange würde es dauern, bis sich die Erde erholte, um Pflanzen und Tieren und damit auch Menschen wieder Leben zu spenden? Monate, gar Jahre, vielleicht eine Ewigkeit? Sie wussten, was das bedeutete: das Ende des Lebens auf der Insel. Es war ein unerwartetes, ein unrühmliches Ende, so ganz anders, als man es sich vorgestellt hatte. Der weisse Angriff aus der Luft hatte etwas Hinterhältiges, Gemeines, Niederträchtiges an sich. Man war bereit gewesen, heroisch gegen Naturmächte zu kämpfen, sich mit Verbauungen, Stützen, Gräben gegen polternde Stösse und Erschütterungen zu wehren, und nun dies – eine Decke, die still, unauffällig, wie ein Dieb durch eine Hintertüre, über sie gekommen war und schlicht allem den Lebensatem abschnitt. Wie um die Männer zu verspotten, blieb die Erde nach dem Aschenregen totenstill. Die Beben hörten auf, und keine neue Asche fiel vom Himmel.

So schien alles einen Abschluss gefunden zu haben, wie man ihn am wenigsten erwartet hatte, einen undramatischen, schmählichen, jämmerlichen, der die Menschen in ihrer Hilflosigkeit der Natur gegenüber verhöhnte. Es blieb den Wächtern keine Wahl, sie mussten sich kampflos zurückziehen, die Insel aufgeben, nicht weil sie geschüttelt, zerstört, verbrannt war, nein, weil sie kalt und tot war. Es war ein geringer Trost, dass mit Sicherheit keine Fremden sich darauf niederlassen würden.

Die zwei Schiffe, schmuck und neu bemalt, warteten geduldig im Hafen. Für alles, was noch irgendeinen Wert hatte, auch für alle Tiere, war neben den Männern und ihren Bündeln reichlich Platz. Die Abfahrt wurde für den Mittag des folgenden Tages vorgesehen. Schäden wurden nun nicht mehr ausgebessert, der Auftrag lautete nur, genügend unverschmutzte Esswaren und Wasser für Menschen und Tiere auf die Schiffe zu tragen für eine Reise von unbestimmter Dauer. Die Stadt wollte man in bester Ordnung zurückzulassen, warum eigentlich, wusste man nicht, wohl aus einem tiefliegenden Gefühl der Schicklichkeit heraus.

Die Kette!, schoss es Kamaros durch den Kopf. Er würde sie am Abend aus ihrem Versteck auf dem Pelias holen, wenn die Arbeit getan war und sich alle zum letzten Mal ums Lagerfeuer setzten. Ihm war sowieso nicht zu einem lauten Schlussabend im Lager zumute. Er wollte sich allein von seiner geliebten Insel verabschieden. Sich von der Insel verabschieden, für immer? Nie mehr über die Hügel wandern, nie mehr auf seinem eigensten Stück Erde leben können? Niemand bemerkte, wie Kamaros sich wegstahl. Bei seinem letzten Aufstieg gab er sich alle Mühe, keinen düsteren Gedanken Raum zu geben.

Er wollte nicht das Bild der toten Insel mit sich nehmen, sondern ein Bild, das wachsen würde, jeden Tag schöner und grossartiger würde, das ihm niemand nehmen konnte. Er malte sich den Augenblick aus, wo er sein Zimmer beziehen würde, wo ihn von sämtlichen vier Wänden herunter muntere Affen grüssen würden. Und er träumte, wie Minea nach ihrem Blutritus im Dunkeln strahlend in das Frühlingszimmer steigen würde, wo ihr ihr Ebenbild entgegenstrahlen würde. Mit solchen blühenden Träumen im Kopf näherte er sich dem Eingang in die Dornenhecke.

Da erstarrte er – der Gang war offen! Die drei Zweige, die den Zugang tarnten, waren herausgerissen und achtlos auf den Boden geworfen worden. Das war kein Erdbeben, das war nicht der Aschenregen, das war Menschenhand! Jemand hatte ihn beobachtet, jemand war ihm zuvorgekommen. Kekrops! Wer sonst käme auf die Idee, Kamaros nachzuspüren? Hatte er die Kette doch noch geholt? So leicht würde er damit nicht entkommen. Ohne auf die Kratzer zu achten, kroch er, so schnell er konnte, durch den dunkeln Dornengang. Da, von weiter oben hörte er ein jämmerliches Wimmern. Rasch brachte er das letzte Stück des Tunnels hinter sich und trat dann vorsichtig auf das Felsband hinaus.

Was er sah, erfüllte ihn mit boshafter Schadenfreude. Kekrops war bis hierhergekommen, und beim Suchen, wo der Weg wohl weiterführte, war er ausgerutscht. Nun hing er tief unterhalb der Felskante in den Dornen, die den ganzen steilen Abhang dicht bedeckten, und wurde von unerbittlichen Krallen festgehalten. Je mehr er zappelte, desto tiefer sank er in das Gewirr hinunter. Hörbar rissen die Dornen an seinen Kleidern. Er schrie und fuchtelte wild mit Armen und Beinen. Der Fels, der einzige feste Halt, war schon ausserhalb seiner Reichweite. Ohne fremde Hilfe würde er kläglich verenden in den Dornen.

Kamaros war so wütend, dass ihn die höllische Lust überkam, ihn dort unten verhungern und austrocknen zu lassen. Er lachte höhnisch.

„Geschieht dir recht, jetzt bist du endlich dort, wo du hingehörst. Kein Mensch sucht dich hier."

Doch irgendwie regte sich sein Gewissen und liess es am Ende doch nicht zu, ihn umkommen zu lassen. Er legte sich auf den Bauch, streckte seinen Arm tief in das Gestrüpp und konnte äusserst knapp Kekrops' Hand fassen, gerade noch im letzten Augenblick, bevor er noch etwas tiefer und somit ausser Reichweite in die Dornen sank. Mit letzter Kraft zog er ihn zu sich herauf. Gesicht, Arme, Hände, Beine waren blutig zerkratzt, die ölgebändigten Haare zerzaust, die Sandalen baumelten in den Dornen, die Kleider waren Fetzen.

„Danke", stammelte Kekrops, „ich wollte bloss …" Doch Kamaros brauchte wahrhaftig keine Erklärungen.

„Schweig und verschwinde so rasch wie möglich, du Hund", knirschte er und stiess ihn ohne weitere Worte in den Dornengang. Kekrops duckte sich und kroch wie ein aufgescheuchtes Tier davon. Erst als Kamaros ihn unten über die Wiesen davonstolpern sah, setzte er seinen Weg auf den Gipfel fort.

Mit hochrotem Kopf und nach Atem ringend kam er oben an. Die Wut sass ihm noch in den Knochen. Dieser Lump, dieser niederträchtige Dieb! Irgendwie müsste er sich noch an ihm rächen. Doch nein, es wäre jammerschade, sich den allerletzten Abend durch Rachegelüste verderben zu lassen. Der Kerl war zu unbedeutend und keines weiteren Gedankens wert.

Als Erstes holte er die Kette aus ihrem Versteck. Wie still und stetig sie doch in jedem Licht strahlte. Er versorgte sie besonders liebevoll im Beutel unter seinem Hemd. Das war geschafft. Ein kurzer Blick in die Höhle zeigte, dass alles in bester Ordnung war.

Er setzte sich auf dem Gipfel nieder und schaute um sich. Doch das Glücksgefühl, das ihn sonst unweigerlich hier oben gepackt hatte, wollte sich nicht so recht einstellen. Die Stille, die er jeweils genossen hatte als Gegensatz zum Lärm der Stadt, war heute unheimlich. Der Binnensee mit seiner neugewachsenen Insel blickte ihn allzu beunruhigend an. Schwach blinkten die Lichter aus dem Lager herauf. Dort sassen seine Kameraden ums Feuer, wahrscheinlich bei lärmendem Schmausen.

Lange sass er und schaute und schaute. Es wurde allmählich dunkler, und die weisse Insel zeigte sich ihm etwas weniger fremd. Bald tauchte die Nacht alles in gnädige Schwärze, und ihm wurde mit jedem Atemzug wohler. Das Meer und der

Himmel, dicht übersät mit Lichtern, waren noch dieselben vertrauten. Weit in der Ferne zog ein Schiff vorüber. Und wieder, wie im Aufstieg, gelang es ihm, sich die schönsten liebsten Bilder wach zu rufen, die glücklichsten Momente auf der Insel.

Dies alles sollte er zum letzten Mal sehen, die Hügel, die Stadt, den See, die sanften Ufer, das weite Meer. Morgen würden sie die Insel verlassen, kampflos, widerstandslos, wie Feiglinge wegfahren und das ganze herrliche Gebilde, das Akrotiri bedeutete, zurücklassen, die Gassen, die Plätze, den Hafen, die Häuser, das Stadthaus mit den winzigen Darstellungen des Lebens der Vorfahren, und das neue grosse Haus am Westrand, das Haus, in welchem Adamas die traumhaften Bilder an die Wände gemalt hatte.

War er völlig dem Schicksal ausgeliefert? Gab es keinen Ausweg? War es so weit mit ihm gekommen, dass er sich nicht mehr wehren konnte, dass er sich kampflos ergeben musste? Es gab keinen, wirklich keinen Weg. Er weinte. Warum war es so weit gekommen mit Kalliste? War doch Zeus im Spiel? Adamas hatte recht. Wie bereute er jetzt, so überheblich gewesen zu ein. Durch nichts hatte Adamas sich abhalten lassen, den Göttern die Zeit zu widmen, die ihnen gebührte, unbeirrt hatte er ihnen gedient, auch wenn sich alle über seinen Eifer lustig gemacht hatten. Strafte Zeus jetzt dafür die ganze Insel? Hatte er vielleicht die weisse Decke gesandt, um ihnen zum allerletzten Mal einen Wink zu geben, sich seiner zu erinnern? Er, der die Todesdecke gesandt hatte, konnte sie bestimmt auch wieder entfernen.

Ohnmächtiger Zorn bäumte sich in ihm auf. Kamaros packte eine wilde Lust, hinunterzurennen ins Lager und den versammelten Männern in die Ohren zu schreien:

„Wacht auf, bringt dem zürnenden Zeus Opfer, versucht, ihn umzustimmen. Er hat die Macht, die Insel in ein weisses

Totentuch zu wickeln, doch auch, sie wieder ins Leben zurückzurufen."

Aber nein, das war unmöglich. Sie würden ihn nicht verstehen. Sie würden ihn auslachen, einen Angsthasen, einen Frömmler, einen Verrückten nennen. Wenigstens konnte er selber versuchen gutzumachen, was noch gutzumachen war. Hastig sammelte er einige Zweige. Voll von dem klebrigen Stoff entzündeten sie sich nur schlecht. Zeus wollte sich nicht auf so billige Art beschwichtigen lassen.

Im Lager unten war alles merkwürdig ruhig, beinah gelassen. Die Jungen dachten nicht daran, sich niederzulegen. Die roten Flammen des Feuers flackerten unstet über ihre gebräunten Gesichter, so dass es unmöglich war, ihre wahre Stimmung daraus abzulesen. Waren sie zornig, waren sie niedergeschlagen, oder waren sie erleichtert? In Gedanken versunken brieten sie lustlos Fleischstücke im Feuer. Unauffällig mischte sich Kekrops unter die Runde, nachdem er sich so gut wie möglich wiederhergerichtet hatte. Dass Kamaros nicht dabei war, beunruhigte weiter niemanden, war man es von ihm doch gewohnt, dass er eigene Wege ging.

Die Nacht war schon weit fortgeschritten, als sich die Männer einer nach dem andern endlich zum Schlafen niederlegten. Alle Arbeit war erledigt, man konnte sich noch reichlich Ruhe gönnen und morgen gemächlich die Segel setzen. Es war niemand darauf erpicht, die Abfahrt zu beschleunigen, ganz im Gegenteil. Nichts drängte, auf eine Stunde mehr oder weniger, ja auf einen Tag kam es nicht an, solange für die Tiere noch Grünes gefunden werden konnte.

Noch immer stand Kamaros auf dem Gipfel und schaute auf das Meer hinaus. Warum nicht hier oben die Nacht verbringen? Man würde ihn im Dunkeln nicht vermissen, und morgen würde er in aller Frühe hinuntersteigen, sich unter die Männer mischen und bei den letzten Arbeiten tüchtig mithelfen.

Noch eine zauberhafte erinnerungsträchtige Nacht hier oben, in völliger Stille, dicht unter den Sternen, nahe bei Zeus – das wäre ein würdiger Abschied!

Er nahm die Kette hervor, hielt sie fest in seinen Händen und stellte sich vor, wie sie auf Mineas Hals strahlen würde. Er bettete sich möglichst bequem neben den Altar, schaute lange in den Sternenhimmel und versuchte, sich die Namen, die er mit Adamas für die Sternbilder erfunden hatte, in Erinnerung zu rufen. Bald schlief er tief und traumlos.

17

Der Ausbruch kam plötzlich und gewaltig. Kein Lebender sah, wie sich der Himmel verfärbte, als die Sonne sich hinter Anafe andeutete. Ein schimmerndes Band erschien am Horizont, wuchs an erst in zarten, dann in kräftigeren Rottönen, breitete sich über die Inselwelt aus wie ein riesiges Tuch, und im Augenblick, wo die Sonne mächtig über dem Horizont auftauchte und die Spitze des Pelias entzündete, erschien Zeus in seinem Zorn, gewaltig im Licht, erhob seinen Arm und hieb mit einem dröhnenden Donnerschlag auf die neugeborene Insel mitten in der Caldera von Kalliste. Die Erdkruste barst mit einem welterschütternden Knall und ein feuriger Schlund tat sich auf. Aus der tiefsten Tiefe kamen die Erdgötter hervor, und auf Geheiss des Göttervaters begannen sie, das schwelende Erdinnere über die Menschenwelt auszuwerfen.

Der ohrenbetäubende Knall und ein jäher Ruck rissen die Wächter aus ihrem letzten Schlaf. Die gestapelten Kisten flogen mit lautem Poltern auf, die notdürftigen Zelte brachen über ihren Köpfen ein. Erschrocken sammelten sie ihre Knochen und krochen unter dem Gewirr von Tüchern und Stangen hervor.

Ein Schauspiel von gewaltiger Dramatik bot sich ihnen hinter den Hügeln, die sich bis an den Calderarand erstreckten. Dort schien die Hölle losgebrochen. Dort musste die Erde geborsten sein, und sie schien entschlossen, ihr Inneres auszuspucken.

Die Unterirdischen hatten ihre Lust daran, glühende Brocken, flammrote Steine und riesige schwarze Schollen hervorzuschleudern, senkrecht in die Luft hinauf. Wenn hoch oben die Fliegkraft nachliess, verlangsamten die Feuergeschosse ihren

Flug, standen kurz still, kehrten um und fielen zurück in die Senke, aus der sie hinaufgeschleudert worden waren, wieder hinunter in die Caldera hinter den Hügeln. Die fliegenden Steine und der wild wirbelnde Qualm wurden von unten her durch ein unsichtbares Feuer grauslich beleuchtet. Die Erdgötter steigerten sich und übertrafen sich von Minute zu Minute in der Wucht des Auswerfens. Höher und höher flogen Steine, mehr und mehr, in Höhen, in die kein Vogel mehr vordrang, schneller und schneller jagten sie, senkrecht über die Caldera und senkrecht in die Tiefe zurück.

Obschon der Boden unter ihren Füssen schwankte und zitterte, standen die Jungen wie versteinert da und starrten auf das mysteriöse Schauspiel. Was sich in der Caldera tat, woher die Steine kamen, aus welchem Riesenschlund die glühenden Klumpen herausgeschleudert wurden, welche Unterweltgötter ihr Ballspiel trieben, das sahen sie nicht von ihrem Standplatz hinter den Hügeln aus, das konnten sie nur ahnen.

Sie sahen jedoch, dass der Vorrat an Glühbällen im Innern der Erde unerschöpflich sein musste. Immer mehr kamen aus der Tiefe hinter den Hügeln, noch wilder wurden die Brocken herauskatapultiert, noch höher flogen sie, in eine unvorstellbare Höhe, zehn-, zwanzig-, dreissigfach die Höhe des Pelias. Bald jagten sie sich in solcher Dichte, dass man glaubte, eine Säule aus Steinen stehe über der Insel.

Thassios war der weissen Schicht völlig hilflos gegenübergestanden, so wie wenn er persönlich beleidigt worden wäre. Doch jetzt fand er wieder zu seinem alten tatkräftigen Selbst zurück. Jetzt tat sich etwas, hier war echtes Drama, hier war Bewegung und handgreifliche Bedrohung, ein Ereignis, das seine letzten Nerven spannte. Er befahl allen, in der Nähe des Lagers zu bleiben, er selber wollte allein an den Calderarand gehen, um sich ein genaues Bild zu machen. Rasch arbeitete er sich den Abhang hinauf.

Allmählich änderte sich das Geschehen. Zum Poltern und Krachen gesellte sich Zischen und Sausen. Nun geschah es immer öfter, dass zurückfallende Brocken auf aufwärts steigende prallten und beim Zusammentreffen beide aus der Bahn geschleudert und weggeschossen wurden, quer zur aufsteigenden Steinsäule. Glühende Kugeln schwirrten wie Sternschnuppen durch die Luft. Es war nicht auszumachen, in welcher Höhe und in welche Richtung sie sich bewegten und wo sie hinfliegen würden. Gespenstisch schön sah es aus.

Während die Jungen Thassios mit ihren Blicken verfolgten, wie er immer hastiger die Hügel hinaufeilte, sauste ein Geschoss über ihre Köpfe hinweg und traf ein Haus in der Stadt. Mit einem ohrenbetäubenden Knall krachte es zusammen. Einem solchen Aufprall hielt nichts stand. Gleich darauf landete ein grosser glühender Stein in der Wiese, nicht weit von Thassios entfernt. Die Jungen schrien auf.

„Komm zurück, komm zurück! Es genügt."

Doch Thassios hörte ihre Rufe nicht, er achtete nicht auf die Gefahr, er eilte weiter, höher hinauf. Noch sah er nicht, woher die Glühgeschosse kamen. Er musste es wissen. Mit einem Sprung auf die Seite wich er einem Geschoss aus, dann stolperte er wie ein Irrer weiter den Hügel hinauf. Lauter schrien die Jungen, doch Thassios hörte sie nicht. Sie sahen, wie er getroffen wurde, wie er stürzte, den Abhang hinunterkollerte und mit zerschmettertem Haupt leblos liegen blieb.

„Sofort auf die Schiffe, Abfahrt!"

Wie eine Herde aufgeschreckter Schafe stürzten die Jungen vom Lager oberhalb der Stadt hinunter durch die Strassen an den Hafen, so schnell sie die Füsse trugen, mitten im Tosen, Krachen und Pfeifen. Sie waren wohl beraten gewesen, die Schiffe schon am Vorabend zu beladen, denn jetzt dachte keiner mehr daran, noch etwas mitzunehmen.

Was jeder gerade in den Händen hielt, auf dem Körper trug,

das kam mit. Einer hatte sich die Decke, in die er beim Schlafen eingewickelt gewesen war, auf den Kopf gelegt, ein anderer hielt eine Zeltstange in der Hand, wie wenn es noch etwas zu kämpfen gäbe in diesem Inferno. Sie rannten durch die Stadt, ohne links und rechts zu schauen, sie hatten keine Zeit, der Stadt einen Abschiedsblick zu gönnen. Nur weg aus dieser Hölle, nur schnell auf das Meer hinaus. Jeder wusste, welchem der beiden Schiffe er zugewiesen war. Es dauerte nur wenige Minuten, und alle waren an Bord.

„Wo ist Kamaros?", rief der Steuermann des grösseren Schiffes, „er sollte unser Schiff führen."

„Er ist auf dem andern Schiff", rief Kekrops zurück, „ich habe ihn dort einsteigen sehen."

Es war zwar gegen die Abmachung, doch niemand hatte Anlass, Kekrops nicht zu glauben.

Keine Minute war zu verlieren, schon war ein Stein mit giftigem Zischen in der Nähe der Schiffe ins Wasser gesaust. Die Ruderer erhielten den Befehl, loszulegen, und das erste Schiff fuhr ab. Der Führer des andern Schiffes wartete kurz auf der Hafenmauer, schaute nochmals zurück auf die Stadt, sprang auf und gab das Zeichen zur Abfahrt. Das zweite und letzte Schiff stiess von der Insel ab.

Kamaros wurde vom Knall geweckt. Er schoss auf und schaute verdutzt um sich. Der Himmel war feuerrot. Ein Blick in die Caldera hinunter – und er wusste: Zeus hatte gehandelt.

Die unheimliche schwarze Insel, die vor kurzem im Binnensee aufgetaucht war, hatte sich in den letzten Tagen wie ein Meerungeheuer bewegt, gewälzt und aufgebäumt, hatte das Wasser ununterbrochen in Bewegung gehalten. Nun war der unruhige widerliche Leib mit einem Schlag geborsten, und ein glühender Schlund hatte sich aufgetan. Wie wenn ein Deckel von einem überhitzten Ofen weggerissen worden wäre, gähnte ein Loch in allen Feuerfarben, und aus diesem Höllenrachen heraus wurden mit unvorstellbarer Wucht unter dröhnendem Donnern die Eingeweide der Erde herausgeschleudert.

Kamaros war so gefangen von dem Schauspiel, dass kein Raum für Furcht blieb. Atemlos folgte er dem Geschehen, das mit jedem Augenblick verrückter und grotesker wurde. Er war gebannt zu sehen, wie die abprallenden Steine am Morgenhimmel phantastische Leuchtspuren zogen. Das Spektakel war noch eindrücklicher als das grösste Gewitter mit dem schönsten Regenbogen, das Zeus je inszeniert hatte. Und ihm war vergönnt, das alles zu sehen. Der gesamte Schauplatz lag vor seinen Augen, die Caldera mit dem feuerspeienden Ungeheuer in der Mitte und der dunkle Ring der Insel.

Die im Lager oberhalb der Stadt hatten nicht diesen umfassenden Blick. Was die dort unten wohl mitbekamen von dem feurigen Geschehen? Er wandte sich gegen die Stadt und das Lager. Da sah er die Schiffe wegfahren, erst das eine, wenige Augenblicke später auch das zweite, das letzte Schiff, das die Insel verliess. Entgeistert schaute er den Schiffen nach. Er war zurückgelassen worden.

Sie entfernten sich rasch, und dann geschah es: Das eine Schiff wurde direkt von einem glühenden Stein getroffen, loderte auf und versank rasch in den Fluten. Gleich darauf schoss eine Glühkugel über ihn hinweg und landete auf dem Mesavouno, nicht weit von seinem Standort entfernt. Jetzt wachte er auf und schüttelte sich. Das war mehr als nur ein spannendes Naturschauspiel, das war gefährlicher Ernst. Hier oben war er fliegenden Feuerbällen genauso ausgeliefert wie das Unglücksschiff. In riesigen Sätzen eilte er zum Eingang der Höhle und erreichte ihn in dem Augenblick, als ein Stein auf dem Gipfelplateau landete. Er hörte gerade noch, wie das Tischchen, das er mit Adamas aufgebaut hatte, zerschmettert wurde. Der Altar hielt stand.

Nur rasch hinein. Die Töpfe und Gefässe zitterten, die Wasserkrüge schaukelten hin und her in den Gestellen. Schleunigst sicherte er seinen Wasservorrat, indem er Decken vom Lager um die Krüge wickelte. Draussen polterte und dröhnte es unvermindert fort. Kamaros setzte sich in den hintersten Winkel und trank einen grossen Schluck Wasser.

Er versuchte, die Geräusche und Bewegungen zu entwirren. Der uralte Riesenleib des Pelias war merkwürdig stark und widerstand den Beben recht leidlich, die den Rest der Insel erschütterten. Die unregelmässigen Stösse und Vibrationen stammten eher von den Brocken, die in der Nähe landeten.

Er brauchte eine geraume Weile, bis er begriff. Sie hatten ihn zurückgelassen, vergessen, sie waren ohne ihn von der Insel weggefahren – doch das war sein Glück. Vielleicht wäre er schon tot, wie die Hälfte seiner Kameraden. War wohl Kekrops unter ihnen? Zeus meinte es gut mit ihm, liess er ihn doch diesen höllischen Steinregen in einer sichern Höhle auf dem Gipfel überstehen, wo er eingedeckt war mit Esswaren und mit Wasser, und nicht auf einem unsichern Schiffchen, das nackt den wilden Wellen und den fliegenden Steinen ausgeliefert war. War das zweite Schiff wohl entkommen? Ein Rausch, ein Hochgefühl packte ihn. Er war auserwählt – wieder einmal vom Schicksal bevorzugt.

Das vermeintlich letzte Boot war ja nicht das letzte gewesen. Jetzt zeigte sich, wie klug er gehandelt hatte, als er sein Boot versteckt und es nicht abgegeben hatte. Auch damals war Zeus auf seiner Seite gestanden und hatte ihm das Richtige eingeflüstert, ohne dass er es gemerkt hatte.

Seltsam, Zeus war ständig in seinen Gedanken gegenwärtig. Wie recht Adamas hatte! Die Ahnung, sicher in den Händen eines so starken Gottes zu sein, liess keine Verzweiflung aufkommen. Im Gegenteil, sie gab ihm ein beseligtes Gefühl des Geborgenseins. Sobald die direkte Gefahr vorüber war, sobald dieses irre Toben draussen aufhörte, wollte er sich auf den Weg machen, den Berg hinuntersteigen und sein Boot finden. Es war in einer durch einen überhängenden Felsen geschützten Bucht. Völlig unmöglich, dass es von einem fallenden Stein getroffen würde. Er würde nach Anafe rudern, in die Sicherheit.

So hockte er da auf seiner Decke, kaute an einem Stück trockenen Gebäcks und wartete. Die Höhle wurde von Zeit zu Zeit gespenstisch rot erleuchtet, dann wieder war sie dunkel, obwohl wahrscheinlich hoch über dem ganzen Schauspiel die Sonne schien.

Dem Donnern und Krachen nach zu urteilen hatte der Ausbruch noch nichts an Intensität verloren, die Unterweltwesen schienen sich zu Höchstleistungen im Ausräumen des Erdinnern zu steigern, denn noch und noch verirrten sich wegkatapultierte Steine auch in seine Nähe. Einmal würden sie genug getobt haben, einmal musste ja dieser Steinregen enden. Dann würde es einiges aufzuräumen geben, oben auf dem Pelias und unten in der Stadt.

Doch das teuflische Treiben hörte nicht so schnell auf. Warten und warten … Allmählich wurde er schläfrig. War es Abend? Keine Sonne, kein Licht … Toben und Lärmen draussen … die Luft heiss, voller Asche … nach Atem ringen … Benommen, betäubt lag er in seiner Ecke und vergass alles um sich.

Im unruhigen Traum fand er sich auf dem Gipfel des Juchtas, im verheissungsvollen Blitzen und Donnern, im verschwenderischen Regen, im prächtigen Gewitter des Zeus.

Plötzlich war er hell wach und fuhr auf. Wie lange hatte er geschlafen? Der Ton draussen hatte sich geändert. Das Poltern und Krachen vermischte sich mit einem Zischen und Pfeifen, so, als ob Wasser auf Glut gegossen würde, um sie zu löschen. Es schien zu schäumen, zu brodeln. Immer durchdringender, immer schriller klang es, bis das neue Geräusch alle andern übertönte.

Er lauschte angestrengt, doch es war unmöglich, sich vorzustellen, was weit unten in der Caldera vor sich ging. Der Steinhagel schien jedenfalls vorüber zu sein. Er wartete noch eine geraume Weile und versuchte, die Geräusche zu entschlüsseln. Das durchdringende Sausen schwoll an und wurde immer penetranter. Was in aller Welt ging draussen vor sich?

Warum schien die Luft in der Höhle noch dicker, brennender? War es die Angst? Oder war das Schwefelgeruch? Die Hitze in der Höhle wurde unerträglich, das Atmen mühsam.

Er musste hinaus, um etwas frische Luft zu schnappen, geschehe was wolle. Er rappelte sich auf, er wollte endlich sehen, was draussen geschah.

Auf allen vieren kroch er dem Ausgang zu; da atmete es sich schon eine Spur leichter. Kurz hielt er inne. Die Höhle öffnete sich gegen Osten, gegen Anafe. Wo sonst beim Hervorkriechen ein blaues Stück Himmel zu sehen war, bot sich ein geisterhaftes Schauspiel von Tageshelle und Nachtdunkel. Verwundert steckte er den Kopf durch die Öffnung. Der ganze Himmel gegen Osten war überdeckt von einer staubigen aschigen Wolkendecke, hektisch und unregelmässig beleuchtet durch das flackernde Feuer aus dem Schlund.

Seltsam, war das dort unten wirklich das Meer? Es sah eher aus wie ein grobgepflügtes Feld, auf dem man zu Fuss nach Anafe gehen könnte. Aschenstücke und Bimssteine bedeckten dicht die ganze Wasseroberfläche, ohne zu versinken. Würde er da mit seinem Ruderboot wohl hindurchkommen?

Noch war das Rätsel nicht gelöst, was das neue Geräusch bedeutete, dieses grelle Pfeifen, dieses giftige Fauchen. Er musste die Höhle verlassen, denn nur vom Gipfel aus war die Caldera zu sehen. Sollte er es wagen, seinen sichern Unterstand zu verlassen? Er lauschte und versuchte verzweifelt, sich vorzustellen, was den schwefligen Geruch wohl bewirke. Er konnte es sich in keiner Weise erklären, er musste es wagen und selber sehen.

Langsam, vorsichtig kroch er auf allen vieren aus der Öffnung heraus, schaute in den rauchschwarzen Himmel hinauf, atmete tief, schoss auf und war in wenigen Sätzen auf dem Gipfel.

Ein Blick in die Caldera, und er schrie auf. Das schwarze Inselungetüm mit dem brockenspeienden Mund im Binnensee war verschwunden. An seiner Stelle gähnte ein riesiges Feuerloch. Glühendes Gestein stemmte sich von innen nach oben, und mit gleicher Kraft drängte sich von rundum kaltes Meerwasser in den offenen Schlund. Nasses Kaltes traf auf siedendes Heisses, und ein gigantischer Kampf zwischen Wasser und Feuer hatte begonnen. Das Meerwasser vermengte sich sogleich mit der aufsteigenden Glutmasse zu einem schäumenden Brei. Es brodelte um den Schlund herum, es kochte und wallte auf; und ständig stürzte neues kaltes Wasser nach. Das hineinströmende Wasser bemühte sich verzweifelt, die Glut zu löschen, doch die liess sich nicht so leicht bezwingen und drängte mit desto grösserer Wut aus dem Schlund heraus. Das Dröhnen widerhallte an den Wänden der Caldera und vervielfachte sich. Der aufsteigende Dampf machte die Hitze beinahe unerträglich. Doch Kamaros achtete nicht darauf, zu viel Phantastisches, ja Wahnsinniges war da zu sehen.

Immer wilder tobte der Kampf, heiss mit kalt, Glut mit Wasser, immer unersättlicher trat Feuermasse aus dem Schlund, immer gieriger strömte kaltes Wasser nach.

Schon schien es, das Feuer sei stärker als das Wasser. Der Schaum schwoll gefährlich an, wuchs in die Breite und die Höhe, und bald war das ganze Rund der Caldera ein einziger wallender, brodelnder Kessel.

Kamaros erstarrte. War es Täuschung, oder stieg der Brei wirklich hoch, kletterte hinauf an den steilen Wänden? Wahrhaftig, höher hob sich die kochende schäumende Masse, höher und immer höher, so, wie wenn Milch im Topf siedet und sich anhebt zum Überquellen. Wie viel höher konnte das grässliche Gemisch aus Dampf und Glut, aus Steinen, Asche und Lava noch steigen? Einmal musste der Nachschub doch versiegen.

Doch weiter und weiter brodelte es, immer höher stieg der Brei. Kamaros starrte mit wachsendem Entsetzen in das irre Toben und klammerte sich am Altar fest. Wer würde den Topf vom Feuer heben, um das Ansteigen zu bremsen? Wann hatten die Götter endlich genug?

„Zeus, halt ein! Zeus, setze dem Kampf ein Ende!" Doch sein Gebet verhallte ungehört.

Und dann geschah das, was Kamaros sein Leben lang nie vergessen sollte, was ihn in den schlimmsten Träumen wieder und wieder verfolgte: Die enge Caldera konnte die Glutmasse nicht mehr fassen. An der niedrigsten Stelle des Calderarundes schwappte die wütende Gischt plötzlich über den Rand hinaus, fegte zischend die äussern Hänge hinunter, raste als leuchtender Fluss über die flachen Wiesen hinweg und deckte alles zu, was im Wege stand, Bäume, Felsen, Ställe, und erstarb unter einem letzten Aufbäumen im Meer.

Und schon schwappte die nächste Welle über. Und noch eine. Höher und höher stieg der siedende Schaum in der Caldera, und gleich sauste die Glut wie im Triumph an drei Stellen über den Kamm hinaus. Schub um Schub zischten drei breite leuchtende Bänder den Hang hinunter und begruben alles unter sich. In Sekundenschnelle waren die fruchtbaren Hänge in glühende Ströme verwandelt.

Höher stieg die Milch im Kessel, bedrohlicher, wütender stiess der Feuermund seinen Geifer an die Oberfläche. Wie eine riesige eiternde Wunde frass der Schaum an den Wänden der Caldera, und am Ende hielten die angefressenen Felsen dem gierigen Angriff nicht stand; der Ring, der herrliche grüne Hügelring zerbrach, an zwei schwachen Stellen sank er zusammen und verschwand im tiefen Meer. Kalliste, das vollkommene Rund, war geborsten. Und sogleich änderte sich das grausliche Schauspiel: Nun drängten sich durch die mächtigen neugeschaffenen Tore von draussen, vom offenen Meer her, gewaltige frische

Wassermassen mit ungebremster Wucht in den Binnensee. Der Nachschub an kaltem Wasser war nun grenzenlos. Das Feuer würde wohl endlich gelöscht.

Doch je mehr Wasser sich in den Schlund stürzte, desto mehr aufgebrachte Glut stemmte sich dagegen. Das Feuer liess sich durch das Meerwasser nicht beeindrucken, geschweige denn löschen, im Gegenteil, durch die unersättlichen Wassermassen schien es zu neuen Zornausbrüchen angespornt zu werden. Der Schlund stiess Welle um Welle von zischender Glut aus, die ganze Unterwelt schien bereit, es mit dem Meer aufzunehmen, die Feuergötter frohlockten und wurden zusehends angriffslustiger.

Und höher und höher stieg der todbringende Schaum. Starr blickte er auf die Stadt. Sie lag verlassen da und ahnte nichts von dem Unheil, das sich hinter ihrem Rücken, jenseits der Hügel, zusammenbraute. Es war ein Glück, dass hinter der Stadt der Calderarand höher war und die Hügel einen breiten Schutzwall bildeten und so Rückendeckung boten. Wenn nur der Wall stark genug war!

„Zeus! Bewahre die Stadt! Erhalte Akrotiri!“

Grässlicher brodelte es im Kessel.

„Zeus, lass es nicht geschehen! Zeus, verschone die Stadt! Zeus, gib den Hügeln Kraft!“ Laut schrie er die Worte in das Tosen hinaus. Wieder fand die Glut neue Überlaufstellen, neue Ströme rasten über die Hügelkante. Noch standen die Stadthügel mit den Altären fest. Doch der glühende Brei stieg unerbittlich.

Ein Schrei – das Unfassliche war geschehen: Eine Riesenwelle sauste über die Hügel oberhalb der Stadt, fegte über die Felder und Gärten, über das Zeltlager, riss in ihrem Rasen die Altäre, Bäume, Felsen mit, und in Sekunden ergoss sie sich über die ganze Stadt hinweg und wurde erst vom Meer angehalten.

In einem Atemzug war alles vorüber, in einem Atemzug war die Stadt ausgelöscht, weggewischt, begraben. Ein glühender

Stein hatte Kamaros mitten ins Herz getroffen. Erschlagen lag er neben dem Altar. Akrotiri war nicht mehr, Akrotiri war für immer verloren. Zeus hatte ihn nicht erhört.

„Zeus, lass mich sterben!“

Doch Zeus hatte noch nicht genug, er quälte Kamaros weiter und liess ihn leben. Wie wild wirbelte es in seinem Innern, wie Peitschenhiebe schossen wirre Bilder in seinem Kopf herum, wie ein Irrer schlug er mit seinen Fäusten um sich. Er wälzte sich am Boden, schrie, schluchzte, bebte.

Da spürte er an seiner Brust die Kette im Beutel. Hart fühlte sie sich an, beständig, unvergänglich. Er tastete mit seiner Hand nach dem Beutel, zog die Kette zitternd hervor. Die wirren Bilder in seinem Kopf wurden ruhiger und klarer.

Die Stadt war tot, doch die Menschen, die einmal dort gewohnt hatten, lebten noch. Es gab noch Minea und Adamas, es gab seine Familie, es gab die Leute aus Kalliste. Lebendig sah er sie alle vor sich, mit allen hielt er ein Zwiegespräch.

Er musste sie wiedersehen, seine Eltern, seine Geschwister, Minea und Adamas. Er wollte nicht sterben. Er raffte sich auf und schaute wieder in die Mitte. Gelassen, wie wenn es ihn nicht mehr beträfe, blickte er in die Tiefe.

Noch beruhigte sich der Hexenkessel nicht. Beinahe teilnahmslos schaute er zu, wie Feld um Feld, Hof um Hof, Hügel um Hügel überrannt und erbarmungslos ausgelöscht wurden. Das Toben liess nicht nach, im Gegenteil, es steigerte sich eher. Da packte ihn von neuem ein Grauen. Nur noch die hohen Hügel im Norden und der Pelias waren verschont geblieben. Würde die kochende Milch vor nichts Halt machen? Würden die unseligen Wellen am Ende den Pelias überfluten? Es konnte nicht mehr lange dauern, bis die ganze Insel völlig in Glut getaucht war.

Seine Beine trugen ihn nicht mehr zurück in die Höhle, wie gelähmt sass er neben dem Altar und starrte unverwandt in die wildgewordenen Elemente, nun nicht mehr allzu weit weg. Auch wenn er die Höhle noch erreichen könnte, sie würde ihm keinen Schutz mehr bieten.

Zeus hatte ihn nicht erhört, Zeus hatte die Stadt zerstört. Zeus wollte auch ihn vernichten – wenn er es bloss rasch täte! Noch einmal bäumte sich sein Eigensinn auf, sein Wille zu trotzen. Zeus sollte nicht triumphieren und ihn schwach sehen. Kamaros würde stolz zuallerоberst auf dem Pelias ausharren. Er wollte die Augen offen halten, wenn sein Tod sich nahte, er wollte die Welle kommen sehen und tapfer untergehen, zusammen mit der ganzen geliebten Insel. Er setzte sich aufrecht auf den Altar und schaute trotzig in den Hexenkessel.

Doch das war zu viel, er ertrug den Anblick des sich nähernden Unheils nicht lange, es war zu grauenvoll. Er warf sich auf den Altar, verbarg sein Gesicht in seinen Armen und hielt die Kette fest in seiner Hand. So wollte er auf den Tod warten. Zeus, sei mir gnädig, gönne mir ein rasches Ende! Unbeweglich, starr lag er da und wartete. Vor seinem innern Auge sah er die Stadt in ihrer ganzen Schönheit, mit den schattigen Gassen und den sonnigen Dächern, mit den bunten Leuten, die fröhlich darin arbeiteten, schwatzten, malten. Er sah die Häuser und die wunderbar ausgeschmückten Zimmer. Alles war in seiner vollkommenen Schönheit vorhanden, unberührt, nur war es jetzt sorgfältig eingepackt in eine weiche schaumige Masse. Nichts war zerstört, gar nichts, sondern nur den Blicken entzogen.

Die Stadt lebte noch, sie schlief nur. Er sah sie vor sich, wie sie im Dunkeln schlummerte und auf den Prinzen wartete, der sie dereinst mit einem Kuss erwecken würde. In andern Zeiten, viel viel später einmal, würde alles aus der dicken Todesschicht hervorgeholt, ans Sonnenlicht gezogen. Er sah, wie es wieder Leute gab, welche durch die Gassen schlenderten, welche neugierig in die Häuser blickten, sein Zimmer mit den Affen bewunderten, in seinem Haus am Westrand die Krokuspflückerinnen und Minea mit den grossen Ohrringen bestaunten.

Und er sah, wie die winzigen Bilder im Stadthaus dem Betrachter zeigten, wie schön Akrotiri gewesen war, wie man gelebt hatte, was für herrliche Schiffe in den Hafen einfuhren, und er sah die Schauenden, die voller Liebe und Mitleid an die Menschen dachten, die das alles geschaffen hatten. Akrotiri war nicht zerstört, war nicht ausradiert, nur gnädig eingehüllt in schützende Watte und auf diese Weise wunderbar erhalten. All das sah er, während er auf den Tod wartete.

Und er wartete und wartete. Die Todeswellen mussten jeden Augenblick über ihn schwappen. Noch eine ganz kurze Weile, länger konnte es nicht mehr dauern ... Er wartete mit geschlossenen Augen, atmete ruhig, träumte, betete, wartete ...

Nichts geschah. Langsam schlug er die Augen auf. Weit unten am Pelias hatten die Wellen aufgehört zu steigen. Sie hatten genügend Raum gefunden, an andern Orten über den Rand zu fliessen. Der Brei wirkte zähflüssiger und quoll träger. Der Pelias ragte unversehrt aus der Todesmasse heraus, die alles Übrige bedeckte. Kamaros war nicht gestorben.

War alles vorüber? Er schaute lange hinunter. Die Caldera hatte sich weit aufgebläht und riesige Stücke vom Inselrund verschluckt. Sie brodelte nicht mehr voll gefrässiger Gier, sondern blubberte nur noch schwach vor sich hin, und gelegentliche Aschenströme quollen gemächlich über die Seiten hinunter, spärlich, erschöpft. Er schaute und begriff nicht. Zualleroberst auf dem Gipfel, auf dem Altar, sass Kamaros, sass das Einzige, was die Insel noch an Lebendigem trug.

Benommen schwankte er in seine Höhle. Der Durst plagte ihn entsetzlich nach der grossen Hitze. Er war froh, Wasser zu finden, und trank gierig. Doch plötzlich schoss ihm der Gedanke durch den Kopf, dass in diesen Krügen wahrscheinlich das letzte Wasser war, das es jetzt noch auf der Insel gab. Er konnte den Gedanken nicht mehr zu Ende spinnen, erschöpft sank er auf den Boden und schlief ein.

18

Eine eindrückliche Flotte hatte den Hafen von Akrotiri verlassen, ein Gewirr von farbigen Segeln, ein Zug, der die grössten Flottenparaden von Kalliste in den Schatten stellte: Das schlanke siegessichere Schiff des Petrassios hatte die Führung übernommen, grössere Schiffe mit der Bevölkerung folgten dicht, und ringsum tummelten sich die unzähligen kleineren und kleinsten Boote, welche Tiere und Gepäck trugen.

Petrassios beobachtete mit scharfem Auge Wind und Wellen und gab seine Befehle, die sogleich vernehmbar an die andern Schiffe weitergegeben wurden.

Anafe war die nächste Insel, wäre also der ideale Aufenthaltsort, um die Ereignisse aus der Nähe zu beobachten und um rasch wieder zurückzukehren. Petrassios drehte um die Südspitze von Anafe, liess sämtliche Schiffe anhalten und schickte zwei Männer in einem Boot an Land, um die Möglichkeiten einer Einkehr zu erforschen.

Doch dort trafen sie die Einwohner in aufgeregter Aufbruchstimmung; denn genau wie Kalliste war auch Anafe von einem zerstörerischen Beben von ungewohnter Stärke heimgesucht worden. Viele Häuser lagen eingestürzt am Boden, und die Bewohner waren gerade fieberhaft daran, ihre kleinen Schiffe zu beladen und ihre Insel ebenfalls mit allem Hab und Gut zu verlassen. Da war keine Bleibe für die Ausgezogenen. Nun musste sich Petrassios entscheiden, wohin er die Flotte lenken wollte. Schon jetzt nach Kreta zu steuern, schien ihm doch etwas verfrüht.

So wandte er sich gegen Norden, nach Naxos. Die nahe Insel hatte einen guten Hafen, war fruchtbar, geräumig, viele Dörfer lagen über die Insel verstreut. Dort konnten sie bestimmt unterkommen während der unsichern Zeit des Wartens. Vor allem aber lockte ihn auf Naxos der Zas, der hohe alles dominierende Berg, von dem aus sich die ägäische Inselwelt wunderbar überblicken liess.

Als die Flotte mit ihrer seltsamen Fracht von winkenden Männern, Frauen und Kindern in den Hafen von Naxos einfuhr und immer mehr Schiffe vor dem Hafeneingang sich in Position stellten, gerieten die Leute an Land in Aufregung. Misstrauisch beäugten sie den Aufzug. Was wollten plötzlich all diese Menschen? Kamen sie in guter Absicht? Die Krämer fürchteten für ihre Vorräte, Bauern für ihre Felder und Obstbäume, Hirten für ihre Tiere.

Die gesamte Bevölkerung von Kalliste war das? Die Leute von Kalliste waren den Bewohnern der andern Inseln stets irgendwie verdächtig gewesen. Sie waren so vordergründig tüchtig, lebensfroh, stolz und selbstsicher – beinahe unheimlich. Was man ihnen aber wirklich übel nahm, war, dass sie die Götter auf Kalliste zu wenig ernst nahmen. Das sah jeder sogleich, wenn er dort landete; da grüsste kein Heiligtum den Ankommenden am Hafen wie in Naxos oder in Kreta. Die bescheidenen Altäre standen unauffällig und verloren ausserhalb der Stadt, dort wo sie am wenigsten störten, und eigentliche Priester kannte man nicht auf Kalliste, die älteren Frauen erfüllten die Aufgaben.

Petrassios war wieder einmal unschätzbar. Er kannte einige einflussreiche Leute auf Naxos, bat sie, an den Hafen zu kommen, und bald gelang es ihm, alle Bedenken zu zerstreuen. Und schon durfte man aussteigen. Da wurde allerdings bald klar, dass weder Bettler noch Diebe angekommen waren, sondern wohlgenährte, gut gekleidete, mit Schmuck behängte, prächtige, gesunde Leute. Und als sie begannen auszuladen, was sie auf ihren Schiffen mitführten, blieb den Leuten aus Naxos der Mund offen vor Staunen. So edle Stoffe, so grosse Gefässe mit

Nahrung, so delikaten Schmuck, so wohlgenährte rosige Kinder! Das übertraf alles an Luxus, was sich die Leute von Naxos je träumen konnten. Es wäre eine Sünde, solch wohlhabende Leute weiterziehen zu lassen. Weitaus lohnender, sie nicht als bettelnde Flüchtlinge zu empfangen, sondern als vornehme Gäste.

Auf Naxos bestieg Petrassios sogleich den Zas, den hohen Berg in der Mitte der Insel, doppelt so hoch wie der Pelias, doch leichter zu besteigen. Er diente selbstverständlich als Opferplatz für Zeus und verschiedene andere Götter; doch nicht deswegen interessierte sich Petrassios für den Gipfel; als Ausguck war er ihm wichtig.

Zwanzig Tage lang geschah nichts. Schon sprachen die Kühneren von Rückkehr, doch Petrassios wollte nichts riskieren. Da man nun einmal den ersten Schritt getan hatte und auf Naxos direkt fürstliche Ferien verbrachte, drängte nichts zu einem übereilten Abbruch. Doch lange dauerte die gelassene Urlaubsstimmung nicht an. Urplötzlich ging es los. Eines schönen ruhigen Morgens erschütterte ein Knall die Luft, und gleich darauf zuckte Naxos, wackelte kurz und heftig, dann war der Boden wieder still.

Naxos hatte noch nie ein Beben erlebt; es traf die ahnungslosen Bewohner mit voller Wucht. Es brauchte einiges an Überredung und Beschwichtigung, bis sie sich wieder zurück in ihre Häuser trauten. Doch auch unter den Ausgesiedelten war die Ruhe dahin. Was bedeutete die grauweisse Wolke über Kalliste? Was war mit den Inselwächtern geschehen? Lebten sie noch? Das Boot, das sogleich ausgeschickt wurde, kam in wenigen Stunden zurück und meldete, dass die Insel völlig grauweiss überzogen sei mit einer Schicht, die wie Schnee wirke. Das Leben müsse dort unmöglich sein. Die Kundschafter waren nicht weiter nach Süden gesegelt, da die Luft voller Staub und Aschenpartikel war. Man konnte nur hoffen, dass die jungen Wächter die Insel verlassen hatten und sich schon auf dem Weg gegen Westen befanden, wo die Luft rein war.

Die Leute von Naxos hatten Sorgen anderer Art: Was bedeutete das neuartige Beben? Welche Götter sassen in der unheimlichen Wolke? Was war versäumt worden? Wer war schuld, wer hatte den Zorn der Überirdischen erregt?

Der Verdacht fiel auf die Flüchtlinge. Hatten sie Unglück über Naxos heraufbeschworen, indem sie den Zas entweihten? Sie sassen da oben wie Fremdkörper und beteiligten sich höchst selten am Kult, und wenn sie es einmal taten, schien es mehr aus Höflichkeit oder gar Berechnung als aus einem echten Bedürfnis. Einzig Adamas, die rechte Hand des Petrassios, war stets eifrig und mit nicht geheuchelter Andacht dabei.

Drei Tage später wurden alle brutal aus dem Schlaf gerüttelt durch einen Stoss, der um ein Vielfaches heftiger war als der erste. Das Grollen und Donnern im Bauch der Erde wollte nicht aufhören. Für die Leute aus Kalliste war da nichts Aussergewöhnliches dabei; sie nahmen das neue Beben ebenso gelassen hin wie das erste. Doch als sie gegen Süden schauten, da schrien sie auf. Der Himmel über Kalliste stand in Flammen. Unmöglich, sich auszumalen, was da im Qualm, im Steinregen, im Feuerschein alles geschah, doch eins war klar: Das war das Ende von Kalliste.

Auch die Leute von Naxos meinten, ihr letzter Tag sei gekommen. Ihre Insel schien zu bersten. Die Tiere rasten und stampften wie von Dämonen besessen, die Leute stürzten schreiend aus den Häusern und an den Hafen hinunter, einige rannten kopflos auf Schiffe, andere warfen sich ins Wasser, um die wackelnde Insel möglichst schnell zu verlassen.

Die Priester standen voll im Einsatz und verrichteten auf sämtlichen Altären und in sämtlichen Tempeln fieberhaft ihre Tätigkeiten. Ihr ganzes Wissen und Können war gefragt. Ein Gott war erzürnt oder vergessen worden, das schien klar. Man musste das Versäumte unbedingt nachholen. Vorläufig richtete sich der vernichtende Zorn der Götter nur gegen Kalliste, noch nicht gegen Naxos. Doch die Götter hatten Naxos durch ein Beben gewarnt. Nun durfte man nichts unversucht lassen. Keine Schlachtung wurde vergessen, keine Gebete, keine Gesänge, keine Tänze. Was immer noch an alten Traditionen irgendwie ganz hinten im Gedächtnis ein vages Dasein führte, wurde neu belebt. Adamas half kräftig mit. Wie gut verstand er die Leute! Er fühlte sich zurückversetzt an den Tempel von Anemospili.

Nach zwei angsterfüllten Tagen voll hektischen Opferns und Betens überstrahlte die Sonne das Feuer, nur noch Dampf- und Rauchschwaden waren zu sehen, die sich um Kalliste lagerten. Der Wind, der unausgesetzt von Nordwesten blies, trieb die Wolken kräftig gegen Osten. Naxos war verschont geblieben, hatte nicht den geringsten Schaden genommen – ein unglaubliches Glück. Der Einsatz der Priester hatte Früchte getragen.

Da schlugen sich die Leute aus Naxos stolz auf die Brust. Sie waren die bessern, die Götter waren ihnen wohlgesinnt. Nur Kalliste war untergegangen, nur Kalliste war bestraft worden.

Petrassios entschloss sich, sogleich hinzufahren. Er wählte die sechs mutigsten Ruderer und das wendigste Boot. Adamas fuhr mit. Sie ruderten von Norden her auf Kalliste zu, in eine rauchende Totenwelt. Das Meer war spiegelglatt, nichts hinderte sie, durch die neu entstandene Bresche im Norden zu rudern. Immer noch sprach keiner ein Wort, als sie in einen riesigen Kessel mit hohen senkrechten Wänden einfuhren, ein grausamschöner erschütternder Anblick. Das war nicht mehr die kleine geheime Caldera von Kalliste, die durch die Büsche hinauf schimmerte, das war ein glänzender Riesentrog, von Göttern geschmiedet.

Zwei breite Ausgänge führten wieder ins offene Meer zurück. Sie ruderten im Süden hinaus und wandten sich gegen Osten, der Stadt zu, auf alles gefasst. Ihre Vernunft sagte ihnen, wie es mit Akrotiri stand, und doch lebte noch das allerletzte

Fünkchen Hoffnung in ihnen. Vielleicht war doch ein Wunder geschehen?

Akrotiri war nicht mehr. Keine Spur, nicht das geringste Anzeichen, dass da eine einmalig herrliche Stadt gewesen war. An ihrer Stelle eine fahle, ungeschlachte, öde Schutthalde. Es war fast nicht möglich, mit dem Schiff irgendwo an der gestaltlosen Küste anzulegen, doch Petrassios liess nicht locker. Er beharrte darauf, auszusteigen, und liess sich von niemandem abhalten. Mit einem kräftigen Sprung war er am Ufer. Die andern schauten ihm fragend nach. Ohne sich umzuschauen, stieg er über Schollen und Brocken, ging mühsam durch Asche und Geröll, versuchte, dahin und dorthin zu gelangen. Nach links, nach rechts ertastete er sich einen Weg, irrte in dem wirren Trümmerfeld umher, verschwand hinter einem Stein, tauchte gleich darauf wieder auf. Er kletterte immer weiter, durch einen Graben und jenseits wieder eine Erhebung hinauf. Er schien verzweifelt nach etwas zu suchen tief unten in der Aschenschicht, doch es war hoffnungslos, sich zurechtzufinden.

Da glitt er aus, fiel von einem Felsbrocken hinunter und stand nicht mehr auf. Er hatte das Genick gebrochen und starb über seinem Haus. Sie trugen ihn aufs Schiff. Zurück in Naxos fanden sie kaum Worte, den Wartenden die volle Wahrheit über Akrotiri und über Petrassios zu erzählen. Still gingen sie in ihre Hütten und Häuser und weinten.

19

Kamaros erwachte aus tiefem Schlaf und blieb mit geschlossenen Augen noch etwas liegen. Ein Kratzen im Hals, ein Beissen in den Augen, ein Brummen im Kopf. Was für einen grässlichen Traum er doch diese Nacht geträumt hatte – von Feuerdampf und Hölle, von Rauch und Asche, von Zeus mit Blitz und Donner. Die Luft schien seltsam schwer, und es roch tatsächlich nach Asche und Verbranntem. Er hustete. Wo war er? Langsam, mühsam öffnete er die Augen. Einen Schluck Wasser. Etwas frische Luft.

Er raffte sich auf und kroch durch den Ausgang ins Freie. Träumte er immer noch? War er noch im Diesseits oder schon im Jenseits, im Reich der Toten? Das war ein Bild nicht von dieser Welt. Das war nicht Kalliste. Eine Geisterhand hatte die Insel vollkommen verwandelt, ihr Aussehen, ihre Form, ihre Farben, ihre Unverwechselbarkeit, hatte sie zu einem unförmigen toten Klumpen umgeknetet, hatte die feingliedrige Insel mit einem groben Guss überzogen, der nur vage ahnen liess, was darunter war, hatte alles, was Leben und Farbe hatte, begraben, ausgelöscht, erstickt.

Nur der oberste Teil des Pelias und die drei oder vier höchsten Hügel im Norden zeigten ihre gewohnten Formen. Der Rest der Insel war nicht mehr zu erkennen.

Wo war die blauäugige kleine unschuldige Caldera? Ein riesengrosser See lag vor ihm, ruhig schimmernd, wie wenn er nicht wüsste, was sich abgespielt hatte. Der grüne Kranz um das stille blaue Wasser war geborsten, das Meer hatte sich Zugang verschafft und war durch drei breite Breschen eingedrungen. Drei

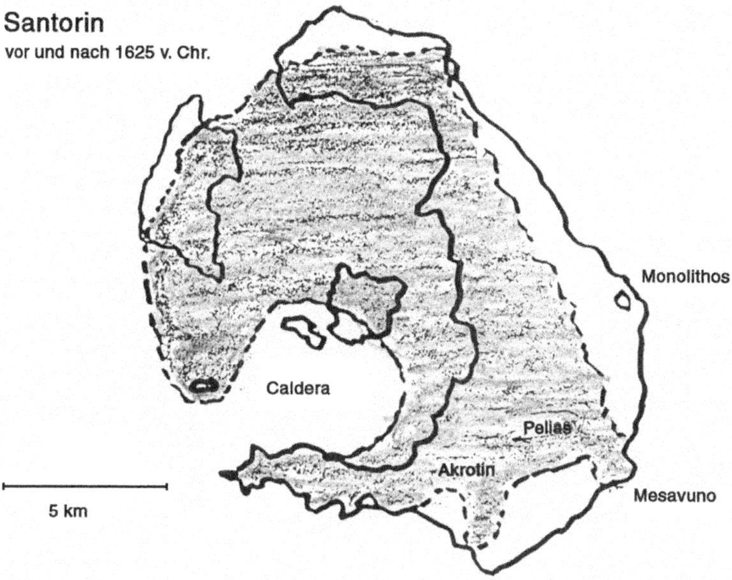

traurige Reststücke ragten tot aus dem Wasser heraus. Was vom grünen Ring übriggeblieben war, war ausgehöhlt, angefressen, wie wenn ein Untier mit Riesenzähnen und Riesenklauen sich an den Abhängen zu schaffen gemacht und sie angenagt hätte. Die steilen Wände fielen senkrecht ins tiefe Wasser hinunter und standen mit offenen Wunden da.

Langsam drehte sich Kamaros im Kreis herum. Nichts, wirklich gar nichts war noch wie vorher. Die Insel hatte ihre Form auch gegen die Meerseite hin verändert. Die Schlamm- und Aschenbahnen hatten Buchten aufgefüllt, Strände zerstört, Felsvorsprünge ausgeebnet, hatten die fein gegliederte Küstenlinie grobschlächtig überrollt. Es war schwierig, sich zurechtzufinden. Wo war der Hafen? Wo war das Kap mit dem Leuchtturm?

Und wo war der Monolithos, ihre kleine Felsinsel draussen im Meer? Lange suchten seine Augen. Endlich sah er ihn: Er ragte aus einer Schuttebene heraus, die sich rundum verfestigt hatte, stand verlassen und einsam als winziges Binnenhügelchen mitten im Land. Er war keine Insel mehr!

Und der Fischerhafen am Fusse des Mesavouno? Auch der schlief tief unter der Totendecke – zusammen mit seinem Schiff! Kamaros setzte sich auf den Altar, der wie durch ein Wunder unversehrt war. Lange sass er da und wartete. Worauf? Er wusste es nicht. Träumte er, würde er erwachen und alles wieder vorfinden, wie es vorher gewesen war? Lebte er oder war er tot? Hatte er, er als Einziger, dieses Inferno überlebt? War er das letzte Lebewesen auf der toten Insel?

In diesem Augenblick schlüpfte ein schüchternes graugrünes Eidechschen aus einem Spalt hervor und äugte verwundert um sich. Dachte es wohl dasselbe wie Kamaros? Es huschte davon in die aschenüberzogene Dornenhecke, um etwas Essbares zu suchen.

Unheimlich, diese Ruhe. Nichts bewegte sich, nichts war zu hören. Sein Blick blieb an der Stelle hängen, wo einmal die Stadt gewesen war. Kein Schiff zog aus dem Hafen, denn es gab keinen Hafen mehr. Keine Menschen bewegten sich auf den Strassen, denn es gab keine Strassen mehr. Keine Tiere grasten auf den Hügeln, es gab keine Wiesen mehr. Nicht einmal Schwalben waren am Himmel zu sehen. Die hatten es leichter gehabt, sich in Sicherheit zu bringen, als die Hölle losbrach. Langsam erhob er sich, und mechanisch bewegten sich seine Füsse der Stadt zu, als begebe er sich auf den Heimweg. Bald kam er auf die Höhe, die von der teuflischen Asche überschwemmt worden war. Ein unebenes Feld vor ihm, kleinere und grössere Bimssteine und Brocken, und darunter eine harte erstarrte Mischung aus Asche, Steinen, Lava, zusammengeklebt durch den Dampf.

Er achtete nicht auf die Unebenheiten, die seine Schritte hemmten. Ein Weg war so oder so nicht zu finden. Er ging geradeaus über die geisterhaften Abhänge hinab, immer schneller, begann zu rennen, möglichst rasch hinunter in die Stadt – oder dorthin, wo früher die Stadt gelegen hatte.

Wo war sie gewesen? Der Hafen, die Küstenlinie, die Klippen – alles war entstellt, unkenntlich geworden. Es war unmöglich, sich zurechtzufinden. Stand er nun über der Stadt und gar am Hafen oder über seinem Haus?

Endlich gelang es ihm, den Punkt zu lokalisieren, wo sein Haus liegen musste, denn er wusste genau, in welchem Winkel Pelias und Gavrilos von dort aus zueinander standen. Hier, genau hier war sein Haus gewesen.

Gewesen? Nein, nicht gewesen, es war immer noch da, es war noch vollständig vorhanden. Doch es lag tief unten, sorgfältig eingepackt wie eine Mumie in Ägypten.

Er musste es finden!

Er setzte sich auf den Grund, und seine Finger fingen hastig an zu graben. Steine, Asche, Bimssteine flogen nach links und rechts, er kratzte und scharrte mit blossen Händen, bis sie bluteten. Immer rasender schabte und schuftete er, verzweifelt, zäh ... noch schneller ... Schweiss lief ihm am ganzen Körper herunter ... nur graben, kratzen, das Haus finden ... weiter, weiter, nicht aufgeben ...

Die Sonne brannte auf ihn nieder. Dort unten, genau unter ihm, musste das Haus sein, dorthin musste er kommen, dort würde er Schatten und Ruhe finden.

Es war hoffnungslos. Eine knappe Handbreite tief war er bis jetzt eingedrungen, und die starre Masse wurde immer härter. Nicht einmal eine grosse Schaufel hätte die harte Kruste zu bewältigen vermocht. Verzweifelt liess er sich auf den Boden fallen, hieb mit den Fäusten auf die Steine, weinte, fluchte, schluchzte ...

Und wieder spürte er die Kette auf seiner Brust – sie war ja der Grund, dass er noch auf der Insel war, und wohl auch, dass er noch lebte. Lange musste er an diesem Punkt oberhalb seines Hauses gesessen sein. Die Sonne war schon am Sinken. Durst und Hunger plagten ihn. Hier unten war nichts zu holen. Zurück auf den Gipfel, dort fand sich wenigstens noch etwas zu essen und zu trinken. In seiner Höhle oben trank er gierig vom kostbaren Wasser und schlief erschöpft ein.

Als er erwachte, schaute er wieder lange hinaus aufs Meer. Dort weit draussen zog ein Schiff vorüber. Kamaros schüttelte sich, um ganz wach zu werden. Wahrhaftig, dort waren Menschen! Wild schwenkte er seine Arme und schrie: „Kommt, holt mich, ich bin hier oben, ich bin ganz allein."

Ohne auf Unebenheiten und Hindernisse zu achten, rannte er den Hang hinunter, auf das Ufer zu. Der Abstieg vom Pelias gegen den Sattel hin war steil, er rutschte mehr auf der Asche und den Steinen, als dass er festen Boden fand. Er fiel hin, rappelte sich wieder auf, stolperte weiter – nur hinunter, zum Strand, zum Schiff. Nur schnell ans Meer, zur Rettung.

Er war zu spät, das Schiff hatte sich schon weggedreht. Sobald die Schiffer festgestellt hatten, dass die Insel tot war, hatten sie Kurs gegen Norden genommen.

Jetzt traf es ihn wie mit einem Hammerschlag. Er war allein, ganz allein auf der trostlosen Ebene aus Schutt! Er setzte sich und schaute verzweifelt um sich. Kein Baum, keine Wiesen, keine Tiere, kein Holz, kein Werkzeug, keine Hütte, vor allem keine Gesellschaft. Alles grau und hart und widerborstig, alles verbrannt, tot. Und diese verzweifelnde Stille … Doch halt, dort drüben ragte der Monolithos aus der Fläche heraus, ein Stück Geborgenheit, dort musste er hin.

Keuchend und zitternd näherte sich Kamaros dem Felsen. Bei jedem Schritt spürte er den Beutel mit der Kette auf seiner Brust. War der Monolithos, war die Höhle mit den Vorräten noch intakt? Die Öffnung war dem Meer zugewandt, weg vom zerstörerischen Lavafluss. Zögernd kletterte er hinauf – er kannte die Griffe, sie waren alle noch da wie zuvor. Oben angekommen schöpfte er tief Atem, dann nahm er seine Kette aus dem Beutel, drückte sie an seine Lippen und sprach ein Stossgebet.

Und Zeus erhörte ihn. Die Spalte war noch so, wie er sie verlassen hatte, mit allem, mit Wasser, Dörrfrüchten, Trockenfisch, hartem Gebäck, mit Zunder und Decken. Nur weniges war durch die enorme Hitze unbrauchbar geworden.

Dankbar sank er nieder und ass und trank gierig, was er erreichen konnte. Mit jedem Bissen, jedem Schluck fühlte er sich munterer, wurde er allmählich wieder sein altes Selbst.

Er wäre nicht Kamaros, wenn er sich selbstquälerischen Gedanken hingeben würde. War er unter seinen Kameraden nicht stets bekannt dafür gewesen, Probleme anzupacken? Wenn er es genau bedachte, so war das, was ihm hier wiederfuhr, recht eigentlich eine Bewährungsprobe, wie er sie schon immer geliebt und gesucht hatte. Jetzt galt es, zu denken, zu handeln, sich einzurichten, sich anzupassen, kurz: zu überleben. Hier allerdings musste er sein Stück ohne Publikum spielen, auf einer kahlen Bühne, ohne Requisiten, ohne Helfer.

Zwei Aufgaben waren zu lösen: Nahrung zu finden und wegzukommen von der Insel. Das waren klare Ziele. Jetzt, wo er Aufgaben vor sich sah, fühlte er sich beinahe glücklich. Wenigstens nicht verzweifelt. Es gab etwas zu tun.

Seine nächsten Tage waren ausgefüllt mit Planen und Umsetzen. Was Nahrung betraf, versuchte er, sich strikte einzuschränken und nur das Allernötigste zu essen, damit die Vorräte möglichst lange reichen würden. Das brauchte einiges an Disziplin, war er doch ein Geniesser, der es schätzte, an einer reichhaltigen Tafel zu speisen. Was nachher geschehen würde, wenn alle Süssigkeiten aufgegessen waren – darüber machte er sich lieber keine Gedanken. Und wenn einmal überhaupt alles, was an Nahrung vorhanden war, aufgebraucht war, stand da nicht in der Ecke die Angelrute, die Adamas in die Höhle gebracht hatte? Fischen! Diese Quelle würde er anzapfen, auch wenn er Fische nicht besonders mochte. Niemand war je am Meer verhungert.

Die zweite Aufgabe war schwieriger zu lösen. Wie konnte er möglichst schnell wegkommen von der Insel? Könnte er bis nach Anafe schwimmen? Die kleine Nachbarinsel lag in diesem Moment deutlich vor ihm im Osten. Doch er wusste selber allzu gut, dass es unmöglich war. Die Strecke war zu lang, das Wasser zu kalt, die Wellen im Osten zu unruhig. Und käme er mit übermenschlicher Anstrengung doch bis Anafe, wäre er dort überhaupt gerettet? War dort noch etwas zu finden, oder war ebenfalls alles zerstört?

Sein Verstand sagte ihm zwar, dass es aussichtslos war, aber er unterliess es dennoch nicht, an die Stelle zu gehen, wo sein rotes Schiff angebunden gewesen war. Gleich unterhalb der bescheidenen braunen Hütten der Fischer, unter dem niedrigen Felsvorsprung, schaukelte jeweils ruhig sein Schiff im Schatten, fest an einen Pflock gebunden, und wartete auf ihn.

Es gelang ihm, die Stelle genau zu lokalisieren. Alles war einzementiert in die erstarrte Asche. Keine Spur von Hütten, keine Spur von einem Hafen, keine Spur von einem Schiff. Um aus eigener Kraft wegzukommen, war wenigstens etwas Schiffähnliches unerlässlich. Liesse sich wohl irgendetwas als Floss nutzen?

Er suchte am Fusse des Mesavouno alles genau ab, forschte in Spalten und Höhlen nach, ob sich etwas fände. Nicht eine Spur von etwas Brauchbarem, keine Planke, kein Mast, nichts, was auch nur das allerprimitivste Floss abgegeben hätte, war vorhanden. Er dehnte seine Suche nach Nutzbarem über die ganze Insel aus, um nichts unversucht zu lassen. Doch auch im Norden der Insel war nicht das Geringste zu finden. Einige Zweige aus Dornengestrüpp für Brennholz waren der einzige Lohn für seine Anstrengung.

Wahrscheinlich war die Westküste vielversprechender. Sonderbare wertvolle Stücke Schwemmgut hatte er dort früher schon gefunden. Möglicherweise waren dort Bretter oder Schiffsteile angeschwemmt worden. Voller Hoffnung zog er aus und stolperte durch die nicht endenden Runsen und Gräben.

Doch halt – plötzlich öffnete sich vor ihm ein Abgrund. Die Insel war geborsten, ein breiter Spalt trennte das grössere Stück Insel, auf dem er stand, von dem kleineren im Westen. Er schaute scharf hinüber. War dort wahrhaftig Holz angeschwemmt? Doch es gab keine Möglichkeit, hinüberzukommen; ohne Schiff war nichts zu machen.

Leer schlucken, nicht aufgeben, weitersuchen. Doch wie lange er auch suchte, es gab nichts, wirklich gar nichts auf dem ganzen Inselrumpf, aus dem ein Floss hätte gezimmert werden können. Dieser Weg der Rettung war aussichtslos. Wenn er sich nicht selber retten konnte, musste er sich retten lassen von vorüberziehenden Schiffen. Er musste sich bemerkbar machen, die Schiffe auf irgendeine Weise anlocken.

War der Vulkan immer noch eine Gefahr? Waren weitere Beben zu befürchten? Waren seine Vorräte, war er selber gefährdet? Es sah nicht so aus. Die Insel war eine kalte starre Masse, und dort, wo das Feuer hergekommen war, in der Caldera, war es so still wie in einem Grab; kühles Meerwasser hatte gesiegt im Kampf der Elemente und den glühenden Schlund zum Verstummen gebracht.

Absolut sicher konnte er nicht sein. Daher befestigte er seine Wasservorräte nochmals, unten auf dem Monolithos wie oben auf dem Pelias. Er wollte beide Wohnstätten beibehalten. Oben war es gemütlicher; da gab es Decken, genügend Platz, um bequem zu leben, angenehmes Licht, und vor allem eine umfassende Rundsicht; vom Monolithos aus war er zwar schneller am Wasser, sollte sich ein Schiff von Osten nähern, doch dort war es enger, feuchter, weniger gemütlich. Die zwei Behausungen vermittelten ihm immerhin einen Schimmer von Luxus, eine Möglichkeit zu wählen.

Das Fischen erwies sich erst als recht schwierig. Nach einigen misslungenen Versuchen fand er heraus, wo sich die Fische tummelten: am Fusse des Mesavouno. Dort, wo die Felsen senkrecht ins Wasser fielen, fühlten sie sich am wohlsten, und sie liessen sich tatsächlich fangen. Er musste zwar von seinen knappen Nahrungsvorräten ein wenig hingeben, um Köder an die Angel hängen zu können, doch merkte er bald, dass sich das Opfer lohnte, da ein Mehrfaches an Nahrung zurückkam, wenn er seine Mittel schlau einsetzte. Obwohl er Fischgerichte daheim stets gemieden hatte, schmeckten sie ihm hier himmlisch, wenigstens die ersten drei Tage.

Unentwegt wanderte er von einer Behausung zur andern. Wege waren nicht mehr zu sehen, er musste sich neue Routen aussuchen. Da gab es Stellen mit weicher Asche, auf denen man leicht rutschte, dann wieder Stellen mit gröberen Bimssteinstücken. An manchen Orten schaute der ursprüngliche Fels hervor, wo seine Füsse festen Halt fanden. Er suchte sich immer wieder neue Kletterwege die Felsen hinauf.

Wieder einmal griff er mit der Hand in einen engen Felsspalt, um sich festzuhalten – da spürte er etwas Nasses. War da Wasser? Tatsächlich, hier tropfte es! Er hielt seine Hand hin, liess sie nass werden und leckte sie genüsslich ab. Es war reines wohlschmeckendes Wasser, besseres hätte er nicht finden können. Er war auf die Quelle gestossen, die Adamas gesucht hatte!

Es war höchste Zeit gewesen, Wasser zu finden, denn sein Vorrat hatte sich bedenklich verringert. Er eilte, ein leeres Gefäss zu holen, kratzte ein Loch aus und stellte den Topf so hin, dass die wenigen, aber steten Tropfen sicher aufgefangen wurden. Jede Nacht brachte der Tau aus dem Meer neue Feuchtigkeit, die sich im Innern des Gebirges sammelte und hier an die Oberfläche trat. Er hatte wieder Wasser.

Schon viele Tage waren vergangen, er zählte sie nicht. Er gab sich alle Mühe, keine düsteren Gedanken aufkommen zu lassen. Er lebte, er hatte zu essen, zu trinken, er hatte Hoffnung, einmal gefunden zu werden. Irgendwo auf dieser Erde waren ja noch seine Leute. Einmal würde er sie alle wiedersehen.

Schlimm waren die Augenblicke, wenn er von weitem ein Schiff sah. Beinah täglich zog irgendwo weit draussen ein Schiff vorbei. Dann liess er jeweils alles fahren und rannte, ohne auf den Weg zu achten, ans Ufer, doch war es ihm bis jetzt nie gelungen, die Aufmerksamkeit auf sich zu lenken. Es war zum Verzweifeln. Die Schiffe kamen nie nahe genug. Ein kurzer Blick von weitem genügte, und die Seeleute wussten, dass dort auf jener zerstörten Insel nichts zu holen war. Keiner nahm sich die Mühe, die Insel einmal aus der Nähe zu betrachten, eher schienen sie sie zu fürchten und wandten sich rasch ab.

Winken, schreien, Decken schwingen – nichts war auffällig genug, nichts wurde bemerkt. Einmal kam ihm die Idee, ein grosses Feuer zu unterhalten, das in der Nacht weit herum sichtbar wäre, während am Tag der Rauch auffallen müsste. Er schleppte Berge von trockenen Dornen auf den Gipfel und unterhielt ein Feuer drei Tage und drei Nächte. Doch es brachte keinen Erfolg, denn auf Feuer und Rauch reagierte niemand. Was anderes als Rauch und Feuer waren denn zu erwarten auf einer Vulkaninsel?

Er musste sich etwas Handfestes einfallen lassen, wenn er je wegkommen wollte. Es musste ihm endlich gelingen, Schiffe etwas näher heranzulocken.

Nach langem Überlegen kam ihm der Gedanke, es mit einer Schrift zu versuchen. Warum war er auch nicht früher darauf gekommen! Er wollte in riesengrossen Lettern einen Hilferuf schreiben: Kommt! Rettet mich! Im besten Fall würden die Schiffe neugierig werden und näher fahren, um die Buchstaben genauer anzusehen, und hoffentlich würde ihm dann genügend Zeit bleiben, ans Ufer zu rennen, selbst wenn er sich zuoberst auf dem Pelias befände.

Das war wieder eine konstruktive Idee, eine Arbeit, die all seine Fähigkeiten in Anspruch nahm. Er entschied sich erst einmal für die Ostseite, später könnte er auch gegen Norden und Süden Hilferufe anbringen. Er wählte einen steilen Hang, der leidlich weiss war, und begann, ihn von störenden dunkleren Steinen zu säubern. Dann suchte er möglichst schwarze Steine, die sich deutlich vom weissen Grund abhoben, und legte stattliche Haufen davon an, eine Anstrengung, die er gar nicht wahrnahm. Dann begann er, grosse Lettern zu formen. Das Schreiben machte ihm Spass. Wie froh war er jetzt, dass er bei Takis immer leidlich aufgepasst hatte, wenn Zeichen und Schrift unterrichtet wurden. Als er das erste Wort fertiggestellt hatte, entfernte er sich so weit wie möglich, um die Wirkung zu prüfen.

Welche Enttäuschung! Er konnte die Lettern kaum lesen, sie waren viel zu klein und zu dünn. Er musste einen grössern Massstab anwenden. Abermals machte er sich an die Arbeit und legte nun die Steine so, dass die Zeichen fünfmal so gross und fünfmal so dick waren wie die ursprünglichen. Nur so bestand eine Chance, dass sie von weitem auch lesbar wären.

Er gönnte sich keine Ruhe und arbeitete vier Tage lang bis zur Erschöpfung, schleppte Steine, ebnete die Schriftfläche, machte den Untergrund so weiss wie möglich und gestaltete seine Botschaft in riesengrossen, klaren, einfachen, gut leserlichen Zeichen: RETTET MICH!

Nach fünf Tagen war das Werk vollendet. Die Botschaft leuchtete schwarz auf weissem Grund weit in die Ferne hinaus. Nun galt es von neuem, zu warten und auf den Erfolg zu hoffen. Weitere Tage vergingen, nichts geschah. Kamen die Schiffe schon gar nicht mehr in die Nähe, da sie wussten, dass nichts zu holen war? Schauten sie gar nicht hin? Schlugen sie andere Routen ein?

Endlich fuhr wieder ein Schiff vorbei, recht weit draussen. Kamaros war an der Quelle beschäftigt, das kostbare Wasser zu gewinnen. Täuschte er sich, oder änderte das Schiff seinen Kurs? Hatte es die Buchstaben entziffert und die Botschaft verstanden? Wandte es sich wirklich Kalliste zu?

20

War es möglich, kam die Rettung? Kamaros griff automatisch in den Beutel auf seiner Brust, nahm die Kette hervor und schloss die Augen zu einem kurzen eindringlichen Hilferuf: „Zeus, mach es wahr!“

Auf, rennen, winken, schreien, sich bemerkbar machen! In riesigen Sätzen, stolpernd, sich überschlagend, mit den Armen wild gestikulierend rannte er den steilen Abhang hinunter. Er strauchelte, raffte sich wieder auf, rannte weiter, stürzte wieder und achtete nicht auf das Blut, das aus seinem Knie floss. Er hatte nur noch den einen Gedanken: Schnell ans Ufer, zum Schiff! Durchhalten, bis er aus dem Gestrüpp war! Wenn er erst auf der Schuttebene angekommen war, konnte man ihn bestimmt nicht mehr übersehen.

Ein kleines Boot löste sich vom grossen, und jemand ruderte an Land. Kamaros taumelte, schleppte sich mit letzter Kraft gegen das Meer und streckte seine Arme aus. Wenige Schritte vom Wasser entfernt sank er zusammen. Zwei Männer stiegen aus, halfen ihm auf die Beine, und hilfreiche Hände zogen ihn ins Boot. Er war gerettet!

Man trug ihn auf Deck und legte ihn sorgfältig hin. Die Seeleute standen verwundert um ihn herum. Einen seltsamen Fund hatten sie da aufgelesen, einen mageren, schmutzigen, blutverschmierten Jüngling, von der Sonne gegerbt, mit langen ungekämmten Haaren, in Fetzen gekleidet. Immerhin sah man ihm an, dass er ein schöner wohlgewachsener junger Mann war. Er schien auch des Schreibens kundig, denn er hatte wohl die Botschaft aus schwarzen Steinen verfasst. Alle waren sie überzeugt, dass die Schrift bei ihrer letzten Durchfahrt noch nicht zu lesen gewesen war, dass sie seither entstanden sein musste. Sie betteten ihn bequemer auf das Deck und wandten das Schiff wieder gegen Norden.

Er spürte nicht, wie lange er auf den sonnendurchwärmten Planken lag, hingegossen, erschöpft, manchmal wie bewusstlos, schlummernd, dann wieder unruhig träumend. Kühles Wasser wurde ihm eingeflösst, Nahrung neben ihn gestellt, Decken über ihn gebreitet. Man liess ihn in Ruhe. Das Schiff schien mehrere Häfen anzulaufen. Mit Lärm, mit Gepolter, mit Rufen und Signalen wurden Waren aus- und eingeladen. Wie herrlich wohltuend flochten sich diese bekannten Geräusche in seine Träume ein. Dann folgten wieder stille laue Stunden, in denen er sich in den Sternenhimmel über seinem Haupt versetzt fühlte.

Nach und nach kehrten seine Lebensgeister zurück. Manchen Tag und manche Nacht musste er schon unterwegs sein. Eines Morgens fühlte er sich wie neugeboren, kräftig, frisch, tatendurstig. Er erhob sich und schaute um sich. Das Schiff legte gerade an.

Der Hafen war voller Leben. Rufe, Winken, Willkommensgrüsse, Wiedersehen. Ein Willkommen am Hafen? Und hinter dem Hafen ein hübsches sonnenbeschienenes Städtchen, das sich den Hügel hinan zog? Die Stimmen der Leute waren freundlich und die Sprache war vertraut. Er schüttelte sich. Nein, es war nicht Akrotiri.

Niemand hatte jetzt Zeit, sich um den Aufgelesenen zu kümmern. Er suchte lange, bis er den Kapitän fand, bedankte sich für die Rettung und schickte sich an, wegzugehen, glücklich, auf bewohntem fruchtbarem Boden unter lebendigen Menschen zu sein, wo immer das war. Doch der Kapitän wollte nichts davon hören, Kythera sei seine Heimat, das Ziel ihrer Reise. Er lud ihn ein, mit ihm nach Hause zu kommen.

Also in Kythera waren sie. Das war eine Insel weit im Westen, nahe beim Festland, eine Insel auf dem Weg nach der Stadt seiner Mutter, nach Pylos.

Kamaros ging über den Steg, schaute sich um und fand eine Treppe an den Strand hinunter. In einer winzigen Sandbucht gleich beim Hafen tauchte er ins Wasser ein wie ein Frosch, der allzu lange auf dem Trockenen gewesen war. Er wälzte sich wohlig in den Wellen. Schon lange hatte er sich nicht mehr so herrlich frisch gefühlt. Er war wieder, beinahe, sein altes Selbst, tatendurstig, begierig, etwas zu unternehmen, zu planen.

Sehr viel konnte er allerdings noch nicht vollbringen. Er besass nicht das Geringste, ausser dem Goldstück und der Kette, und die zu zeigen scheute er sich. Er hatte Hunger. Vage erinnerte er sich, dass ihm auf dem Schiff freundliche Hände Essen und Trinken hingehalten hatten, doch er hatte nicht viel hinuntergekriegt. Erfrischt vom Bad ging er zum Schiff zurück, wo der Kapitän seine Einladung wiederholte.

Er folgte ihm auf dem kurzen Weg den Hügel hinauf in sein Heim, ein farbenfrohes geräumiges Haus voller Kinder, voller Leben und Bewegung. War er wieder in Akrotiri? Die Familie grüsste den zurückgekehrten Vater genauso stürmisch, die Kinder konnten ebenso wenig warten, bis er die Geschenke aus den fremden Ländern ausgepackt hatte. Sie beachteten Kamaros kaum; Gäste schienen eine Selbstverständlichkeit in diesem Haus.

Die Mutter, eine rundliche Frau mit einem Gesicht, das stets lachte, führte ihn in eine Kammer, wo ihn ein richtiges Lager erwartete. Noch einmal fiel er in tiefen, erholsamen Schlaf. Er war gerettet. Beim Abendbrot erzählte der Vater den Kindern von der Insel Kalliste.

„Ich wollte endlich mit eigenen Augen sehen, was da geschehen war, und so fuhren wir recht nahe heran auf dem Heimweg. Alles tot, alles verbrannt, hatte man uns berichtet. Doch was sahen wir auf der weissen Aschenfläche? Grosse Schriftzeichen. Ratet einmal, was da geschrieben war!"

Wilde Mutmassungen überstürzten sich. Wollten Geschäftstüchtige die Vorbeifahrenden zu einer Besichtigungstour auffordern? Wollten böse Sirenen Schiffer ins Unglück locken? Wollten Piraten, welche die Insel schon erobert hatten, den wohlbeladenen Schiffen eine Falle stellen?

„Nichts von alledem. Die Schrift sagte: Rettet mich! Also war einer noch auf der Insel, in Not, und so fuhren wir hin und holten Kamaros, unsern Gast hier."

Ein einsam Zurückgelassener, der den Ausbruch überlebt hatte! Der alles von ganz nahe mitbekommen hatte! Der auf einer verbrannten Insel weitergelebt hatte! Und der sass nun an ihrem Tisch. Ein Fund! Nun war Kamaros an der Reihe, zu erzählen, wie sich die Gefahr auf Kalliste zugespitzt hatte, wie die Leute weggefahren waren, wie die Schiffe mit den jungen Männern ohne ihn Kalliste verlassen hatten. Der Ausbruch, die Zerstörung, der Feuerschlund, die glühenden Lavabahnen, die Höhlen, und wie er sich in den folgenden vielen Tagen durchgeschlagen hatte.

Doch nun wollte auch Kamaros hören. Die Kinder erzählten stolz, dass ihre Insel eine Flutwelle, wenn auch eine bescheidene, abbekommen habe, und dass sie alle auf den nahen Hügel gestiegen seien, um am fernen Horizont im Osten den hellen Schein zu sehen. Kamaros wagte es kaum, aber er musste die Frage doch stellen:

„Hat man gehört, ob jemand von Kalliste gerettet wurde?"

Der Kapitän, der von Kreta zurückkam, wusste nichts. Kreta, wie auch einige andere Inseln, sei selber das Opfer der grossen Katastrophe geworden. Erst habe ein Aschenregen die Ernte im Osten der Insel vernichtet, darauf habe die Flutwelle viele Häuser an der Nordküste und fast alle Schiffe dort zerstört. Mit Mühe habe er in Amnissos landen können. Orte im Landesinnern seien Bränden zum Opfer gefallen, die durch Erdbeben ausgelöst worden waren. Flüchtige aus Kalliste hatten also wenig Hilfe auf Kreta erwarten dürfen. Den Kretern mangle es an allem; sie hatten nicht Luxusgüter zu kaufen verlangt, sondern Lebensnotwendiges. Nun wagte Kamaros die zweite drängende Frage:

„Kennt wohl jemand hier Petrassios, den Kapitän aus Kalliste?"

„Petrassios, allerdings, den Namen kennt jeder Seemann zwischen dem Festland und Kreta. Seine Freundlichkeit und sein Können sind sprichwörtlich. Ich selber bin ihm auch schon gelegentlich in einem Hafen begegnet."

Der Vater sei ganz bestimmt leicht zu finden, da er überall bekannt sei, meinte der Kapitän.

„In zwei Wochen ungefähr fahre ich wieder nach Kreta, mit Zwischenlandungen auf verschiedenen Inseln. Willst du mitkommen?"

Und ob! Wären sie doch gleich weggefahren, noch am selben Abend.

In den folgenden Tagen half er dem Kapitän, wo immer es Hand anzulegen galt. Der Kapitän staunte, wie sich der junge Seemann überall nützlich zu machen verstand mit seinen Kenntnissen in den modernsten Techniken. Es kam Kamaros zustatten, dass sein Vater so fortschrittlich war.

Die Arbeit lenkte ihn etwas vom Sorgen und Grübeln ab, und doch schien die Zeit unerträglich langsam zu verstreichen. Zweifel packten ihn immer wieder. Waren seine Leute doch nach Kreta gefahren? Und hatten sie sich dort von neuem in Gefahr begeben? Waren alle beieinander? War Adamas noch dabei?

Das bittere Wissen, dass Kalliste unwiederbringlich verloren war, hatte sich noch nicht recht gefestigt in seinem Kopf. Immer wieder ertappte er sich, wie er von seiner Rückkehr träumte, einem Wiedersehen am Hafen, wie seine Geschwister und Minea auf der Mole stehen würden, um die Ankommenden begeistert zu empfangen. Ausgerechnet er, der ja den Zustand der Insel am allerbesten kannte.

Doch es war nicht seine Art, lange zu grübeln und trüben Gedanken nachzuhängen. Warum nicht sich freuen über das gegenwärtige Glück und über die Möglichkeit, auf angenehme Art gleich noch eine neue Insel kennen zu lernen? Er schaute sich fleissig um auf Kythera, interessierte sich für die fremden Bräuche, für die Kulte zu Ehren der Götter, für die Bauweise der Häuser. Es fiel ihm auf, dass keines der Gebäude, auch das vornehmste nicht, mit Malereien geschmückt war. Das war wohl eine Spezialität von Kalliste – oder war eine gewesen.

Wenn Schiffe vorbeikamen, rannte er als Erster an den Hafen und hielt jeden, der ausstieg, fest, bis er ihn gründlich ausgefragt hatte. Früher oder später musste sich jemand an einen der Namen erinnern, die er ihnen nannte. Irgendwo mussten seine Leute doch zu finden sein.

Tatsächlich liess das Glück nicht allzu lang auf sich warten. Es war am Tage vor der geplanten Abreise nach Kreta. Schon war das Schiff zum grössten Teil beladen. Da segelte wieder ein fremdes Schiff in den Hafen ein, und wieder eilte Kamaros an die Anlegestelle, um die Ankommenden auszufragen, den Kapitän, den Steuermann, alle Matrosen und auch zufällige Passagiere. Keiner entging Kamaros' insistentem Fragen.

Vier, fünf, sechs Passagiere waren schon ausgestiegen, jeder hatte bereitwillig Rede und Antwort gestanden, aber keiner hatte ihm eine befriedigende Auskunft geben können. Schon wollte er sich enttäuscht wegwenden. Da kam aus dem Schiffsbauch noch ein letzter Passagier – Adamas!

21

Stumm blieben beide stehen, schauten einander lange an und begriffen nicht. Dann fielen sie sich um den Hals.

„Bist du's wirklich, Kamaros? Wir haben dich mit den gebührenden Grabesriten eben auf den Weg ins Totenreich geschickt und dich fest dort gewähnt. Bist du denn wieder auferstanden?"

Kamaros lachte. „Allerdings war ich in der Totenwelt, aber nicht in der, in die ihr mich geschickt habt. Sie sah etwas anders aus, als ihr sie euch vorstellt."

Doch das brauchte Zeit zu erzählen, vorläufig hatte Kamaros dringendere Fragen:

„Wo ist Minea?"

„Sieht man mir denn nicht an, dass ich auf dem Weg bin zu ihr, erst zu ihrer Initiation, und anschliessend zu unserer Hochzeit?"

Tatsächlich, Adamas sah strahlend aus, wie es sich für einen Bräutigam geziemte, schicklich gekleidet und hergerichtet.

„Wo ist sie denn?"

„Alle sind in Pylos. Unser Schiff fährt morgen weiter, in drei Tagen sind wir dort, wo man auf mich wartet. Und nun habe ich ein besonderes Hochzeitsgeschenk – dich bringe ich mit!"

„Zu deiner Hochzeit fährst du? Das trifft sich ausgezeichnet – hier hast du deine Brautgabe, ich habe sie für dich aufbewahrt."

Umständlich zog Kamaros die Kette aus seinem Brustbeutel hervor und überreichte sie Adamas. „Sie ist von Zeus geweiht, geräucht, gehärtet, gestählt. Sie hat den Untergang der Insel unbeschadet überlebt, also wird sie es auch schaffen, euch durch die Stürme in eurem gemeinsamen Leben zu tragen."

Adamas wurde bleich. Er nahm die Kette ehrfurchtsvoll in die Hand und presste sie lange an seine Lippen. Seine Mutter hatte doch recht behalten.

Als Kamaros erfuhr, dass er in Pylos bei Minea Vaterstelle übernehmen müsse, wurde er still. Petrassios tot – er brauchte einige Zeit, bis er die volle Tragweite dieser Worte erfasste. So war er jetzt das Haupt der Sippe, trug die Verantwortung für alles, für seine Familie, ihren Besitz, für Häuser und Schiffe, für die Zukunft seiner jüngeren Geschwister. Das war von nun an seine Aufgabe.

„Bald gehörst du zur Familie, Adamas. Du wirst mir helfen, für die Familie zu sorgen. Zusammen werden wir das schon meistern", sagte er leise. Selten noch hatte Adamas seinen Freund so bang gesehen.

Kamaros änderte jetzt seine Pläne, um gleich mit Adamas nach Pylos zu fahren. Die Gastgeber auf Kythera waren betrübt, ihren interessanten Gast und der Kapitän seinen fähigen Helfer so bald wieder zu verlieren; für seine bisherigen nützlichen Dienste gab er ihm einen stattlichen Lohn und Geschenke mit und nahm ihm das Versprechen ab, wenn er je Arbeit suche, sich zuerst bei ihm zu melden. Sie wünschten sich gegenseitig alles Gute und versprachen, sich Nachrichten zukommen zu lassen.

Die drei Tage, welche die Reise nach Pylos dauerte, reichten kaum aus für alles, was es zu fragen, zu erzählen, zu hören, zu staunen gab. Dies eine Mal hatten die Freunde keine Augen für die Städte und Inseln, an denen das Schiff anlegte; die interessantesten Orte liessen sie unbeachtet vorübergleiten, sie hatten nur Augen und Ohren füreinander.

Sie hockten im Bug des Schiffes und wurden von den andern Passagieren nachsichtig in Ruhe gelassen. Adamas sparte nicht mit Schreien des Entsetzens und Dankgebeten an Zeus während der farbigen Schilderungen des Untergangs der Insel. Es gab keinen Zweifel mehr, dass das wunderbare Überleben von Kamaros vor allem Zeus zu verdanken war, und nur zu einem winzigen Teil den wohl ausstaffierten Höhlen. Doch nun wollte Kamaros hören, wie es den Leuten von Kalliste ergangen war.

Die Heimat war verloren, der Führer tot, und es gab für die Geflüchteten keine Rückkehr. Von nun an war jeder dafür verantwortlich, sein Leben für sich und seine Familie selbst in die Hand zu nehmen. Aber das war nicht allzu schwierig, dies eine Mal kam es den Leuten von Kalliste zugute, dass sie Selbermacher waren und nicht warteten, bis ein Gott ihre Probleme für sie löste. Einige entschlossen sich, auf Naxos zu bleiben, wo sie willkommen waren, andere reisten zu Verwandten auf andere Inseln, und mit jedem Schiff, das vorbeifuhr, verliessen einige Naxos.

Es ging nicht sehr lange, da landete dort ein Schiff aus Melos, wohin sich die Inselwächter gerettet hatten. Einer der Überlebenden brachte die Nachrichten, die alle am sehnlichsten erwartet hatten, für die einen frohe Gewissheit, für die andern Trauer um den Sohn.

„Und meine Mutter? Sie muss eine schwere Zeit durchgemacht haben. Sie hatte den Gatten und – vermeintlich – den ältesten Sohn verloren."

„Deine Mutter war sehr tapfer. Sie wünschte sich gleich, heim zu ihrer Familie nach Pylos zu fahren. Alle waren begeistert, ausser Minea. Die lange Fahrt versöhnte sie dann allerdings etwas mit ihrem Schicksal, du weißt ja, lange kann sie nicht Trübsal blasen. Es war ihre erste längere Meerfahrt, und das vor der Initiation! Sie frohlockte, wie neidisch Kamaros wohl wäre, wenn er sie sähe, er, der sich so gebrüstet hatte mit seinen Fahrten nach Kreta! Zwei- bis dreimal so weit war die Fahrt nach Pylos."

Schon viele Jahre hatte die Mutter ihre Verwandten nicht mehr gesehen und war gespannt, was aus ihnen geworden war. Auf der Fahrt nach Pylos wurde sie wieder jung und erzählte Geschichte um Geschichte über ihre Erlebnisse von damals. Wie manchmal war sie doch mit den Brüdern nach dem Riegel, der die Bucht gegen das offene Meer hin abschirmt, hinausgerudert und hatte dort mit ihnen die Höhlen und Felsspalten erkundet. Selten hatten die Kinder die Mutter so gesprächig, so jung, so übermütig erlebt. Den Kindern war bange gewesen vor all dem Neuen, doch allmählich verloren sie ihre Furcht und freuten sich auf das neue Leben in Mutters Heimat.

Es gab ein herzliches Willkommen bei den Verwandten. Schnell wurde in den drei Häusern, welche die Brüder mit ihren Familien bewohnten, Raum gemacht, und bald waren alle gut versorgt und glücklich. Dann aber musste sich Adamas seinen andern Aufgaben in Naxos und Kreta zuwenden.

Minea weinte untröstlich, als Adamas wieder von Pylos wegfuhr. Sie hatte schon ihren Vater und ihren Bruder verloren, sie hatte sich von ihren Freundinnen und Gespielinnen verabschieden müssen – und nun sollte sie noch von Adamas getrennt werden.

Wenn er zum Abschied nur die Kette aus Bergkristall gehabt hätte! Das wäre der Moment gewesen, sie ihr zu schenken. Er versprach hoch und heilig, zurückzukehren, sobald er seine Pflichten erfüllt habe, wenn möglich zur Initiation. Er selber fühlte sich immer noch schuldig, Kreta verlassen zu haben, daher betrachtete er die Trennung als verdiente Strafe.

Minea blieb vorläufig nichts anderes übrig als zu gehorchen. Es traf sich, dass die eine der Basen genau das gleiche Alter wie Minea hatte, so konnten sie gemeinsam die Feierlichkeiten der Initiation vorbereiten. Das Ritual unterschied sich erstaunlich wenig von dem in Kalliste. Für Minea war sowieso nicht das

Ritual das Wichtige, sondern die Zeit danach. Dann würde sie ihr Leben selber in die Hand nehmen, schwor sie sich.

„Ich warte auf dich, aber nicht ewig. In zwei Monaten bin ich eine Frau, und wenn du bis dann nicht zurück bist, verkleide ich mich als Seemann und komme dich suchen."

Erst ging Adamas nach Naxos zurück. Schiffe mit aus Kreta Geflohenen kamen an, und Adamas erschrak, als er die Schilderungen hörte – Aschenwolke, Flutwelle, Brände, Beben, Zerstörungen. Nun hielt ihn nichts mehr, er musste sogleich nach Kreta reisen. Bald nahm ihn ein Schiff mit.

„Diesmal hättest du dich in Amnissos nicht mehr ausgekannt", erzählte er Kamaros, „Ruinen, Schlamm, Asche, Verwüstung fanden wir vor – ich traute meinen Augen kaum. Statt eines bunten Marktes und fröhlichem Gemenge fanden wir wenige müde traurige Menschen, die in den Trümmern wühlten, um noch etwas Brauchbares zu finden. Auch die vielfältigen Einrichtungen für die Landung sind alle zerstört. Es war schwierig, das Schiff überhaupt festzumachen und auszusteigen."

„Da haben wir Aufgaben vor uns. Jetzt wissen wir, wo wir gebraucht werden."

„Ich hatte nur einen Wunsch, möglichst schnell nach Anemospili zu gehen, um zu sehen, wie es dort stand."

Was Adamas erwartete, übertraf seine schlimmsten Vorstellungen. Anemospili stand nicht mehr, Tempelgebäude und Wohnhaus waren dem Erdboden gleich. Kein Stein stand mehr auf dem andern, alles war zusammengebrochen und verbrannt.

„In Archanes erfuhr ich dann in aller Ausführlichkeit, was sich ereignet hatte. Als die Erdbeben immer stärker wurden, eilten die Bewohner voll Schrecken hinauf zum Tempel nach Anemospili, um nahe bei Zeus zu sein. Vom Tempelhof aus schauten sie dem verzweifelten Treiben des Priesters und seiner Diener im Tempelinnern zu, die nichts unversucht liessen, das

Unheil noch in letzter Minute abzuwenden. Als die Erde sich nicht beruhigte, rief mein Vater nach seiner Frau – niemand kam. Die Mutter war verschwunden. Sie musste sich in der dunklen stürmischen Nacht ganz allein davongemacht haben; keiner hatte sie gesehen.

Der Vater tobte wie ein Wahnsinniger und schrie unverständliche Worte. Einige waren fest überzeugt, ‚Adamas' verstanden zu haben, andere bestritten, genau dieses Wort gehört zu haben. Da ich nicht in der Nähe war, nahm der Vater seinen zweitältesten Sohn in den Tempel. Bald setzte ein so gewaltiges Beben ein, dass allen das Ende gekommen schien. Die Leute warfen sich schreiend und betend auf den Boden. Sie mussten zusehen, wie der Priester den Jüngling auf den Opfertisch legte, wir er mit der Axt zuschlug und wie im selben Augenblick der ganze Tempel zusammenkrachte und alles unter sich begrub. Dann sei ein Feuer ausgebrochen und habe alles blitzschnell verzehrt. In Panik rannten die Leute zurück ins Dorf Archanes. Dort waren die Schäden zum Erstaunen aller nur gering."

„Haben die Leute auch nach Deutungen und Erklärungen gesucht?"

„Gewiss, Mutmassungen und Spekulationen waren noch in vollem Gang. Was hatte den äussersten Zorn von Zeus erregt, dass er die ganze Insel, besonders aber Anemospili mit seiner Strafe heimsuchte? Waren die Kreter alle schuldig, oder hatte Zeus den Priester von Anemospili treffen wollen? War das Opfer zu spät gekommen? Oder war es das falsche Opfer? Oder wurde es dem Priester auf diese Weise vergolten, dass er eine Ungläubige geheiratet hatte, eine aus einem Volk mit andern Göttern?

Ich hörte nicht lange zu. Die grässlichen Erzählungen der Leute genügten mir. Wahrscheinlich war meine Mutter zu ihren Leuten zurückgekehrt und ist dort gut aufgehoben und wieder glücklicher als im Tempel von Anemospili, wo sie stets eine Fremde geblieben war. Mich hielt also nichts mehr auf Kreta. Ich bestieg das erste Schiff, das mich nach Pylos mitnahm, mit dem einen Ziel: möglichst schnell zu Minea."

Ruhig glitten sie westwärts, Messenien zu. Kamaros schloss die Augen. Akrotiri zerstört, Amnissos verwüstet, Anemospili dem Erdboden gleich, sein Vater tot. Doch seine Mutter, seine Geschwister, Adamas und Minea lebten!

Wenige Wochen, nachdem seine Familie in Pylos gelandet war, sollte nun auch Kamaros das sagenhafte Land sehen, von dem seine Mutter so viel erzählt hatte.

Gleich nach Kythera kam das Festland mit den drei grossen Vorgebirgen in Sicht, die weit ins Meer hinaus ragten. Hinter dem dritten lag Pylos.

Welch geheimnisvolle Ankunft! Ein stotziger abweisender Felsriegel versperrte vorerst den Blick, keine Wohnstätte war zu sehen. Wo war die Stadt? Zweimal tat sich rasch ein Durchblick auf, zu kurz, um das Paradies dahinter wahrzunehmen, doch dann wandte sich das Schiff um ein Kap herum landeinwärts, und wirklich, da lag die Heimat vor ihnen.

Es war ein Hafen, wie ihn nur ein Gott hatte entwerfen können: ein makelloser Halbkreis von einer Bucht mit einem Sandstrand, der in der ganzen Runde von gleicher Vollkommenheit war. Überall konnten die Schiffe mühelos auf das Ufer gezogen werden, auch wenn das Meer draussen noch so wild tobte. Das Wasser in der Bucht Voidokilia sei immer ruhig und blau, sagte man.

Im Hügel, der den südlichen Eingang zur Bucht schützte, gähnte eine riesige Grotte, in welcher – wer hätte auch daran gezweifelt! – Götter verehrt wurden. Die Häuser der Stadt sonnten sich beschaulich am Hang. Eine Strasse führte landeinwärts, wo von einer Anhöhe der Palast des Fürsten das grüne Land überblickte. Überall auf den Hügeln, die sich ausdehnten bis an den Horizont, lagen üppige Dörfer, dazwischen Herrenhäuser und Güter. Ein herrliches, ein reiches Land.

Die Überraschung in Pylos war perfekt, als zwei Tage vor der Initiationsfeier Adamas und mit ihm Kamaros vom Schiff stieg. Eine Feier folgte der andern – Initiation, Verlobung, Hochzeit. Zum Fest trug die Braut auf ihrer dunklen Haut einen wundersam funkelnden Schmuck, eine Kette aus Bergkristall, die ihrem Gesicht einen überirdischen Glanz gab.

Das Ende ist schnell erzählt. Adamas und Minea bestiegen ein Schiff nach Kreta, die Messenia, um sich dort weitern Aufgaben zu stellen. Kamaros ging mit ihnen, nachdem er sich vergewissert hatte, dass Mutter und Geschwister in Pylos bestens aufgehoben waren. So fuhren sie aus der Bucht Voidokilia hinaus, während – wieder einmal – eine Unmenge Leute, darunter die Mutter und die Geschwister, am Ufer standen und fröhlich winkten.

Sie fuhren schaudernd an Kalliste vorbei und überhörten die Bemerkungen der andern Passagiere und des Kapitäns. Sie gedachten still des Vaters und der Stadt, dann wandten sie sich gegen Süden, Kreta zu, einem neuen Leben entgegen, und blickten nicht mehr zurück.

Bibliografische Information der Deutschen Bibliothek:
Die Deutsche Bibliothek verzeichnet diese Publikation in der Deutschen Nationalbibliografie; detaillierte Daten sind im Internet über <http: // dnb.ddb.de> abrufbar.

Satz, Umschlagdesign, Herstellung und Verlag:
Books on Demand GmbH, Norderstedt

ISBN: 978-3-8391-7493-7